CAROL

PATRICIA HIGHSMITH

CAROL

Tradução de ROBERTO GREY

L&PMEDITORES

Texto de acordo com a nova ortografia
Os trechos citados nas páginas 140, 141 e 143 são da música *Easy Living,* de Leo Robin e Ralph Raigner (copyright © 1937 da Famous Music Corporation, copyright renovado em 1964 pela Famous Music Corporation), e foram publicados com a sua autorização.

Este livro também está disponível na Coleção **L&PM** POCKET

Título do original: *The Price of Salt (Carol)*
Tradução: Roberto Grey
Capa: poster cortesia da HanWay Films
Revisão: Lia Cremonese

CIP-Brasil. Catalogação na publicação
Sindicato Nacional dos Editores de Livros, RJ

H541c

Highsmith, Patricia, 1921-1995
    Carol / Patricia Highsmith; tradução Roberto Grey. – Porto Alegre, RS: L&PM, 2025.
    312 p. ; 21 cm.

Tradução de: *The Price of Salt (Carol)*
ISBN 978-85-254-3341-1

    1. Ficção americana. I. Grey, Roberto. II. Título.

15-27930	CDD: 813
	CDU: 821.111(73)-3

© First published in 1952 under the title *The Price of Salt*
Revised edition with an afterword by the author
Copyright © 1984 by Claire Morgan
Copyright © 1993 by Diogenes Verlag AG Zürich
All rights reserved.

Todos os direitos desta edição reservados a L&PM Editores
Rua Comendador Coruja, 314, loja 9 – Floresta – 90.220-180
Porto Alegre – RS – Brasil / Fone: 51.3225.5777

PEDIDOS & DEPTO. COMERCIAL: vendas@lpm.com.br
FALE CONOSCO: info@lpm.com.br
www.lpm.com.br

Impresso no Brasil
Verão de 2025

Para Edna, Jordy e Jeff

Parte I

Capítulo um

A HORA DO ALMOÇO NO refeitório dos funcionários da Frankenberg's chegara a seu auge.

Não havia lugar em nenhuma das longas mesas, e chegava cada vez mais gente que se punha a esperar atrás das divisórias de madeira ao lado da caixa registradora. As pessoas que já haviam pegado suas bandejas de comida erravam entre as mesas à procura de um lugar onde pudessem se espremer ou de uma vaga prestes a surgir, mas não havia lugar. A algazarra dos pratos, cadeiras, vozes, do arrastar de pés e o *pra-a-que-pra* das borboletas no salão de paredes desnudas pareciam o rumor de uma única grande máquina.

Therese comia nervosamente, com o livreto de "Boas-vindas à Frankenberg's" apoiado no açucareiro. Ela lera o grosso livreto na semana anterior, no primeiro dia do curso de treinamento, mas não tinha mais nada para ler e sentia que no refeitório dos funcionários era preciso ter alguma coisa em que se concentrar. Por isso leu de novo sobre os brindes em forma de férias, as três semanas de férias concedidas a quem já trabalhara quinze anos na Frankenberg's, e comeu o prato quente do dia – uma fatia acinzentada de rosbife com uma bola de purê de batata, coberta com molho marrom, um montinho de ervilhas e um pequeno copo de papel com rabanetes. Procurou imaginar como seria trabalhar quinze anos nas lojas de departamentos Frankenberg's e descobriu-se incapaz de fazê-lo. "Quem completa 25 anos de casa", dizia o livreto, "tem direito a férias de quatro semanas." A Frankenberg's também oferecia uma colônia de férias, no inverno e no verão. Deviam ter uma igreja também, pensou ela, e uma maternidade. A loja era organizada de uma maneira tão parecida com uma prisão que, de vez em quando, sentia medo ao perceber que fazia parte daquilo.

Ela virou as páginas depressa e viu escrito em caracteres pretos garrafais, estendendo-se por duas folhas: "*Você* corresponde ao padrão da Frankenberg's?".

Olhou para as janelas do outro lado do salão e tentou pensar em outra coisa. No belo suéter vermelho e preto que vira na Saks e que talvez comprasse para Richard, como presente de Natal, se não conseguisse encontrar uma carteira de aspecto melhor do que as que já vira por vinte dólares. Na possibilidade de ir domingo com os Kelly a West Point, para assistir a um jogo de hóquei. A grande janela quadrada do outro lado do salão parecia um quadro de – de quem mesmo? – Mondrian. Com a pequena seção quadrada no canto dando para um céu branco. Sem a presença de nenhum pássaro que a invadisse ou deixasse de invadir. Qual o tipo de cenário que se faria para uma peça passada numa loja de departamentos? Ela voltara a si.

Mas a coisa é tão diferente no seu caso, Terry, dissera-lhe Richard. Você tem certeza absoluta de que sairá dentro de poucas semanas. E as outras não. Richard disse que talvez ela estivesse na França no próximo verão. Estaria. Richard queria que ela fosse com ele, e na verdade não havia nada de fato que a impedisse de ir. E o amigo de Richard, Phil McElroy, escrevera-lhe que talvez conseguisse arranjar um emprego para ela junto a um grupo teatral, no mês que vem. Therese ainda não conhecia Phil, mas tinha pouquíssima fé na sua capacidade de lhe arranjar emprego. Ela vasculhara Nova York desde setembro, voltara a vasculhar algumas vezes mais, e não achara nada. Quem daria emprego, no meio do inverno, a uma aprendiz de cenógrafa, mal entrada na aprendizagem do ofício? Também não acreditava na possibilidade de estar com Richard na Europa durante o próximo verão, sentada com ele nos cafés ao ar livre, caminhando junto com ele em Arles, encontrando os lugares que Van Gogh pintara, ela e Richard escolhendo as cidades onde parariam algum tempo para pintar. Isso parecia menos real durante esses últimos dias em que ela trabalhara na loja.

Ela sabia o que a incomodava ali. Era o tipo de coisa que ela não fazia questão de contar a Richard. Pois a loja intensificava coisas que sempre a incomodaram, toda vez que se lembrava delas. Eram os atos absurdos, as tarefas sem sentido que a impediam de fazer aquilo que ela queria, que poderia ter feito – aqui eram os procedimentos complicados em relação às bolsas, revistas de casacos e relógios de ponto, que chegavam a impedir que as pessoas trabalhassem com a eficiência de que seriam capazes –, a sensação de isolamento de todos em relação a todos, de viver em um terreno totalmente equivocado, de modo que o sentido, a mensagem, o amor, ou o apanágio, qualquer que fosse ele, de toda a vida, jamais podia encontrar sua expressão. Lembrava-lhe conversas à mesa, ou em sofás, com pessoas cujas palavras pareciam pairar sobre coisas mortas e paradas e que jamais faziam soar corda alguma. E que quando a gente procurava tocar uma corda vibrante, nos olhavam com a mesma máscara rígida de sempre, fazendo algum comentário tão perfeito na sua banalidade que a gente sequer conseguia crer que talvez fosse um subterfúgio. E a solidão, ampliada pelo fato de que na loja sempre se viam os mesmos rostos, dia após dia, os poucos rostos com quem a gente poderia falar, e jamais falou, ou jamais poderia falar. Diferente do rosto que passa no ônibus, parecendo querer exprimir algo, que a gente vê só uma vez e acaba desaparecendo para sempre.

Ela ficava pensando todas as manhãs, na fila do relógio de ponto no subsolo, distinguindo sem querer, com o olhar, os empregados permanentes dos temporários, como fora parar ali – respondera a um anúncio, é evidente, mas isto não explicava o destino – e o que viria depois em vez de um emprego de cenógrafa. Sua vida era uma série de zigue-zagues. Aos dezenove anos, ela estava angustiada.

– Você precisa aprender a confiar nas pessoas, Therese. Lembre-se disso – dizia-lhe com frequência a Irmã Alícia. E frequentemente, bem frequentemente, Therese procurava pôr isso em prática.

– Irmã Alícia – sussurrou cautelosamente Therese, os fonemas sibilantes a consolá-la.

Therese se endireitou de novo e pegou seu garfo, porque o garoto da limpeza já vinha em sua direção.

Ela podia visualizar o rosto da Irmã Alícia, ossudo e avermelhado como pedra rosada quando o sol batia nele, e o volume azul e engomado de seu busto. A figura ossuda e grande da Irmã Alícia surgindo de um canto em um corredor, no meio das mesas brancas de laca do refeitório. A Irmã Alícia em mil lugares, com seus pequenos olhos azuis sempre a distingui-la entre as demais garotas, vendo-a de modo diferente, Therese sabia, de todas as outras garotas, mas com seus lábios rosados e descarnados formando a mesma linha reta de sempre. Ela lembrava da Irmã Alícia a lhe entregar as luvas de crochê verdes, embrulhadas em papel fino, sem sorrir, apenas dando-as diretamente a ela, com mal uma palavra, no seu oitavo aniversário. A Irmã Alícia lhe dizendo, com a mesma boca comprimida, que ela precisava passar em matemática. Quem mais se importaria se ela passasse em matemática? Therese guardara as luvas no fundo de seu escaninho de lata, no colégio, anos depois que a Irmã Alícia fora para a Califórnia. O papel branco murchara e silenciara ao manuseio como tecido antigo, e mesmo assim ela não usara as luvas. Acabaram ficando pequenas demais para usar.

Alguém mexeu no açucareiro, e o livreto apoiado desabou.

Therese olhou para o par de mãos do outro lado, mãos gorduchas, com sinais de envelhecimento, mãos de mulher, mexendo o café, agora partindo um pãozinho com trêmula intensidade, molhando gulosamente a metade no molho marrom, idêntico ao do prato de Therese. A pele das mãos estava rachada, havia sujeira nos sulcos dos nós dos dedos, mas a mão direita exibia um anel de prata filigranado, bem visível, com uma pedra verde-clara engastada, e a esquerda, uma aliança de ouro, e havia vestígios de verniz vermelho no canto das unhas. Therese observou a mão a levantar o garfo cheio de ervilhas e não precisou olhar para a cara para saber como ela seria. Seria igual a todas as caras das cinquentonas que trabalhavam na Frankenberg's, marcadas por um sempiterno pavor e exaustão, com olhos distorcidos atrás de lentes que os aumentavam ou diminuíam, e faces empoadas de *rouge* que não conseguia abrilhantar a inexpressividade subjacente. Therese não conseguia olhar.

– Você é uma garota nova, não é? – a voz era aguda e nítida no meio da algazarra, quase uma voz cheia de doçura.

– Sim – disse Therese, erguendo os olhos. Ela se lembrava do rosto. Era o rosto cuja exaustão a fizera enxergar todos os outros rostos. Era a mulher. Therese a vira se arrastando pela escada de mármore abaixo, vindo do mezanino por volta de seis e meia de uma tarde, quando a loja estava vazia, escorregando as mãos pelos largos corrimões de mármore para aliviar um pouco o peso sobre seus pés cheios de joanetes. Therese pensara: ela não está doente, não é mendiga, apenas trabalha aqui.

– Você está se saindo bem?

E ali estava a mulher sorrindo para ela, com as mesmas rugas terríveis sob os olhos e em volta da boca. Seus olhos agora até que brilhavam, pareciam bastante afetuosos.

– Você está se saindo bem? – repetiu a mulher, pois aumentara a algazarra de vozes e pratos em torno delas.

Therese umedeceu os lábios:

– Estou, obrigada.

– Gosta daqui?

Therese assentiu com a cabeça.

– Acabou? – um rapaz de avental branco agarrou o prato da mulher com um polegar imperioso.

A mulher fez um gesto trêmulo de anuência. Puxou seu pires de pêssego em calda para ela. Os pêssegos escorregavam, como pequenos peixes viscosos e alaranjados, pela borda da colher toda vez que esta se levantava, exceto naquela em que a mulher conseguia comer.

– Eu fico no terceiro andar, no departamento de suéteres – disse a mulher com uma insegurança nervosa, como se estivesse procurando dar um recado antes que fosse interrompida ou que as separassem. – Vá lá em cima conversar comigo um dia. Meu nome é Robichek, Ruby Robichek, cinco quatro quatro.

– Muito obrigada – disse Therese. E de repente a feiura da mulher sumiu, porque seus olhos castanho-avermelhados, por trás dos óculos, eram delicados e interessados nela. Therese podia sentir seu coração batendo, como se tivesse voltado a viver. Ela observou a mulher se levantar da mesa e observou sua figura baixa e atarracada se afastar até se perder na multidão que esperava atrás da divisória.

Therese não foi visitar a sra. Robichek, mas procurava por ela toda manhã quando os funcionários iam entrando aos poucos no prédio, por volta de quinze para as nove, e procurava por ela nos elevadores e no refeitório. Nunca a via, mas era agradável ter alguém para procurar na loja. Fazia toda a diferença no mundo.

Quase toda manhã, quando ela vinha trabalhar no sétimo andar, Therese costumava parar um pouco para olhar um determinado trem de brinquedo. O trem ficava isolado em uma mesa perto dos elevadores. Não era um trem grande e bonito como o que corria sobre o piso nos fundos da seção de brinquedos, mas havia uma fúria nos seus minúsculos e ativos pistões que os trens maiores não tinham. Sua raiva e frustração na linha oval fechada mantinham Therese hipnotizada.

Ahrr rr rrgh! dizia ele ao se atirar cegamente dentro do túnel de papel machê. E *Orr rr rr rrgh!* ao sair.

O trenzinho estava sempre correndo quando ela saía do elevador de manhã e ao acabar o trabalho de tardezinha. Ela achava que ele maldizia a mão que ligava seu interruptor todo dia. No solavanco de seu nariz ao dobrar as curvas, nas loucas disparadas pelas retas, ela percebia a atividade inútil e frenética de um senhor tirano. Ele rebocava três vagões Pullman com minúsculas figuras humanas, cujos rígidos perfis apareciam nas janelas, depois um vagão de carga aberto, com toras de madeira de verdade em miniatura, um vagão de carga de carvão, mas não de verdade, e um carro breque que estralejava nas curvas e se agarrava ao trem em fuga, como uma criança à saia de sua mãe. Era como algo ensandecido na clausura, algo já morto que jamais se cansaria, como as graciosas raposas de passos molejados no zoológico do Central Park, cujas pisadas complexas se repetem infindavelmente ao voltearem nas suas jaulas.

Naquela manhã, Therese se afastou depressa do trem e seguiu adiante em direção à seção de bonecas, onde trabalhava.

Às 9h05, a enorme seção de brinquedos começava a dar sinais de vida. Retiravam-se os panos verdes das longas mesas. Brinquedos mecânicos começavam a jogar bolas para cima e barracas de tiro ao alvo pipocavam enquanto seus alvos giravam. A mesa dos animais da fazenda cacarejava e zurrava. Atrás de Therese tivera início um *ra-ta-ta-ta-ta* cansado, batidas de tambor do gigantesco soldado de lata que encarava energicamente os elevadores e tocava tambor o dia inteiro. A mesa dos modelos e de artesanato exalava um cheiro de massa fresca de modelar, que lembrava a sala de educação artística do colégio, quando ela era muito pequena, e também uma espécie de porão no terreno do colégio que os boatos diziam ser o túmulo de verdade de alguém, e entre cujas barras de ferro ela costumava enfiar o nariz.

A sra. Hendrickson, gerente da seção, tirava as bonecas das prateleiras do estoque e punha-as sentadas, com as pernas separadas, nos balcões de vidro.

Therese saudou a srta. Martucci, que estava em pé no balcão contando as notas e moedas de seu malote com tanta concentração que só pôde retribuir com um aceno mais acentuado de sua cabeça, que balançava ritmadamente. Therese contou 28, 50 dólares de seu próprio malote, registrou-os numa tira de papel em branco para botar no envelope dos recibos de venda e transferiu o dinheiro, arrumado pelo valor das notas e moedas, para a gaveta de sua caixa registradora.

A essa altura, os primeiros fregueses já saíam dos elevadores, hesitando um pouco com a expressão indecisa e um tanto espantada que as pessoas sempre demonstravam diante da seção de brinquedos, para depois tomar rumos incertos.

— Você tem bonecas que fazem xixi? — perguntou-lhe uma mulher.

— Eu quero esta boneca, mas com vestido amarelo — disse outra mulher, estendendo-lhe uma boneca, e Therese se virou e pegou a boneca que ela queria de uma prateleira do estoque.

A mulher tinha a boca e as bochechas parecidas com as de sua mãe, reparou Therese, bochechas com pequenas marcas encobertas por *rouge* rosa-escuro, separadas por uma boca descarnada cheia de linhas verticais.

– Todas as bonecas que bebem e fazem xixi são deste tamanho?

Não havia necessidade de técnicas de venda. As pessoas queriam uma boneca, qualquer boneca, para dar de presente de Natal. A coisa se resumia em se abaixar, tirar caixas em busca de uma boneca de olhos castanhos, em vez de uma de olhos azuis, chamando a sra. Hendrickson para abrir uma vitrine com sua chave, o que ela fazia a contragosto, quando se convencia de que determinada boneca não seria encontrada no estoque, em descer a passagem atrás do balcão para depositar uma boneca na montanha sempre crescente de caixas no balcão de embrulhos, que vivia desmoronando, a despeito das vezes que os rapazes do estoque vinham apanhar os embrulhos. Quase nenhuma criança vinha ao balcão. Supunha-se que Papai Noel é quem trazia as bonecas, um Papai Noel representado pelas caras estressadas e as mãos impacientes. E, no entanto, deve haver uma certa boa vontade em todas elas, pensou Therese, mesmo por trás dos rostos empoados das mulheres de *mink* e zibelina, geralmente as mais arrogantes, que compravam apressadas as bonecas maiores e mais caras, as bonecas que tinham cabelos verdadeiros e mudas de roupa. É certo que havia amor na gente pobre, que esperava sua vez e perguntava baixo quanto custava determinada boneca, sacudindo a cabeça com pena e indo embora. Treze dólares e cinquenta centavos por uma boneca de apenas 25 centímetros de altura.

– Podem ficar com ela – Therese gostaria de dizer-lhes. – É mesmo cara demais, mas vou dá-la para vocês. Frankenberg's nem vai notar.

Mas as mulheres nos casacos de pano baratos, os homens tímidos encolhidos dentro de agasalhos surrados já tinham ido embora, olhando tristonhos para os outros balcões enquanto seguiam de volta para os elevadores. Se as pessoas tinham vindo por causa de uma boneca, não queriam nada diferente. Uma boneca constituía um presente de Natal especial, quase vivo, a coisa mais parecida com um bebê.

Quase nunca havia crianças, mas de vez em quando surgia uma, geralmente uma garotinha, muito raramente um garotinho, de mão firmemente dada a um dos pais. Therese mostrava as bonecas que ela achava que a criança gostaria. Tinha paciência, e finalmente determinada boneca causava aquela metamorfose no rosto da criança, aquela reação ao mundo imaginário que era a alma de tudo aquilo, e geralmente era a boneca que a criança levava.

Então uma tarde, depois do trabalho, Therese avistou a sra. Robichek em um café do outro lado da rua. Therese quase sempre parava ali para tomar uma xícara de café antes de ir para casa. A sra. Robichek estava nos fundos da loja, no final do longo balcão curvo, molhando um bolinho na sua caneca de café.

Therese abriu caminho empurrando entre a massa de garotas, bolinhos e canecas de café. Ao chegar ao lado da sra. Robichek, disse um alô no meio de um suspiro, virando-se para o balcão, como se uma xícara de café fosse seu único objetivo.

– Oi – disse a sra Robichek, com tanta indiferença que Therese se sentiu esmagada.

Therese não ousou olhar de novo para a sra. Robichek. E, contudo, seus ombros se roçavam apertados! Therese quase terminara seu café quando a sra. Robichek acabou dizendo:

– Eu vou tomar o metrô para o Independent. Será que conseguirei sair daqui? – estava com a voz cansada, diferente da que tivera no refeitório naquele dia. Ela agora se parecia com a velha encurvada que Therese vira se arrastando escada abaixo.

– A gente consegue sair – disse Therese, tranquilizando-a.

Therese abriu caminho à força para as duas até a porta. Therese também ia pegar o metrô para o Independent. Ela e a sra. Robichek se infiltraram na multidão lenta na entrada do metrô e foram inevitável e gradativamente sugadas pela escada de descida, como restos flutuantes pelo ralo abaixo. Descobriram também que ambas desceriam na estação de Lexington Avenue, embora a sra. Robichek morasse na 55th Street, logo a leste da

Third Avenue. Therese acompanhou a sra. Robichek até a delicatessen onde ela foi comprar alguma coisa para jantar. Therese poderia ter comprado algo também para o seu jantar, mas por algum motivo se viu incapaz de fazê-lo na presença da sra. Robichek.

– Você tem comida em casa?
– Não, mas vou comprar alguma coisa mais tarde.
– Por que não vem jantar comigo? Estou sozinha. Vamos lá – a sra. Robichek terminou com um dar de ombros, como se isso demandasse menos esforço que um sorriso.

O impulso de Therese de declinar polidamente durou apenas um instante:

– Obrigada. Gostaria sim – então ela viu um bolo embrulhado em celofane em cima do balcão, um bolo de frutas como um enorme tijolo marrom encimado por cerejas vermelhas, que ela comprou para dar à sra. Robichek.

Era um prédio como o prédio em que Therese morava, só que de pedra escura, mais triste. Os corredores não estavam iluminados, e quando a sra. Robichek acendeu a luz no vestíbulo do terceiro andar, Therese reparou que o apartamento não era muito limpo. O quarto da sra. Robichek também não era muito limpo, e a cama estava desfeita. Será que ela se levantava tão cansada como na hora de deitar?, imaginou Therese. A sra. Robichek deixou-a sozinha no meio da sala, enquanto seguia arrastando os pés em direção à quitinete, carregando a sacola de compras que pegara da mão de Therese. Agora que estava em casa, ela se permitia demonstrar o cansaço que verdadeiramente sentia.

Therese jamais conseguiria lembrar como aquilo começou. Não conseguia se lembrar da conversa logo antes, e a conversa não importava, claro. O que aconteceu foi que a sra. Robichek afastou-se dela devagar, de modo estranho, como se estivesse em transe, murmurando de repente, em vez de falar, e deitou-se totalmente de barriga para cima sobre a cama desfeita. O murmúrio ininterrupto, o sorriso desbotado de desculpas, a terrível e impactante feiura do corpo atarracado e pesado, com a barriga saliente, e a cabeça ainda inclinada a olhar para ela tão polidamente, faziam com que Therese não conseguisse se compelir a escutar.

– Eu tinha minha própria loja de roupas no Queens. Ah, uma bela loja – disse a sra. Robichek, e Therese sentiu o tom de bazófia, começando a ouvir a contragosto, detestando aquilo. – Sabe, vestidos com um V na cintura e botõezinhos de cima a baixo. Sabe, de três, cinco anos atrás – a sra. Robichek estendeu sem graça suas mãos rígidas em volta da cintura. As mãos curtas não chegavam a abarcar nem a metade anterior dela mesma. Ela parecia muito velha na luz fraca que enegrecia suas olheiras. – Chamavam-se vestidos Caterina. Lembra? Eu é que os desenhava. Saíram de minha loja em Queens. Ficaram célebres, sim senhora!

A sra. Robichek deixou a mesa e foi até uma pequena mala encostada na parede. Abriu-a, falando o tempo todo, e começou a tirar vestidos de tecidos pesados e escuros, que ela deixava cair no chão. A sra. Robichek ergueu um vestido vermelho-escuro com uma gola branca e pequeninos botões brancos que formavam um V na frente do corpete estreito.

– Olha, tenho uma porção deles. As outras lojas copiaram – por sobre a gola branca do vestido, que ela prendia com o queixo, a cabeça feia da sra. Robichek se inclinava grotescamente. – Você gosta? Eu te dou um. Vem aqui. Vem aqui, experimenta um.

Therese sentiu repugnância diante da ideia de experimentar um. Ela gostaria que a sra. Robichek voltasse a se deitar e descansar, mas Therese se levantou docilmente, como se não possuísse vontade própria, e se aproximou dela.

A sra. Robichek segurou um vestido preto de veludo contra Therese, com mãos trêmulas e prementes, e Therese percebeu de repente como ela atendia as pessoas na loja, empurrando suéteres em cima delas de qualquer maneira, pois não poderia realizar a mesma ação de maneira diferente. Quatro anos, lembrava Therese, era o tempo que a sra. Robichek dissera que trabalhava no Frankenberg's.

– Prefere o verde? Experimente – e no momento em que Therese hesitou, ela o deixou cair e pegou outro, o vermelho-escuro.

– Vendi cinco para as garotas na loja, mas te dou um. São sobras, mas ainda estão na moda. Prefere este?

Therese preferia o vermelho. Gostava de vermelho, especialmente de vermelho-escuro, e adorava veludo vermelho. A sra. Robichek empurrou-a para um canto, onde ela podia tirar a roupa e colocá-la em cima de uma poltrona. Mas ela não queria o vestido, não queria recebê-lo de presente. Fazia-a se lembrar das roupas dadas no orfanato, roupas de segunda mão, porque ela era tida praticamente como uma das órfãs, daquelas que compunham metade do colégio, que nunca recebiam embrulhos do mundo de fora. Therese despiu seu suéter e sentiu-se totalmente nua. Agarrou os próprios braços, acima dos cotovelos, e ali sentiu a carne fria e anestesiada.

– Eu costurava – dizia consigo a sra. Robichek, com grande entusiasmo –, como costurava, da manhã à noite! Empregava quatro costureiras. Mas minha visão foi ficando ruim. Um olho cego, este aqui. Ponha o vestido – ela contou a Therese sobre a operação no seu olho. Não ficou cego, apenas parcialmente cego. Mas foi muito doloroso. Glaucoma. Ainda doía. Isso e suas costas. E seus pés. Joanetes.

Therese percebeu que ela estava contando todos os seus problemas e sua pouca sorte para que ela, Therese, compreendesse por que ela decaíra tanto, a ponto de trabalhar numa loja de departamentos.

– Deu? – perguntou confiantemente a sra. Robichek.

Therese se olhou no espelho da porta do armário. Ele revelava uma figura magra e longa, com uma cabeça meio estreita, cujo relevo parecia incandescente, um fogo amarelo a descer até a barra vermelho-vivo, em cada ombro. O vestido caía num drapeado reto até quase os tornozelos. Era o vestido das rainhas dos contos de fadas, de um vermelho mais escuro que sangue. Ela deu um passo atrás, puxando a folga do vestido nas costas, de maneira a ajustá-lo a suas costelas e cintura, e devolveu o olhar dos próprios olhos castanhos no espelho. Ela conhecendo a si mesma. Aquilo era ela, não a garota no vestido xadrez desbotado e no suéter bege, não a garota que trabalhava na seção de bonecas do Frankenberg's.

– Gosta dele? – perguntou a sra. Robichek.

Therese observou a boca surpreendentemente tranquila, cuja forma ela podia ver nitidamente, embora não mostrasse mais batom do que se alguém a tivesse beijado. Quisera ela poder beijar a figura no espelho e torná-la viva, no entanto permaneceu perfeitamente imóvel, como um retrato pintado.

– Se gosta, fique com ele – instava impacientemente a sra. Robichek, olhando de longe, a espreitar apoiada no armário, do modo como espreitam as vendedoras nas lojas, enquanto as mulheres experimentam vestidos e casacos diante do espelho.

Mas aquilo não iria perdurar, Therese sabia. Ela iria se mexer, e aquilo se perderia. Mesmo se ficasse com o vestido, aquilo sumiria, porque era algo que pertencia a um instante, àquele instante. Ela não queria o vestido. Tentou imaginá-lo no seu armário, em casa, entre suas outras roupas, mas não conseguia. Começou a desabotoar os botões para abrir a gola.

– Gosta, não gosta? – perguntou a sra. Robichek, confiante como sempre.

– Sim – disse com firmeza Therese, confirmando.

Ela não conseguia desenganchar o colchete atrás da gola. A sra. Robichek teve de ajudá-la e mal podia esperar para fazê-lo. Ela sentiu como se estivesse sendo estrangulada. O que estava fazendo ali? Como acabou pondo um vestido assim? De repente a sra. Robichek e seu apartamento eram como um pesadelo que ela acabara de perceber que estava tendo. A sra. Robichek era a guardiã corcunda do calabouço. E ela fora trazida ali para ser torturada.

– O que houve? Um alfinete espetou você?

Os lábios de Therese se abriram para falar, mas sua cabeça estava muito distante, em um longínquo vórtice que dava para a cena no quarto terrível, mal iluminado, onde as duas pareciam engajadas em um combate desesperado. E no ponto do vórtice onde estava sua cabeça, ela sabia que o quadro de desesperança era que lhe dava pavor, mais nada. Era a falta de perspectiva do corpo adoentado da sra. Robichek e do seu trabalho na loja, de seu monte de vestidos na mala, de sua feiura, a falta de perspectiva que engolfava totalmente seu final de vida. E de sua própria falta de perspectiva, de jamais vir a ser a pessoa que ela queria ser, de jamais fazer as coisas que essa pessoa faria. Teria sido sua vida inteira apenas um sonho, e seria *aquilo* realidade? Foi o pavor dessa falta de perspectiva que a fez querer despir o vestido e fugir antes que fosse tarde demais, antes que as correntes a cingissem e a tranca fechasse.

Talvez já fosse tarde demais. Como num pesadelo, Therese jazia no quarto, na sua combinação branca, tremendo, paralisada.

– Qual o problema? Você está com frio? Está fazendo calor.

Fazia calor. O aquecedor assobiava. O quarto cheirava a alho e ao mofo da velhice, a remédios, e ao cheiro metálico, próprio da sra. Robichek. Therese queria se deixar cair na poltrona onde jaziam seu vestido e suéter. Talvez, se ela se deitasse vestida com suas próprias roupas, não fizesse mal. Mas ela não devia se deitar de modo algum. Se o fizesse, estaria perdida. As correntes trancariam, e ela se uniria à corcunda.

Therese tremeu violentamente. De repente perdera o controle. Era uma friagem, e não apenas medo ou cansaço.

– Sente-se – disse de longe a voz da sra. Robichek, vergonhosamente entediada e desinteressada, como se estivesse muito acostumada a ver garotas se sentirem tontas no seu quarto, e, também de longe, seus dedos secos, de pontas ásperas, apertaram os braços de Therese.

Therese lutou contra a poltrona, sabendo que sucumbiria a ela, e até percebendo que era atraída por ela justamente por este motivo. Deixou-se cair na poltrona, sentiu a sra. Robichek puxando seu vestido sob ela, mas não conseguiu se mexer. Permanecia ainda, contudo, no mesmo patamar de consciência, ainda tinha a mesma liberdade de pensar, apesar dos braços escuros da poltrona avultarem sobre ela.

A sra. Robichek dizia:

– Você fica em pé demais na loja. É duro durante o Natal. Já passei por quatro. Você precisa aprender a se poupar um pouco.

Descer a escada se arrastando, segurando no corrimão. Salvar-se indo almoçar no refeitório. Descalçar os sapatos dos pés cheios de joanetes, como a série de mulheres empoleirada no aquecedor do banheiro feminino, disputando um pedaço do aparelho para forrar com jornal e sentar em cima durante cinco minutos.

A cabeça de Therese funcionava com muita clareza. Era espantosa a clareza com que funcionava, embora ela soubesse que estava apenas fitando o espaço em frente e que não conseguiria se mexer, mesmo se quisesse.

– Você está apenas cansada, queridinha – disse a sra. Robichek, prendendo um cobertor em volta de seus ombros na poltrona. – Precisa descansar, depois de ficar em pé o dia inteiro e ter ficado em pé esta noite também.

Um diálogo do Eliot, dito por Richard, veio à cabeça de Therese. *Não é absolutamente isso o que eu quis dizer. Não é isso, absolutamente.* Ela quis dizê-lo, mas não conseguiu mexer os lábios. Algo doce e ardente veio parar na sua boca. A sra. Robichek estava em pé diante dela, tirando algo de uma garrafa com uma colher e enfiando a colher entre seus lábios. Therese engoliu docilmente, pouco se importando que fosse veneno. Ela poderia ter mexido os lábios agora, poderia ter se levantado da poltrona, mas não queria se mexer. Finalmente se estendeu na poltrona, deixou que a sra. Robichek a cobrisse com o cobertor e fingiu dormir. Mas estava o tempo todo observando a figura curvada a se mover pelo cômodo, guardando as coisas da mesa, se despindo para ir deitar. Observou a sra. Robichek tirar um grande espartilho de renda e em seguida um negócio com correias que passava por seus ombros e descia até o meio das costas. Therese então fechou os olhos, apavorada, fechou-os bem apertados, até que o barulho de uma mola e um longo suspiro e gemido indicaram que a sra. Robichek se deitara. Mas isso não era tudo. A sra. Robichek estendeu o braço, pegou o despertador e deu corda nele e, sem tirar sua cabeça do travesseiro, tateou com o relógio em busca da cadeira de espaldar reto ao lado da cama. No escuro, mal deu para Therese enxergar seu braço se erguer e abaixar quatro vezes, até o despertador encontrar a cadeira.

Vou esperar quinze minutos, até que ela adormeça, e então vou embora, pensou Therese.

E por estar cansada, ela se crispou para controlar aquele espasmo, aquele breve transe parecendo uma queda, que acontecia toda noite bem antes de dormir, mas que anunciava o sono. E ele não veio. Assim, depois do que julgou ser quinze minutos, Therese se vestiu e foi silenciosamente até a porta. Era fácil, afinal de contas, simplesmente abrir a porta e fugir. Era fácil, pensou, porque na verdade ela não estava fugindo de coisa alguma.

Capítulo dois

– Terry, você se lembra daquele cara, Phil McElroy, de quem eu te falei? O cara que trabalha numa corretora de valores? Bem, ele está aqui na cidade e diz que você estará empregada dentro de duas semanas.
– Um emprego de verdade? Onde?
– Um espetáculo no Village. Phil quer ver a gente essa noite. Vou te contar pessoalmente quando te ver. Estarei aí dentro de uns vinte minutos. Estou saindo do colégio agora.

Therese subiu correndo os três lances de escada até seu apartamento. E estava no meio da lavagem da louça, e o sabão secara no seu rosto. Ela baixou os olhos para o pano de lavar laranja dentro da pia.

– Um emprego! – sussurrou consigo mesma. A palavra mágica.

Ela trocou de roupa, pondo um vestido, pendurou no pescoço uma corrente com um medalhão de São Cristóvão, presente de aniversário de Richard, e penteou seus cabelos com um pouco d'água, para ficarem mais alinhados. Em seguida arrumou alguns esboços soltos e maquetes de papelão dentro do armário, onde poderia pegá-los com facilidade quando Phil McElroy pedisse para vê-los. Não, não tenho grande experiência, de fato, teria ela de dizer, e sentiu o peso do fracasso. Ela sequer tinha um estágio em seu histórico, exceto aquele trabalho de dois dias em Montclair, fazendo a maquete de papelão que o grupo amador finalmente usara, se é que dava para se chamar aquilo de trabalho. Ela fizera dois cursos de cenografia em Nova York e lera uma porção de livros.

Já podia ouvir Phil McElroy – um rapaz enérgico e muito ocupado, provavelmente um pouco aborrecido por ter vindo vê-la inutilmente – dizer que infelizmente ela não serviria, pensando bem. Mas com a presença de Richard, pensou Therese, a coisa não seria tão acachapante quanto se ela estivesse sozinha. Richard abandonara ou fora despedido de mais ou menos cinco empregos desde que ela o conhecera. Nada preocupava menos a Richard do que perder e procurar trabalho. Therese se lembrava de ter sido despedida da Pelican Press um mês antes e estremeceu. Não lhe deram sequer um aviso prévio, e o único motivo de ser despedida, achava, fora o término de sua pesquisa específica. Ao ir reclamar do sr. Nussbaum, o presidente, por não ter recebido o aviso prévio, ele desconhecera, ou fingira desconhecer o significado do termo.

– Viso? Quê? – dissera ele com indiferença, e ela se virara e fugira, com medo de irromper em lágrimas na sala dele.

Para Richard era fácil, morando com uma família que podia consolá-lo. Era mais fácil para ele poupar dinheiro. Ele poupara cerca de dois mil dólares nos dois anos engajado na marinha, e mais mil no ano seguinte. E quanto tempo ela levaria para juntar os mil e quinhentos dólares que custava a carteira de iniciante no sindicato dos cenógrafos? Depois de quase dois anos em Nova York, ela só juntara quinhentos dólares dessa quantia.

– Ore por mim – disse ela para a Nossa Senhora de madeira na estante. Era a única coisa bonita no seu apartamento, a Madona de madeira que ela comprara no seu primeiro mês em Nova York. Queria ter um lugar melhor na sala para ela do que naquela estante feia. A estante parecia uma pilha de caixotes de frutas empilhados e pintados de vermelho. Ela ansiava por uma estante de madeira em cor natural, macia ao toque e lustrosa de cera.

Ela desceu até a delicatessen e comprou seis latas de cerveja e um pouco de queijo roquefort. Então, quando subiu, se lembrou do objetivo principal da ida à loja: comprar carne para o jantar. Ela e Richard haviam planejado jantar em casa naquela noite. Isso estava sujeito a mudança, agora, mas ela não gostava de tomar a iniciativa de alterar o planejado em se tratando de Richard, e estava prestes a descer de novo para comprar a carne, quando o longo toque de campainha dele soou. Ela apertou o botão de abrir.

Richard subiu correndo a escada, sorrindo.
– Phil ligou?
– Não – disse ela.
– Ótimo. Sinal que ele vem.
– Quando?
– Dentro de poucos minutos, acho. Provavelmente não ficará muito tempo.
– Dá a impressão de ser realmente um trabalho de verdade?
– Phil diz que sim.
– Sabe o tipo de peça que é?
– Não sei de nada, a não ser que precisam de alguém para os cenários, e por que não você? – Richard examinou-a criticamente, sorrindo. – Você está ótima, esta noite. Não fique nervosa, está bem? É só uma pequena companhia do Village, e você provavelmente tem mais talento do que todos eles juntos.

Ela pegou o casaco que ele jogara na poltrona e dependurou-o no armário. Debaixo do casaco havia um rolo de papel de desenho que ele trouxera da escola de arte.

– Fez alguma coisa boa hoje? – perguntou ela.
– Mais ou menos. Isso é algo que quero continuar fazendo em casa – respondeu ele, distraído. – Hoje tivemos aquela modelo ruiva, aquela de que eu gosto.

Therese queria ver seu desenho, mas ela sabia que Richard provavelmente não o julgava suficientemente bom. Algumas de suas primeiras pinturas eram boas, como o farol em azuis e pretos pendurado por cima da cama dela, que ele fizera quando estava na marinha, logo que começara a pintar. Mas seu desenho de observação ainda não era bom, e Therese duvidava de que algum dia ele o fosse. Havia uma mancha recente de carvão cobrindo todo o joelho de sua calça de algodão marrom-claro. Ele vestia uma camisa sobre a outra, quadriculada de vermelho e preto, e calçava mocassins de camurça que faziam seus pés grandes parecerem patas de urso disformes. Parecia mais um lenhador ou algum tipo de atleta profissional, pensou Therese, do que outra coisa qualquer. Era mais fácil imaginá-lo com um machado na mão do que com um pincel. Ela já o vira com um machado, um dia, cortando lenha no quintal dos fundos de sua casa em Brooklyn. Se ele não provasse à sua família que sua pintura evoluía, provavelmente naquele verão teria de ingressar no negócio de gás engarrafado de seu pai, e abrir a filial de Long Island que seu pai queria que ele abrisse.

– Você vai ter de trabalhar neste sábado? – perguntou ela, ainda com medo de falar sobre o trabalho.

– Espero que não. Você está livre?

Ela se lembrou agora, não estava.

– Estou livre na sexta – disse ela resignada. – Sábado é dia de fechar tarde.

Richard sorriu.

– É uma conspiração – ele pegou a mão dela e puxou os braços para que envolvessem sua cintura, tendo terminado sua perambulação irrequieta pelo quarto. – Quem sabe domingo? A família perguntou se você não queria vir almoçar, mas não precisamos ficar muito tempo. Eu posso pegar um caminhão emprestado e podemos ir a um canto qualquer.

– Está certo – ela gostava disso, e Richard também, sentados na frente do enorme cilindro de gás indo para qualquer lugar, livres como se estivessem montados numa borboleta. Ela soltou seus braços da cintura de Richard. Aquilo a fazia ter vergonha e se sentir tola, como se ao ficar com os braços ao redor de Richard ela abraçasse o tronco de uma árvore. – Eu cheguei a comprar uns bifes para hoje à noite, mas os roubaram na loja.

– Roubaram? De onde?

– Da prateleira onde guardamos nossas bolsas. O pessoal que eles contratam para o Natal não ganha escaninhos decentes.

Ela agora sorria, mas de tarde quase chorara. Lobos, pensara, uma matilha de lobos, roubando a porcaria de uma sacola de carne só porque era comida, uma refeição de graça. Ela perguntara a todas as vendedoras se a haviam visto, e todas negaram. Não era permitido trazer carne para dentro da loja, dissera indignada a sra. Hendrikson. Mas o que se havia de fazer, quando todos os açougues fechavam às seis horas?

Richard se refestelou no sofá-cama. Sua boca era descarnada, com uma linha desigual, meio inclinada para baixo, dando certa ambiguidade à sua expressão, às vezes um toque de humor, às vezes, de amargura, contradição que seus olhos azuis um tanto vazios e francos nada faziam para solucionar. Ele disse devagar, zombando:

– Você procurou nos achados e perdidos? Perdi meio quilo de bifes. Atendem pelo nome de Almôndegas.

Therese sorriu, olhando nas prateleiras de sua quitinete.

– Você acha isso engraçado? A sra. Hendrikson chegou mesmo a me dizer para ir aos achados e perdidos.

Richard deu uma sonora gargalhada e se levantou.

– Tem uma lata de milho aqui, e tenho alface para fazer uma salada. E tem pão e manteiga. Quer que eu vá comprar costeletas de porco congeladas?

Richard esticou um longo braço sobre o ombro dela e pegou o quadrado de pumpernickel na prateleira.

– Você chama isso de pão? São fungos. Olhe só, azul como a bunda de um mandril. Por que você não come o pão que compra?

– Uso isso para poder ver no escuro. Mas já que você não gosta – ela sacudiu a mão dele e o pacote caiu no saco de lixo. – Não era esse o pão a que eu me referi.

– Mostre-me o pão a que você se referiu.

A campainha da porta tocou estrepitosamente ao lado da geladeira, e ela pulou para apertar o botão.

– São eles – disse Richard.

Eram dois rapazes. Richard apresentou-os como Phil McElroy e seu irmão, Dannie. Phil era totalmente diferente da expectativa de Therese. Não tinha um ar sério nem intenso, nem sequer especialmente inteligente. E ele lhe dirigiu o olhar quando foram apresentados.

Dannie ficou ali com o casaco no braço até que Therese o tirou dele. Ela não conseguiu encontrar um cabide a mais para o casaco de Phil, e Phil pegou-o de volta e jogou-o em cima de uma cadeira, meio caído no chão. Era um casaco de pelo de camelo, velho e sujo. Therese serviu cerveja, salgadinhos e queijo, sempre à espera de que a conversa de Phil e Richard se voltasse para o emprego. Mas todos falavam de coisas que haviam acontecido desde que eles se viram pela última vez em Kingston, Nova York. Richard trabalhara ali duas semanas fazendo murais num hotel de beira de estrada, onde Phil era garçom.

– Você também faz teatro? – perguntou ela a Dannie.

– Não – respondeu Dannie. Ele dava a impressão de ser tímido, ou talvez de estar entediado e doido para ir embora. Era mais velho que Phil, e um pouco mais corpulento. Seus olhos castanho-escuros passavam pensativamente de um objeto a outro na sala.

– Por enquanto eles não têm ninguém, a não ser um diretor e três atores – disse Phil para Richard, se recostando no sofá. – Um sujeito com quem trabalhei uma vez na Filadélfia está dirigindo. Raymond Cortes. Se eu te recomendar, é mole você conseguir – disse ele com um olhar para Therese. – Ele me prometeu o papel do segundo irmão na peça. Chama-se *Small Rain*.

– Uma comédia? – perguntou Therese.

– Uma comédia. Três atos. Você já fez cenários sozinha?

– Quantos cenários serão necessários? – perguntou Richard, na hora em que ela ia responder.

– Dois, no máximo, e eles provavelmente darão conta com um. Georgia Halloran pegou o papel principal. Por acaso você viu aquele negócio de Sartre que eles fizeram lá no outono? Ela participou.

– Georgia? – sorriu Richard. – Que diabo levou ela e Rudy?

Therese ficou ouvindo, decepcionada, a conversa deles se detendo em Georgia e Rudy e em outras pessoas que ela não conhecia. Georgia pode ter sido uma das garotas com quem Richard teve um caso, ponderou Therese. Uma vez ele mencionara mais ou menos cinco. Ela não conseguia lembrar nenhum de seus nomes, a não ser Célia.

– Este é um de seus cenários? – perguntou-lhe Dannie, olhando para a maquete de papelão pendurada na parede, e quando ela assentiu com a cabeça, ele se levantou e foi ver.

E agora Richard e Phil falavam de um sujeito que devia dinheiro a Richard, por algum motivo. Phil disse que vira o sujeito na noite anterior no bar San Remo. O rosto alongado de Phil e seu cabelo curto lembravam um El Greco, pensou Therese, e, no entanto, as mesmas feições no seu irmão o faziam lembrar um índio americano. E as coisas que Phil falava acabavam com a ilusão de El Greco. Ele falava igual a qualquer frequentador dos bares do Village, rapazes pretensamente atores ou escritores, que geralmente não faziam nada.

– É muito simpático – disse Dannie, olhando atrás de uma das figurinhas suspensas.

– É uma maquete para *Petrushka*. Para a cena do mercado – disse ela, a pensar se ele conheceria o balé. Ele talvez fosse um advogado, pensou ela, ou até mesmo um médico. Havia manchas amareladas nos seus dedos, que não eram manchas de cigarro.

Richard falou algo sobre estar com fome, e Phil disse que estava faminto, mas nenhum comeu nem um pouco do queijo diante deles.

– Estamos sendo esperados dentro de meia hora, Phil – repetiu Dannie.

Então, logo depois, já estavam todos de pé, vestindo seus casacos.

– Vamos comer em um lugar qualquer, Terry – disse Richard. – Que tal aquele lugar tcheco na Second?

– Está bem – respondeu ela, tentando ser simpática. Aquilo encerrava tudo, achava ela, nada de definitivo. Ela teve um ímpeto de fazer uma pergunta-chave a Phil, mas não fez.

E, na rua, começaram a andar em direção ao centro, e não aos bairros residenciais. Richard caminhava junto com Phil e só olhou uma ou duas vezes para ela, atrás, como se quisesse ver se ainda continuava ali. Dannie segurava-a pelo braço nas esquinas e nos trechos de lama escorregadia, que não era neve nem gelo e sim os restos de uma nevasca de três semanas atrás.

– Você é médico? – perguntou ela a Dannie.
– Físico – respondeu Dannie. – Estou cursando o bacharelado da Universidade de Nova York, neste momento – ele sorriu para ela, mas a conversa parou ali durante algum tempo.
Depois ele disse:
– É muito diferente de cenografia, não é?
Ela acenou com a cabeça:
– Bastante diferente – ela começou a perguntar-lhe se ele tinha intenção de trabalhar na bomba atômica, mas não perguntou, pois que diferença faria se ele trabalhasse ou não trabalhasse? – Você sabe aonde vamos? – perguntou ela.
Ele deu um largo sorriso, exibindo dentes brancos e quadrados:
– Sim. Até o metrô. Mas Phil quer fazer uma boquinha antes.
Desciam a Third Avenue. E Richard falava com Phil sobre a ida deles à Europa no próximo verão. Therese sentiu um aperto de vergonha, andando atrás de Richard como um apêndice a reboque, porque Phil e Dannie achariam naturalmente que ela era amante de Richard. Ela não era sua amante, e Richard não esperava que ela o fosse na Europa. Era um relacionamento estranho, imaginava ela, e quem haveria de acreditar nele? Porque pelo que ela vira em Nova York, a regra era todo mundo dormir com todo mundo, depois de sair uma ou duas vezes com a pessoa. E os dois sujeitos com quem ela saíra antes de Richard – Angelo e Harry – certamente a haviam descartado ao descobrir que ela não estava a fim de ter um caso com eles. Ela tentara ter um caso com Richard três ou quatro vezes no decorrer do ano em que o conheceu, embora com resultados negativos; Richard disse que preferia esperar. Ele queria dizer: esperar até que ela gostasse mais dele. Richard queria se casar com ela, e ela foi a primeira garota que ele pediu em casamento, disse. Ela sabia que ele a pediria de novo antes de partirem para a Europa, mas ela não o amava bastante para casar-se com ele. E, não obstante, ia aceitar a maior parte do dinheiro da viagem, dele, pensou com um costumeiro sentimento de culpa. Então o vulto da sra. Semco, a mãe de Richard, surgiu diante dela, com um sorriso que os abençoava, por se casarem, e Therese involuntariamente sacudiu a cabeça.

– Qual o problema?
– Nada.
– Está com frio?
– Não. De jeito nenhum.

Mas ele estreitou o braço dela com mais força, para todos os efeitos. Ela estava com frio, e se sentia infeliz, de um modo geral. Era o relacionamento vacilante, a união precária com Richard, ela sabia. Eles se viam cada vez mais, mas sem aprofundarem sua intimidade. Ela ainda não estava apaixonada por ele, nem depois de dez meses, e talvez jamais ficasse, embora fosse incontestável que ela gostava mais dele do que de qualquer outra pessoa que conhecera, certamente qualquer homem. Às vezes ela se considerava apaixonada por ele, ao acordar de manhã e olhar para o teto com um olhar vazio, lembrando-se de repente de conhecê-lo, lembrando-se de repente de seu rosto brilhando de afeto por ela, por causa de algum gesto afetuoso da parte dela, antes que seu vácuo sonolento tivesse tempo de ser preenchido pela consciência da hora, do dia, do que teria que fazer, pelo conteúdo mais sólido que compunha a vida da gente. Porém o sentimento não guardava a menor semelhança com o que ela lera sobre o amor. O amor era tido como uma espécie de insanidade feliz. Richard também não agia como um louco feliz, para falar a verdade.

– Ah, tudo se chama St. Germain-des-Près! – gritou Phil com um aceno de mão. – Vou lhes dar uns endereços antes de vocês partirem. Por quanto tempo acham que ficarão por lá?

Um caminhão com correntes e chocalhando e se debatendo virou na frente deles, e Therese não pôde ouvir a resposta de Richard. Phil entrou na loja da Riker's na esquina da 53rd Street.

– A gente não precisa comer aqui. Phil só quer parar um minuto – Richard apertou o ombro dela ao entrarem pela porta. – Grande dia, não é Terry? Você não acha? Seu primeiro trabalho de verdade!

Richard estava convicto, e Therese se esforçou para se dar conta de que talvez fosse um grande momento. Mas ela não conseguia sequer recapturar a certeza que ela recordava ter sentido ao olhar para o pano de prato laranja na pia, depois da ligação de Richard. Ela se encostou no banco ao lado do de Phil, e Richard ficou ao lado dela, ainda a falar com ele. A luz branca ofuscante nos azulejos brancos da parede e do chão parecia brilhar mais que o sol, pois ali não havia sombras. Ela era capaz de enxergar cada fio brilhante de cabelo preto das sobrancelhas de Phil, e os pontos ásperos e lisos do cachimbo que Dannie segurava na mão, apagado. Era capaz de distinguir os detalhes das mãos de Richard, pendendo lânguidas das mangas de seu casaco, e se deu conta de novo da incoerência que elas tinham com seu corpo flexível, de ossos compridos. Eram mãos grossas, até mesmo gorduchas, e se moviam da mesma maneira cega e desajeitada, tanto ao pegar um saleiro como a alça de uma valise. Ou ao acariciar os seus cabelos, pensou ela. A parte de dentro das mãos era extremamente macia, como a de uma garota, e um pouco úmida. E pior, ele geralmente se esquecia de limpar suas unhas, mesmo quando se dava ao trabalho de se vestir bem. Therese lhe falara sobre isso algumas vezes, mas sentia agora que não podia falar mais sem irritá-lo.

Dannie a observava. Ela respondeu a seu olhar pensativo, por um instante, em seguida abaixou os olhos. De repente soube por que não conseguiu recapturar a sensação que tivera antes: ela simplesmente não acreditava que Phil McElroy pudesse lhe arranjar um emprego através de uma recomendação.

– Está preocupada por causa desse trabalho? – Dannie estava ao lado dela.

– Não.

– Não fique. Phil pode te dar uns toques – ele enfiou o tubo de seu cachimbo entre os dentes e pareceu que ia dizer outra coisa, mas se afastou.

Ela ouvia a conversa de Phil e Richard pela metade. Falavam sobre reservas de navios.

Dannie disse:

– Aliás, o Black Cat Theatre fica apenas a uns dois quarteirões de Morton Street, onde moro. Phil está hospedado comigo. Venha almoçar um dia com a gente, está bem?

– Muito obrigada. Será um prazer – é provável que não, pensou ela, mas o convite dele foi simpático

– O que você acha, Terry? – perguntou Richard. – Março é cedo demais para ir para a Europa? É melhor ir mais cedo do que esperar que tudo fique cheio demais.

– Março parece bom – respondeu ela.

– Não há nada que nos impeça, não é? Eu não me importo de não acabar o trimestre de inverno no colégio.

– Não, não há nada que nos impeça – era fácil dizer. Era fácil acreditar naquilo tudo, tão fácil quanto não acreditar em nada daquilo. Mas e se fosse tudo verdade, se o emprego fosse real, a peça, um sucesso, e ela pudesse ir para a França com pelo menos um êxito na bagagem... De repente Therese estendeu a mão em direção ao braço de Richard, escorregando-a para baixo, até os dedos dele. Richard ficou tão espantado que parou no meio de uma frase.

Na tarde seguinte, Therese ligou para o telefone de Watkins, que Phil lhe dera. Uma garota aparentemente muito eficiente atendeu. O sr. Cortes não estava, mas haviam ouvido falar dela através de Phil McElroy. O emprego era dela, e ela começaria a trabalhar em 28 de dezembro, por cinquenta dólares semanais. Ela podia ir até lá antes, para mostrar seu trabalho ao sr. Cortes, se quisesse, mas não era preciso, já que o sr. McElroy a recomendara tanto.

Therese ligou para Phil para agradecer-lhe, mas ninguém atendeu. Ela escreveu-lhe um bilhete, aos cuidados do Black Cat Theatre.

Capítulo três

Roberta Walls, a supervisora mais jovem da seção de brinquedos, fez uma pausa durante sua correria matinal, tempo apenas para sussurrar para Therese: – Se a gente não vender hoje esta valise de 24,95 dólares, ela será reajustada para menos na segunda-feira e a seção perderá dois dólares! – Roberta mostrou com a cabeça a valise marrom de papelão em cima do balcão, largou seu fardo de caixas cinzentas nas mãos da srta. Martucci, e seguiu em frente, apressada.

Por toda a extensão da longa passagem, Therese observou as vendedoras abrindo alas para Roberta. Roberta voava por trás dos balcões, de um canto a outro do andar, das nove da manhã às seis da tarde. Therese ouvira dizer que Roberta buscava outra promoção. Ela usava óculos de "gatinho" vermelhos e, ao contrário das demais garotas, sempre arregaçava as mangas do seu vestido verde até acima dos cotovelos. Therese viu-a descer voando uma passagem e deter a sra. Hendrickson com um recado nervoso, transmitido com muitos gestos. A sra. Hendrickson assentiu com a cabeça, Roberta tocou seu ombro num gesto de familiaridade, e Therese sentiu uma pontada de inveja. Inveja, embora ela não ligasse a mínima para a sra. Hendrickson, e até chegasse a desgostar dela.

– Você tem uma boneca de pano que chora?

Therese não tinha conhecimento de uma boneca desse tipo no estoque, mas a mulher estava convicta de que tinha na Frankenberg's, porque a vira anunciada. Therese tirou mais uma caixa do último local em que ela poderia estar, mas não estava.

– Istah brocurando o guê? – perguntou-lhe a srta. Santini, que estava resfriada.

– Uma boneca de pano que chora – respondeu Therese. A srta. Santini andava muito delicada com ela ultimamente. Therese lembrou-se da carne roubada. Mas agora a srta. Santini levantou apenas suas sobrancelhas, projetou seu lábio inferior vermelho brilhante com um dar de ombros, e seguiu adiante.

– Feita de pano? Com tranças? – a srta. Martucci, uma garota magra, italiana, de cabelos emaranhados e um nariz longo como de um lobo, olhou para Therese. – Não deixe que Roberta saiba – disse a srta. Martucci, dando um olhar em volta. – Não deixe que ninguém saiba, mas essas bonecas estão no subsolo.

– Ah – a seção de brinquedos de cima estava em guerra com a seção de brinquedos do subsolo. A tática era obrigar o freguês a comprar no sétimo andar, onde tudo era mais caro. Therese disse à mulher que as bonecas estavam no subsolo.

– Tente vender isto hoje – disse-lhe a srta. Davis ao passar de fininho, batendo na surrada valise de imitação de crocodilo com sua mão de unhas vermelhas.

Therese assentiu com a cabeça.

– Você tem bonecas de pernas rígidas? Uma que fica em pé?

Therese olhou para a senhora de meia-idade com as muletas, que projetava os ombros para cima. Seu rosto era diferente de todos os demais no balcão, gentil, com um certo ar de reconhecimento no olhar, como se enxergasse de fato aquilo que olhava.

– É um pouquinho maior do que eu queria – disse a mulher quando Therese lhe mostrou uma boneca. – Que pena. Você tem uma menor?

– Acho que sim – Therese desceu um pouco a passagem e percebeu que a mulher a seguiu com suas muletas, contornando o bolo de gente no balcão para poupar Therese de voltar com a boneca. De repente, Therese teve vontade de fazer infinitas tentativas de encontrar exatamente a boneca que a mulher buscava. Mas a boneca seguinte também não chegou a servir. Não tinha cabelos verdadeiros. Therese tentou outro canto e achou a mesma boneca, com cabelos verdadeiros. Ela chegava a chorar se a debruçassem. Era exatamente o que a mulher queria. Therese embrulhou a boneca com cuidado em papel novo, numa caixa nova.

– Perfeito – repetia a mulher. – Vou mandá-la para uma amiga na Austrália, uma enfermeira. Ela se formou junto comigo na escola de enfermagem, por isso eu fiz um uniformezinho como o nosso, para pôr na boneca. Muitíssimo obrigada. E que você tenha um Feliz Natal!

– Feliz Natal para a senhora! – disse Therese a sorrir. Foi o primeiro Feliz Natal que ela ouviu de algum freguês.

– Já tirou o seu descanso, srta. Belivet? – perguntou-lhe a sra. Hendrickson, com tanta aspereza como se lhe estivesse censurando.

Therese não tinha tirado. Ela pegou seu livro de bolso e o romance que estava lendo da prateleira sob o balcão de embrulhos. O romance era *Retrato do artista quando jovem,* de Joyce, que Richard estava doido que ela lesse. Como é que alguém podia ter lido Gertrude Stein sem ter lido Joyce, dizia Richard, ele não entendia. Ela se sentia um pouquinho inferiorizada quando Richard conversava com ela sobre leituras. Vasculhara todas as estantes no colégio, mas a biblioteca reunida pela Ordem de Santa Margarete estava longe de ser católica, percebia agora, embora contivesse escritores tão inesperados quanto Gertrude Stein.

O vestíbulo que dava para a sala de estar dos funcionários estava bloqueado por grandes carrinhos empilhados de caixas. Therese teve de esperar para passar.

– Fadinha! – um dos rapazes dos carrinhos gritou para ela.

Therese sorriu um pouquinho porque era uma tolice. Até mesmo no banheiro do subsolo eles gritavam "Fadinha!" para ela, da manhã à noite.

– Fadinha, está esperando por mim? – a voz meio áspera gritou de novo, se sobrepondo ao som das batidas dos carrinhos do estoque.

Ela passou, e se esquivou de um carrinho da expedição que vinha disparado na direção dela, com um funcionário a bordo.

– É proibido fumar aqui! – gritou uma voz de homem, uma voz bem rosnada de executivo, e as garotas na frente de Therese, que tinham acendido cigarros, sopraram a fumaça para cima e disseram alto, em coro, pouco antes de alcançarem o refúgio do banheiro de mulheres. – Quem *ele* pensa que é, o sr. Frankenberg?
– Iuu-huu! Fadinha!
– Eu só tô na boca d'ispera, Fadinha!

Um carrinho da expedição derrapou na frente dela, e ela bateu a perna no seu canto metálico. Prosseguiu sem baixar os olhos para a sua perna, embora a dor começasse a brotar ali como uma lenta explosão. Ela seguiu adiante em meio à confusão de vozes femininas, de figuras femininas e de cheiro de desinfetante. O sangue escorria até o seu sapato, e sua meia estava rasgada. Ela colocou um pouco de pele de volta no lugar e, sentindo-se tonta, se encostou na parede e se segurou em um cano. Ficou ali por alguns segundos, ouvindo a confusão de vozes das garotas diante do espelho. Em seguida molhou um pedaço de papel higiênico e esfregou até o vermelho sumir de sua meia, mas o vermelho teimava em voltar.

– Está tudo bem, obrigada – disse para uma garota que se debruçou um instante sobre ela, e a garota foi embora.

Finalmente, não havia mais nada a fazer senão apelar para um tampão sanitário da máquina automática. Ela usou um pouco do algodão de sua parte interna, amarrando-o na perna com a gaze. E então já era hora de voltar para o balcão.

Seus olhares se encontraram no mesmo instante, Therese a levantar os olhos de uma caixa que ela abria, e a mulher simplesmente virando a cabeça de modo a acabar olhando diretamente para Therese. Ela era alta e clara, com um longo corpo elegante dentro do casaco de pele folgado, que ela mantinha aberto com a mão na cintura. Seus olhos eram cinzentos, claros, e, no entanto, dominadores, como luz ou fogo, e, depois de capturada por eles, Therese se viu incapaz de desviar o seu olhar. Ela ouviu a freguesa diante dela repetir uma pergunta, mas ficou ali, muda. A mulher também olhava para Therese, com uma expressão preocupada, como se parte de sua atenção estivesse voltada para aquilo que ela pretendia comprar ali, e apesar de haver um bom número de vendedoras entre as duas, Therese teve certeza de que a mulher viria até ela. Então viu-a andar lentamente em direção ao balcão, ouviu seu próprio coração falhar para recuperar o instante perdido e sentiu um ardor crescer no rosto à medida que a mulher se aproximava cada vez mais.

– Posso ver uma dessas valises? – perguntou a mulher, encostando-se no balcão e olhando para baixo através do tampo de vidro.

A valise avariada jazia a apenas um metro. Therese virou-se e pegou uma caixa no fundo de uma pilha, uma caixa que jamais fora aberta. Quando se endireitou, a mulher olhava para ela com seus olhos cinzentos e tranquilos, que Therese não conseguia encarar direito, nem deles desviar os seus.

– Foi daquela ali que eu gostei, mas não creio que eu possa comprá-la, posso? – disse ela, meneando a cabeça em direção à valise marrom na vitrine atrás de Therese.

Suas sobrancelhas eram louras, contornando a curvatura da testa. Sua boca era tão sábia quanto seus olhos, pensou Therese, e sua voz era como seu casaco, harmoniosa e maleável, e de certo modo cheia de segredos.

– Pode – respondeu Therese.

Therese foi até o quarto do estoque para pegar a chave. A chave ficava pendurada bem atrás da porta, em um prego, e ninguém podia pegá-la a não ser a sra. Hendrikson.

A srta. Davis viu-a e deu um suspiro, mas Therese disse:

– Preciso dela – e saiu.

Ela abriu a vitrine, tirou a valise e colocou-a em cima do balcão.

– Você está me dando a da vitrine? – ela sorriu como se compreendesse. E disse espontaneamente, recostando os dois antebraços no balcão, observando o que havia dentro da valise: – Vão ter um ataque, não vão?

– Não faz mal – disse Therese.

– Está bem. Quero ficar com ela. Negócio fechado. E as roupas? Vêm junto?

Havia roupas embrulhadas em celofane na tampa da valise, com etiquetas de preço. Therese disse:

– Não, isso é separado. Se quiser roupas de bonecas, estas não são tão boas quanto as da seção de roupas de bonecas do outro lado do corredor.

– Ah! Será isto que chega a New Jersey antes do Natal?

– Sim, chegará na segunda – senão, pensou Therese, ela mesma entregaria.

– Sra. H. F. Aird – disse a voz suave e distinta, e Therese começou a preencher a nota de pagamento contra entrega.

O nome, o endereço, a cidade surgiam na ponta do lápis como um segredo que Therese jamais esqueceria, como algo impresso para sempre na sua memória.

– Não vai se enganar, vai? – perguntou a voz da mulher.

Therese sentiu pela primeira vez o perfume dela, e em vez de responder, conseguiu apenas sacudir a cabeça. Baixou os olhos para a nota que ela preenchia meticulosamente, acrescentando os algarismos necessários, e desejou com toda sua força que a mulher simplesmente prosseguisse, depois de suas últimas palavras, e dissesse, "já que você gostou tanto de me conhecer, por que não podemos nos ver de novo? Por que não almoçamos juntas hoje?". A sua voz era tão natural, que ela poderia ter dito isso com a maior facilidade. Mas não saiu nada depois do "vai?" – nada para aliviar a vergonha de ser tida como uma vendedora novata, contratada para o movimento do Natal, sem experiência e capaz de errar. Therese empurrou o livro na sua direção, para que ela assinasse.

Então a mulher pegou suas luvas no balcão, virou-se e saiu lentamente, e Therese ficou observando a distância aumentar cada vez mais. Seus tornozelos, sob o casaco de pele, eram brancos e finos. Ela calçava sapatos simples de camurça preta, de saltos altos.

– Isso é uma nota de pagamento contra entrega?

Therese encarou o rosto feio e inexpressivo da sra. Hendrickson:

– Sim, sra. Hendrickson.

– Você não sabe que deve entregar ao freguês a parte de cima da nota? Como acha que ela vai poder reclamar a encomenda quando chegar? Onde está a freguesa? Dá para pegá-la?

– Dá – ela estava apenas a três metros e pouco de distância, do outro lado da passagem, no balcão de roupas de boneca. E com o canhoto verde na mão, ela hesitou um instante, em seguida contornou o balcão, obrigando-se a avançar, porque de repente sentiu vergonha de seu aspecto, do velho vestido azul, da blusa de algodão – quem quer que fosse o responsável pelos guarda-pós verdes, havia se esquecido dela – e das humilhantes sapatilhas. E do terrível curativo que já devia estar vazando sangue de novo.

– Isto é para ser entregue à senhora – disse ela, pondo o pedacinho insignificante de papel ao lado da mão pousada na beira do balcão e se afastando.

Novamente atrás do balcão, Therese ficou virada para as caixas do estoque, tirando-as e repondo-as meticulosamente, como se estivesse procurando algo. Ela esperou até que a mulher supostamente terminasse no balcão e fosse embora. Dava-se conta de que os momentos que passavam eram como um tempo irrecuperável, uma felicidade irrecuperável, pois naqueles últimos segundos ela poderia se virar e ver o rosto que ela jamais veria de novo. Ela também distinguia, de uma maneira fraca agora e com um novo pavor, as velhas e incessantes vozes das freguesas no balcão, pedindo ajuda, chamando-a, e o grave *rrrrrrr* que o trenzinho zumbia, tudo parte da tempestade que se aproximava, separando-a da mulher.

Mas quando ela finalmente se virou, foi bem nos olhos cinzentos que ela olhou de novo. A mulher vinha andando na sua direção, e como se o tempo andasse para trás, encostou-se delicadamente no balcão, indicou com um gesto uma boneca, que pediu para ver.

Therese pegou a boneca e deixou-a cair estrepitosamente no balcão de vidro, e a mulher olhou para ela.

– Parece inquebrável – disse a mulher.

Therese sorriu.

– Sim, vou levar esta também – disse ela na voz tranquila e lenta que criava um poço de silêncio no tumulto em volta delas.

Ela deu seu nome e endereço de novo, e Therese recolheu-os lentamente dos lábios dela, como se já não os soubesse de cor. – Chegará mesmo antes do Natal?

– Segunda-feira, no mais tardar. Isto é, dois dias antes do Natal.

– Ótimo. Não quero que você fique nervosa.

Therese apertou o nó no barbante que ela passara em volta da caixa da boneca, e o nó se desfez misteriosamente.

– Não – disse ela. Com uma vergonha tão profunda que não restava nada para esconder, ela atou o nó sob o olhar da mulher.

– É uma droga de trabalho, não é?

– É – Therese dobrou as notas de entrega em volta do barbante e fixou-as com alfinete.

– Então perdoe minha reclamação.

Therese olhou para ela, e repetiu-se a sensação de que a conhecia de algum lugar, que a mulher estava prestes a se revelar, e que ambas ririam então, e compreenderiam.

– Você não está reclamando. Mas eu sei que ela vai chegar – Therese olhou para o outro lado da passagem, onde a mulher estivera antes, e percebeu a pequena tira de papel verde ainda no balcão. – É importante que você guarde o canhoto da nota de entrega.

Seus olhos mudaram agora com o seu sorriso, se iluminaram com um fogo cinza, incolor, que Therese quase conhecia, quase podia localizar.

– Já recebi encomendas sem eles antes. Vivo perdendo-os – e ela se debruçou para assinar a segunda nota de entrega.

Therese observou-a ir embora num passo tão lento como quando chegara, viu-a olhar para outro balcão, de passagem, e bater duas, três vezes suas luvas pretas contra a palma da mão. Então desapareceu dentro de um elevador.

E Therese se voltou para outra freguesa. Ela trabalhava com uma paciência infatigável, porém seus algarismos nos talões de venda mostravam ligeiros rabiscos, onde o lápis tremia convulsivamente. Ela foi até a sala do sr. Logan, o que pareceu levar horas, mas quando olhou para o relógio, apenas haviam se passado quinze minutos, e agora era hora de se lavar para o almoço. Ela se deixou ficar rígida, diante da toalha rotativa, secando as mãos, sentindo-se desligada de tudo e de todos, isolada. O sr. Logan perguntara se ela queria continuar depois do Natal. Ela poderia trabalhar embaixo, na seção de cosméticos. Therese dissera não.

No meio da tarde, ela desceu até o primeiro andar e comprou um cartão de Natal na seção de cartões comemorativos. Não era um cartão muito interessante, mas pelo menos era simples, modestamente azul e dourado. Ela ficou com a caneta suspensa sobre o cartão, pensando no que poderia escrever: "você é magnífica" ou até mesmo "eu te amo", acabando por escrever a mensagem impessoal e inexpressiva: "saudações especiais da Frankenberg's". E acrescentou seu número, 645-A, em vez de uma assinatura. Em seguida, desceu até o correio no subsolo, hesitou na hora de enfiar a carta na abertura, perdendo subitamente a coragem ao ver sua mão segurando o cartão inserido pela metade na fenda. O que aconteceria? Ela ia embora da loja dentro de poucos dias, de qualquer maneira. O que importaria à sra. H. F. Aird? As sobrancelhas louras talvez se erguessem um pouco, ela olharia o cartão por um instante, em seguida esqueceria. Therese acabou de enfiá-lo.

No caminho de casa, veio-lhe uma ideia para um cenário, o interior de uma casa, mais fundo do que largo, com uma espécie de vórtice pelo meio, do qual brotariam quartos de ambos os lados. Ela queria começar a maquete de papelão naquela noite, mas acabou apenas elaborando seu esboço a lápis. Queria ver alguém – não Richard, nem Jack ou Alice Kelly do andar de baixo, talvez Stella, Stella Overton, a cenógrafa que ela conhecera durante suas primeiras semanas de Nova York. Therese não a via, percebeu ela, desde que viera ao coquetel que Therese dera quando deixara seu outro apartamento. Stella era uma das pessoas que não sabia seu endereço atual. Therese estava a caminho do telefone no vestíbulo, quando ouviu os toques curtos e rápidos da campainha que significavam visita.

– Obrigada – gritou Therese para a sra. Osborne, embaixo.

Era a costumeira visita de Richard por volta das nove horas. Ele queria saber se ela estava a fim de ver um filme amanhã à noite. Era o filme do Sutton que eles ainda não haviam visto. Therese disse que não tinha nada para fazer, apenas queria acabar uma fronha. Alice Kelly dissera que ela poderia vir amanhã à noite acabá-la na sua máquina de costura. E além do mais, ela precisava lavar seu cabelo.

– Lave-o hoje e me veja amanhã – disse Richard.

– Já é muito tarde. Não consigo dormir de cabelo molhado.

– Eu o lavo amanhã à noite. A gente não usa a banheira, só alguns baldes.

Ela deu um sorriso:

– Acho melhor não. – Ela caíra na banheira na vez em que Richard lavara seu cabelo. Richard estava imitando o ralo da banheira, com seus gorgolejos e soluços, e ela rira tanto que seus pés escorregaram no chão.

– Bem, que tal aquela exposição de arte no sábado? Está aberta sábado à tarde.

– Mas sábado é o dia em que tenho de trabalhar até as nove. Só consigo sair às nove e meia.

– Ah, está bem. Vou fazer hora no colégio e te encontro na esquina lá pelas nove e meia. 44th com 45th. Está certo?

– Certo.

– Alguma novidade hoje?

– Não. E com você?

– Não. Vou ver as reservas do navio amanhã. Te ligo amanhã à noite.

Therese acabou não ligando para Stella.

O dia seguinte era sexta, a última sexta antes do Natal, e o dia mais movimentado que Therese já vira desde que trabalhava na Frankenberg's, embora todo mundo dissesse que amanhã seria pior. As pessoas se comprimiam com uma força alarmante de encontro aos balcões de vidro. Fregueses que ela começara a atender eram varridos e se perdiam na correnteza grudenta que enchia a passagem. Era impossível imaginar o andar apinhado de mais pessoas, porém os elevadores não paravam de despejar gente.

– Não entendo por que eles não fecham as portas lá embaixo! – comentou Therese com a srta. Martucci, quando estavam ambas agachadas diante de uma prateleira do estoque.

– Quê? – respondeu a srta. Martucci, incapaz de ouvir.

– Srta. Belivet! – gritou alguém, e trinou um apito.

Era a sra. Hendrickson. Ela passara a usar um apito para atrair atenção, naquele dia. Therese abriu caminho até ela entre vendedoras e caixas vazias no chão.

– Estão chamando você no telefone – disse-lhe a sra. Hendrickson, apontando para o aparelho ao lado da mesa de fazer embrulhos.

Therese fez um gesto de impotência, que a sra. Hendrickson não teve tempo de ver. Seria impossível ouvir qualquer coisa num telefone naquele momento. E ela sabia que era provavelmente Richard com alguma gaiatice. Ele já ligara uma vez para ela, antes.

– Alô? – disse ela.

– Alô, quem fala é a funcionária seis quatro cinco A, Therese Belivet? – disse a voz da telefonista, sobrepondo-se a zumbidos e estalos. – Pode falar.

– Alô – repetiu ela, mal ouvindo a resposta. Ela arrastou o telefone da mesa até a sala do estoque, a um metro e pouco dali. O fio não era longo o suficiente, e ela foi obrigada a se agachar no chão. – Alô?

– Alô – disse a voz. – Bem... eu queria te agradecer pelo cartão de Natal.

– Ah. Ah, você é...

– Quem fala é a sra. Aird – disse ela. – Foi você quem mandou? Ou não?

– Fui, sim – respondeu Therese, de repente toda dura de culpa, como se tivesse sido apanhada em delito. Ela fechou os olhos e torceu o fone, vendo de novo os olhos inteligentes e sorridentes, tal como os vira ontem. – Sinto muito se lhe aborreci – disse Therese mecanicamente, na voz que ela costumava empregar com os fregueses.

A mulher riu.

– Isso é muito engraçado – disse ela displicentemente, e Therese registrou a mesma entonação arrastada e fluente na voz que ela ouvira ontem, amara ontem, e ela mesma sorriu.

– É? Por quê?

– Você deve ser a garota da seção de brinquedos.

– Sim.

– Foi muito simpático de sua parte ter me mandado o cartão – disse polidamente a mulher.

Então Therese compreendeu. Ela pensara que era de um homem, algum outro funcionário que a servira.

– Foi muito bom ter lhe atendido – disse Therese.

– Foi? Por quê? – ela talvez zombasse de Therese. – Ora, já que é Natal, por que não nos encontramos para tomar pelo menos um café? Ou um drinque?

Therese se encolheu quando a porta abriu com força e uma garota entrou no cômodo, ficando em pé bem diante dela.

– Sim, acho boa ideia.

– Quando? – perguntou a mulher. – Vou para Nova York amanhã de manhã. Por que não combinamos um almoço? Você tem tempo amanhã?

– Claro. Tenho uma hora, do meio-dia à uma – disse Therese, fitando os pés da garota diante dela, calçados em mocassins cambaios, a parte de trás de seus tornozelos e panturrilhas, com meias de algodão, se remexendo como as patas de um elefante.

– Posso encontrá-la embaixo, na entrada da 34th Street, lá pelo meio-dia?

– Está bem. Eu... – Therese lembrou agora que amanhã ela entrava à uma em ponto. Tinha a manhã livre. Ela levantou o braço para se resguardar da avalanche de caixas que a garota na sua frente puxara da prateleira. A própria garota cambaleou para trás, em cima dela. – Alô? – gritou ela acima do barulho das caixas que caíam.

– Desculpe – disse irritada a sra. Zabriskie, quase arrancando a porta de novo.

– Alô? – repetiu Therese.

A linha estava muda.

Capítulo quatro

– Olá – disse a mulher, sorrindo.
– Olá.
– Alguma coisa te preocupa?
– Não – a mulher pelo menos a reconhecera, pensou Therese.
– Tem preferência por algum restaurante? – perguntou a mulher na calçada.
– Não. Seria bom se achássemos algum tranquilo, mas não existe nessa vizinhança.
– Você não tem tempo para ir até o East Side? Não, claro que não, se tem apenas uma hora. Acho que sei de um lugar a alguns quarteirões à direita, nesta rua. Acha que terá tempo?
– Sim, com certeza.

Já era meio-dia e quinze. Therese sabia que iria se atrasar terrivelmente, mas não tinha a menor importância.

Não se deram ao trabalho de conversar no caminho. De vez em quando a multidão as separava, e houve uma vez em que a mulher olhou para Therese, do outro lado de um carrinho cheio de vestidos, sorrindo. Entraram num restaurante com vigas de madeira e toalhas brancas, milagrosamente silencioso, que não estava nem meio cheio. Sentaram-se num amplo cubículo de madeira, e a mulher pediu um *old-fashioned* sem açúcar e convidou Therese a também tomar um, ou um xerez, e quando Therese hesitou, dispensou o garçom com o pedido.

Ela tirou o chapéu e passou os dedos pelos cabelos louros, uma vez de cada lado, e olhou para Therese.

– De onde tirou essa ideia simpática de me mandar um cartão de Natal?

– Eu lembrei de você – disse Therese. Ela olhou para os pequenos brincos de pérolas, que de certo modo não eram mais claros que os próprios cabelos dela, ou seus olhos. Therese achou-a bonita, embora seu rosto fosse agora um borrão, porque ela não conseguia aguentar olhar diretamente para ele. Ela tirou algo de sua bolsa, um batom e um estojo de maquiagem, e Therese reparou no estojo do batom – dourado como um joia, com a forma de um baú. Ela queria olhar para o rosto da mulher, mas seus olhos cinzentos tão próximos a afugentaram, cintilando em direção a ela como fogo.

– Você não trabalha lá há muito tempo, trabalha?

– Não. Só duas semanas.

– E não vai ficar por muito mais tempo, provavelmente – ela ofereceu um cigarro a Therese.

Therese aceitou.

– É. Vou arranjar outro trabalho – ela se inclinou para frente em direção ao isqueiro que a mulher segurava para ela, em direção à mão esguia com as unhas vermelhas ovais e um punhado de sardas.

– E é com frequência que você tem a inspiração de mandar cartões-postais?

– Cartões-postais?

– Cartões de Natal? – ela riu dela mesma.

– Claro que não – respondeu Therese.

– Bem, brindemos ao Natal – ela encostou seu copo no de Therese e bebeu. – Onde você mora? Em Manhattan?

Therese contou-lhe. Na 63rd Street. Seus pais haviam morrido, disse. Estava em Nova York há dois anos, antes disso, no colégio em New Jersey. Therese não contou que o colégio era semirreligioso, episcopal. Não mencionou a Irmã Alícia, que ela adorava e que tantas vezes lhe vinha ao pensamento, com seus olhos azuis desbotados, seu nariz feio e sua severidade carinhosa. Porque desde a manhã anterior, a Irmã Alícia fora descartada para bem longe, para bem abaixo da mulher que se sentava diante dela.

– E o que você faz no seu tempo livre?

A luminária da mesa tornava seus olhos prateados, cheios de luz líquida. Até mesmo a pérola no lóbulo de sua orelha parecia viva, como uma gota d'água que um toque poderia destruir.

– Eu... – deveria contar-lhe que ela geralmente trabalhava nas suas maquetes para o palco? Desenhava e pintava, às vezes, esculpia coisas como cabeças de gato e pequeninas figuras para seus cenários de balé, mas que gostava principalmente de dar longos passeios para qualquer lugar, e de simplesmente sonhar? Therese sentiu que não era obrigada a contar. Sentiu que os olhos da mulher não podiam olhar nada sem uma compreensão total. Therese bebeu mais um pouco de seu drinque, com vontade, embora ele fosse como a mulher, pensou, forte e apavorante.

A mulher acenou para o garçom e vieram mais dois drinques.
– Gosto disso.
– De quê? – perguntou Therese.
– Gosto que alguém me mande um cartão, alguém que eu não conheço. As coisas deviam ser assim no Natal. E, neste ano, gostei especialmente.
– Fico contente – Therese sorriu, imaginando se ela estava falando sério.
– Você é uma garota muito bonita – disse ela. – E muito sensível também, não é?

Ela podia estar falando sobre uma boneca, pensou Therese, tal a naturalidade com que lhe disse que era bonita.
– Eu te acho magnífica – disse Therese, encorajada pelo segundo drinque, sem ligar para o efeito que isso poderia causar, porque ela sabia que a mulher já sabia, de qualquer maneira.

Ela riu, deixando a cabeça cair para trás. Era um som mais belo que música. Criou pequenas rugas nos cantos dos seus olhos, e fê-la franzir seus lábios vermelhos ao tragar o cigarro. Seu olhar se voltou para além de Therese, durante um instante, com os cotovelos na mesa e o queixo apoiado na mão que segurava o cigarro. Da cintura de seu costume preto sob medida até os ombros que se alargavam, desenhava-se uma longa linha, vindo em seguida a cabeça loura com os cabelos finos e indisciplinados, que ela mantinha erguida. Tinha cerca de trinta ou trinta e dois anos, pensou Therese, e sua filha, para quem ela comprara a valise e a boneca, devia ter talvez seis ou oito anos. Therese era capaz de imaginar a criança, loura, de rosto feliz e dourado, com um corpo esguio e bem-proporcionado, sempre a brincar. Mas o rosto da criança, ao contrário do rosto da mulher, com suas maçãs do rosto curtas e uma solidez um tanto nórdica, era vago e indefinível. E o marido? Therese não conseguia visualizá-lo de modo algum.

Therese disse:

– Tenho certeza de que você achou que havia sido um homem que te mandou o cartão de Natal, não foi?

– Achei – disse ela em meio a um sorriso. – Achei que talvez fosse um sujeito da seção de esqui que mandou.

– Sinto muito.

– Não, foi um prazer – ela se recostou na divisória. – Duvido muito de que eu fosse almoçar com ele. Não. Fiquei encantada.

O cheiro abafado e ligeiramente doce de seu perfume atingiu Therese de novo, um cheiro que lembrava seda verde-escura, que era só dela, como o perfume de alguma flor especial. Therese inclinou-se mais em sua direção, olhando para seu copo. Ela queria empurrar a mesa para um lado e pular nos braços dela, enterrar seu nariz no cachecol verde e dourado que estava bem atado em volta do pescoço dela. Uma vez as partes de trás de suas mãos roçaram em cima da mesa, e a pele de Therese sentiu que possuía uma vida própria ali, um tanto ardente. Therese não conseguia compreender, mas era assim. Therese olhou para o rosto dela, um pouco virado para o outro lado, e viveu de novo aquele instante de quase reconhecimento. E percebeu também que não devia acreditar nele. Ela nunca vira a mulher antes. Se houvesse visto, teria podido esquecer? Em meio ao silêncio, Therese sentiu que ambas esperavam que a outra falasse, e no entanto o silêncio não era constrangedor. Seus pratos haviam chegado. Pediram creme de espinafre com um ovo em cima, algo fumegante e cheirando a manteiga.

– Como é que você mora sozinha? – perguntou a mulher, e antes que Therese se desse conta, contara à mulher toda a história de sua vida.

Mas não com detalhes entediantes. Em seis frases, como se tudo aquilo lhe importasse menos que uma história que ela lera em algum canto. E que importavam os fatos, afinal de contas, que sua mãe fosse francesa ou inglesa ou húngara, ou que seu pai fora um pintor irlandês, ou um advogado checo, se tivera sucesso ou não, ou se a mãe a levara à ordem de Santa Margarete como uma criancinha chorona, problema, ou como uma criança problemática e melancólica de oito anos de idade? Ou se lá ela fora feliz. Porque estava feliz agora, a começar de hoje. Não tinha necessidade de pais ou de um passado.

– O que poderia ser mais chato que a história do passado? – disse Therese sorrindo.

– Talvez futuros que não terão história nenhuma.

Therese não pensou a respeito. Estava certo. Ela ainda sorria, como se houvesse acabado de aprender a sorrir, sem saber parar. A mulher sorria junto com ela, divertidamente, mas talvez estivesse rindo dela, pensou Therese.

– Que tipo de nome é Belivet? – perguntou ela.

– É tcheco. Foi mudado – explicou constrangida Therese. – Originalmente...

– É muito original.

– Qual é o seu nome? – perguntou Therese. – Seu nome próprio?

– Meu nome? Carol. Por favor, jamais me chame de Carole.

– Por favor, jamais me chame de *Th*erese – disse Therese, pronunciando o "th".

– Como gosta que se pronuncie? Terese?

– Sim. Da maneira como você faz – respondeu. Carol pronunciava seu nome à maneira francesa, Terez. Ela estava acostumada a uma dezena de variações, e ela mesma às vezes o pronunciava de modo diferente. Gostava do modo de Carol pronunciá-lo, e gostava dos lábios dela a dizê-lo. Um anseio indefinido, do qual tivera apenas uma vaga consciência em ocasiões anteriores, tornou-se agora um desejo identificável. Era um desejo tão absurdo, tão constrangedor, que Therese afastou-o de sua cabeça.

– O que você faz nos domingos? – perguntou Carol.

– Nem sempre sei. Nada demais. Você, o que faz?
– Nada... ultimamente. Se quiser vir me visitar alguma vez, será bem-vinda. Pelos menos existe um pouco de campo em volta de onde moro. Gostaria de vir neste domingo? – Os olhos cinzentos olhavam diretamente para ela, agora, e pela primeira vez Therese encarou-os. Havia certa dose de humor neles. Therese percebeu. E o que mais? Curiosidade, e também um desafio.
– Sim – respondeu Therese.
– Que garota esquisita é você.
– Por quê?
– Caída do espaço – disse Carol.

Capítulo cinco

Richard estava em pé na esquina, esperando por ela, se apoiando ora em uma, ora em outra perna, no frio. Ela não sentia nenhum frio naquela noite, percebeu de repente, apesar das outras pessoas na rua estarem encolhidas nos seus capotes. Ela pegou o braço de Richard e apertou-o com força, carinhosamente.

– Você já esteve lá dentro? – perguntou ela. Estava atrasada dez minutos.

– Claro que não. Estava te esperando – ele pressionou seu nariz e lábios frios de encontro à face dela. – Teve um dia duro?

– Não.

A noite estava muito escura, apesar da iluminação de Natal em alguns postes. Ela olhou para o rosto de Richard no clarão de seu fósforo. A extensão lisa de sua fronte dominava seus olhos estreitados, dando a mesma impressão de força da testa de uma baleia, pensou ela, força suficiente para esmagar alguma coisa. Seu rosto parecia um rosto esculpido em madeira, alisado pela plaina, sem adornos. Ela viu seus olhos se abrirem como inesperados recortes de céu azul na escuridão.

Ele sorriu para ela.

– Você está de bom humor esta noite. Quer ir a pé? Não se pode fumar lá dentro. Quer um cigarro?

– Não, obrigada.

Começaram a andar. A galeria estava ali ao lado deles, uma fileira de janelas iluminadas, cada qual com uma guirlanda natalina, no segundo andar do grande prédio. Amanhã ela veria Carol, pensou Therese, amanhã de manhã às onze horas. Ela a veria a apenas dez quarteirões de distância, dentro de pouco mais de doze horas. Ela fez menção de pegar de novo no braço de Richard, mas de repente se sentiu inibida. A leste, descendo a 43rd Street, viu a estrela Órion disposta exatamente no meio do céu, entre os prédios. Costumava observá-la das janelas do colégio, da janela de seu primeiro apartamento em Nova York.

– Fiz nossas reservas hoje – disse Richard. – No *President Taylor*, que zarpa em março. Conversei com o vendedor de passagens e acho que ele vai conseguir arranjar cabines externas para nós, se eu ficar bastante em cima dele.

– Sete de março? – ela ouviu o frêmito de excitação na sua voz, apesar de agora não querer ir mais, definitivamente, para a Europa.

– Faltam mais ou menos dez semanas – disse Richard, pegando na sua mão.

– Dá para você cancelar as reservas se eu não puder ir? – ela podia muito bem dizer-lhe já que não queria ir, pensou, mas ele apenas argumentaria, como antes, quando ela vacilava.

– Cla...ro, Terry! – e deu uma risada.

Richard balançava a mão dela ao caminharem. Como se fossem amantes, pensou Therese. Seria quase amor o que ela sentia por Carol, só que Carol era uma mulher. Não chegava a ser loucura, mas certamente a deixava feliz. Uma palavra boba, mas como poderia ela ser mais feliz do que estava agora, e estivera desde quinta-feira?

– Eu gostaria se pudéssemos compartilhar uma – disse Richard.

– Compartilhar o quê?

– Compartilhar uma cabine! – explodiu Richard, com uma gargalhada, e Therese reparou nas duas pessoas que havia na calçada e que se viraram para olhar para eles. – Vamos tomar um drinque num canto qualquer, para comemorar? Podemos ir ao Mansfield, logo ali.

– Não estou a fim de ficar sentada. Tomamos depois.

Entraram na exposição pagando meia entrada, usando os passes da escola de arte de Richard. A galeria consistia de uma série de salas de pé-direito alto, forradas de tapetes fofos, criando um pano de fundo de opulência ostensiva para os anúncios comerciais, os desenhos, litografias, ilustrações, ou o que fossem, pendurados em fileiras compactas nas paredes. Richard examinou alguns deles durante minutos, mas Therese achou-os meio deprimentes.

– Você viu isso aqui? – perguntou Richard, apontando para um desenho complicado de um operário consertando um fio telefônico, que Therese já vira em algum outro lugar antes, mas que hoje lhe dava positivamente desprazer em olhar.

– Sim – disse ela. Ela pensava em outra coisa. Se parasse de economizar para juntar dinheiro para a Europa – uma bobagem, já que não ia –, podia comprar um casaco novo. Haveria liquidações depois do Natal. O casaco que ela vestia agora era uma espécie de casaco de pelo de camelo preto, que sempre a fazia se sentir desleixada.

Richard pegou seu braço:

– Você não demonstra o devido respeito pela técnica, menina.

Ela franziu a testa gaiatamente e tornou a lhe dar seu braço. Sentiu-se de repente muito próxima dele, tão calorosa e feliz quanto na noite em que o conhecera, na festa em Christopher Street a que Frances Cotter a levara. Richard estava meio bêbado, como nunca mais estivera em sua presença, falando sobre livros, política e gente de uma maneira tão positiva como jamais tornara também a fazê-lo. Conversara com ela a noite toda, e ela gostara tanto dele naquela noite por causa de seu entusiasmo, de suas ambições, de suas simpatias e antipatias, e porque aquela fora sua primeira festa de verdade e, devido a ele, fora um sucesso.

– Você não está olhando – disse Richard.

– É cansativo. Para mim basta, se bastar para você.

Perto da porta encontraram umas pessoas que Richard conhecia da Liga, um homem jovem, uma garota e um rapaz preto. Richard apresentou-os a Therese. Ela podia perceber que não eram amigos íntimos de Richard, mas ele proclamou para todos:

– Nós vamos para a Europa em março.

E todos ficaram com cara de inveja.

Lá fora, a Fifth Avenue parecia vazia e à espera, como um cenário, de alguma ação dramática. Therese foi andando depressa ao lado de Richard, com as mãos nos bolsos. Não sabia como, mas perdera hoje suas luvas. Pensava em amanhã, às onze horas. Imaginava se ainda estaria junto com Carol a esta hora amanhã.

– E amanhã? – perguntou Richard.

– Amanhã?

– Você sabe. Minha família perguntou se você queria vir almoçar domingo conosco.

Therese hesitou, se lembrando. Ela visitara os Semcos em quatro ou cinco tardes de domingo. Tinham um grande almoço por volta das duas horas, e então o sr. Semco, um sujeito baixo e careca, iria querer dançar com ela polcas e música russa tocadas na vitrola.

– Sabe que mamãe quer fazer um vestido para você? – continuou Richard. – Ela já tem o pano. Quer tomar suas medidas.

– Um vestido. Isso é trabalho demais – Therese visualizara as blusas bordadas da sra. Semco, blusas brancas com séries e mais séries de bordados. A sra. Semco tinha orgulho da sua costura. Therese não se sentia bem em aceitar um trabalho tão colossal.

– Ela adora – disse Richard. – Bem, que tal amanhã? Quer vir lá pelo meio-dia?

– Acho que não quero neste domingo. Eles não estão me esperando com grande entusiasmo, estão?

– Não – Richard respondeu desapontado. – Você quer ficar trabalhando ou algo assim?

– Sim, prefiro – ela não queria que Richard soubesse sobre Carol, ou jamais viesse a conhecê-la.

– Não quer nem dar pelo menos um passeio de carro a algum lugar?

– Acho que não, obrigada – Therese não gostou de ele estar segurando sua mão agora. A mão dele estava úmida, o que a tornava gélida.

– Não acha que talvez mude de opinião?

Therese sacudiu a cabeça:

– Não – havia coisas atenuantes que ela podia ter dito, desculpas, mas também não queria mentir sobre amanhã, não mais do que já havia mentido. Ela ouviu Richard dar um suspiro, e foram caminhando em silêncio durante algum tempo.

– Mamãe quer te fazer um vestido branco com uma bainha de renda. Ela está enlouquecendo de frustração porque só tem Esther de garota na família.

Esther era contraparente dele, prima por casamento, que Therese só vira uma ou duas vezes.

– Como vai Esther?

– Como sempre.

Therese livrou seus dedos dos dedos de Richard. De repente sentiu fome. Passara a sua hora de jantar escrevendo algo, uma espécie de carta para Carol que não postara nem tinha intenção de postar. Pegaram o ônibus para o centro na Third Avenue, em seguida foram caminhando para o leste até a casa de Therese. Therese não queria convidar Richard para subir, mas convidou assim mesmo.

– Não, obrigado, vou andando – disse Richard. E colocou um pé no primeiro degrau. – Você está num ânimo estranho esta noite. A quilômetros de distância.

– Não, não estou não – respondeu ela, sentindo-se incapaz de se expressar, e constrangida por isso.

– Agora está. Dá para ver. Afinal de contas, você não...

– O quê? – insinuou ela.

– A gente não está conseguindo aprofundar muita coisa, não é? – disse ele, de repente muito sério. – Se você nem sequer tem vontade de passar os domingos comigo, como vamos passar meses juntos na Europa?

– Bem... se você quiser desistir de tudo, Richard...

– Terry, eu te amo – ele passou a palma da mão sobre os cabelos, exasperado. – É evidente que eu não quero desistir de tudo, mas... – e ele parou de novo.

Ela sabia o que ele estava prestes a dizer, que ela praticamente não lhe dava nenhum carinho, mas ele não queria dizê-lo porque sabia muito bem que ela não estava apaixonada por ele, então por que esperava afeto dela? No entanto, o simples fato de ela não estar apaixonada por ele fazia Therese se sentir culpada, culpada de aceitar alguma coisa dele, um presente de aniversário, ou um convite para almoçar com sua família, ou mesmo o tempo dele. Therese pressionou com força as pontas de seus dedos contra o balaústre de pedra.

– Está certo... Eu sei. Não estou apaixonada por você – disse ela.

– Não é isso o que eu quero dizer, Terry.

– Se você quiser desistir de tudo isso... quero dizer, até de me ver, então desista – não era a primeira vez que ela dizia aquilo.

– Terry, você sabe que prefiro estar com você do que com qualquer outra pessoa no mundo. Isso é que é infernal.

– Bem, se é infernal...

– Você me ama mesmo, Terry? Como é que você me ama?

Deixe-me contar as maneiras, pensou ela:

– Eu não te amo, mas gosto de você. Esta noite eu tive a sensação, alguns minutos atrás – disse ela, forçando as palavras a saírem de qualquer maneira, porque eram verdade –, de estar mais próxima de você do que jamais estive de verdade.

Richard olhou para ela, meio incredulamente.

– Esteve? – e ele se pôs a subir lentamente os degraus, parando logo abaixo dela. – Então por que não me deixa passar a noite com você, Terry? Vamos só fazer uma tentativa, concorda?

Ela percebera desde seu primeiro passo em sua direção que ele ia pedir isso. Ela agora se sentia infeliz e envergonhada, com pena de si mesma e dele, porque a coisa era tão impossível, e constrangida por não querer. Havia sempre aquele tremendo bloqueio de sequer querer fazer uma tentativa, o que reduzia tudo a uma espécie de infeliz vexame e mais nada toda vez que ele lhe pedia. Ela se lembrou da primeira vez que o deixara ficar e se contorceu de novo por dentro. Fora tudo, menos agradável, e ela perguntara bem no meio: "Isso é direito?". Como poderia ser direito e tão desagradável?, pensara.

E Richard rira alto durante muito tempo, com uma satisfação que a zangara. E a segunda vez fora pior, provavelmente porque Richard achara que todas as dificuldades haviam sido superadas. Foi bastante doloroso, a ponto de fazê-la chorar, e Richard pedira muitas desculpas e dissera que ela o fazia se sentir um brutamontes. E ela então protestara dizendo que ele não era. Ela sabia muito bem que ele não era, que era um anjo comparado ao que Angelo Rossi teria sido, por exemplo, se ela tivesse dormido com ele na noite em que ele estivera ali, naqueles mesmos degraus, pedindo a mesma coisa.

– Terry, querida...

– Não – disse Therese, encontrando enfim a sua voz. – Eu simplesmente não consigo esta noite, e também não posso ir para a Europa com você – terminou ela com uma franqueza irremediavelmente abjeta.

Os lábios de Richard se abriram de uma maneira espantada. Therese não conseguiu suportar a visão do cenho franzido sobre eles.

– Por que não?

– Porque eu não posso – respondeu ela, cada palavra uma agonia. – Porque eu não quero dormir com você.

– Ah, Terry! – riu Richard. – Desculpe por ter pedido. Esqueça isso, sim, amor? E na Europa, também?

Therese afastou seu olhar, reparou de novo em Órion, inclinada num ângulo ligeiramente diferente, e tornou a olhar para Richard. Mas eu não consigo, pensou ela, acabo pensando nisso de vez em quando, porque você pensa. Pareceu-lhe ter falado as palavras, que eram sólidas como blocos de madeira no espaço que os separava, apesar de nada ouvir. Ela já dissera essas palavras para ele no seu quarto lá em cima, e uma vez em Prospect Park, enquanto enrolava a linha de uma pipa. Mas ele não quis levá-las em consideração, e o que deveria ela fazer agora, repeti-las?

Capítulo seis

Therese saiu para a rua e olhou, mas as ruas estavam vazias, o vazio das manhãs de domingo. O vento se arremessava em torno da alta esquina de concreto da Falkenberg's, como se estivesse furioso por não encontrar nenhuma figura humana a quem se contrapor. Ninguém exceto ela, pensou Therese, rindo consigo mesma repentinamente. Ela devia ter pensado em um ponto de encontro mais agradável do que aquele. O vento batia como gelo nos seus dentes. Carol estava quinze minutos atrasada. Se não viesse, Therese provavelmente continuaria a esperar o dia inteiro e pela noite adentro.

Surgiu uma figura da abertura do metrô, uma figura apressada de mulher, quebradiça de tão magra, num longo casaco preto sob o qual seus pés se moviam tão rápido que pareciam quatro pés girando em uma roda.

Então Therese se virou e viu Carol em um carro encostado perto da esquina do outro lado da rua. Therese foi andando até ela.

– Oi! – gritou Carol, inclinando-se para abrir a porta para ela.

– Oi. Pensei que você não viesse.

– Mil desculpas pelo atraso. Você está congelando?

– Não – Therese entrou e bateu a porta. Estava quente dentro do carro, um carro verde-escuro e longo, com forração de couro da mesma cor. Carol dirigia lentamente rumo ao oeste.

– Vamos até em casa? Onde você gostaria de ir?

– Não importa onde – respondeu Therese. Ela conseguiu distinguir sobre o nariz de Carol. Seus cabelos curtos e claros, que faziam Therese pensar num frasco de perfume erguido contra a luz, estavam amarrados pelo cachecol verde e dourado, que circundava sua cabeça como uma fita.

— Vamos lá para casa. É um lugar bonito.

Elas foram se afastando do centro. Era como se deixar conduzir por uma montanha-russa capaz de varrer tudo diante dela, e que no entanto obedecia inteiramente a Carol.

— Você gosta de dirigir? — perguntou Carol sem olhá-la. Ela tinha um cigarro na boca. Dirigia com as mãos descansando de leve no volante, como se aquilo nada representasse para ela, como se estivesse sentada e relaxada numa cadeira, num canto qualquer, a fumar. — Por que está tão calada?

Mergulharam com um ronco no Lincoln Tunnel. Uma excitação inexplicável, incontrolável, tomou conta de Therese, enquanto ela olhava pelo para-brisa. Ela desejou que o túnel desmoronasse e matasse as duas, que seus corpos fossem resgatados juntos. Sentiu que Carol a olhava de vez em quando.

— Já tomou o café da manhã?

— Não — respondeu Therese. Ela imaginou que estivesse pálida. Começara a tomar o café da manhã, mas deixara cair a garrafa de leite dentro da pia e depois desistira.

— É melhor tomar um café. Está aí na garrafa.

Já haviam saído do túnel. Carol parou no acostamento.

— Aí — disse Carol, acenando com a cabeça em direção à garrafa, que estava no assento, entre elas. Então a própria Carol pegou a garrafa e despejou na caneca um café marrom-claro, fumegante. Therese olhou para ele com gratidão:

— De onde ele apareceu?

Carol sorriu:

— Você sempre quer saber de onde as coisas vêm?

O café era muito forte e ligeiramente adocicado. Infundiu-lhe uma energia que a percorreu toda. Quando a caneca estava pela metade, Carol deu partida no carro. Therese ficou calada. O que havia para falar? O trevo de quatro folhas de ouro, com o nome e endereço de Carol, que pendia da corrente do chaveiro na ignição? O pássaro que voou solitário sobre um campo de aspecto pantanoso? Não. Somente as coisas que ela escrevera para Carol na carta não postada deviam ser faladas, e isso era impossível.

– Gosta do campo? – perguntou Carol, ao entrarem numa estrada menor.

Haviam acabado de passar por dentro de uma pequena cidade. Agora, na entrada que fazia uma grande curva em semicírculo, elas se aproximaram de uma casa branca de dois andares, com alas laterais que se estendiam como as patas de um leão em descanso.

Havia um tapete de limpar os pés, de metal, uma grande caixa de correio reluzente de latão, o latido cavo de um cachorro vindo do lado da casa, onde se entrevia uma garagem branca atrás de umas árvores. A casa cheirava a um tempero qualquer, pensou Therese, misturado a uma doçura especial que também não era do perfume de Carol. A porta se fechou às suas costas com um duplo estalo, firme e suave. Therese se virou e viu que Carol olhava para ela com perplexidade, com os lábios meio separados como se de espanto, e Therese sentiu que no instante seguinte Carol perguntaria, "O que você está fazendo aqui?", como se tivesse se esquecido, ou não tivesse querido trazê-la até lá.

– Não há ninguém aqui senão a empregada. E ela está distante – disse Carol, como se respondesse a alguma pergunta de Therese.

– É uma casa adorável – disse Therese, e percebeu o sorrisinho de Carol colorido de impaciência.

– Tire seu casaco – Carol tirou o cachecol que estava em volta de sua cabeça e passou os dedos nos seus cabelos. – Não gostaria de um pequeno café da manhã? É quase meio-dia.

– Não, obrigada.

Carol olhou em volta da sala de estar, e a mesma insatisfação perplexa retornou às suas feições:

– Vamos lá para cima. É mais confortável.

Therese seguiu Carol subindo pela escada larga de madeira, passando pelo retrato a óleo de uma menininha com cabelos louros e um queixo quadrado igual ao de Carol, por uma janela onde um jardim com um caminho serpenteante e um chafariz com uma estátua azul-esverdeada surgiram num instante para logo desaparecer. Em cima havia um vestíbulo curto ladeado por quatro ou cinco quartos. Carol entrou num quarto com um tapete e paredes verdes e pegou um cigarro de uma caixa sobre uma mesa. Olhou para Therese ao acendê-lo. Therese não sabia o que dizer ou fazer e sentiu que Carol esperava que ela dissesse ou fizesse alguma coisa, qualquer coisa. Therese observou o quarto simples com seu tapete verde-escuro e o longo banco verde acolchoado ao longo de uma parede. Havia uma mesa simples de madeira clara no meio. Um quarto de jogos, pensou Therese, embora parecesse mais um escritório, com seus livros, discos e ausência de quadros.

– Minha peça predileta – disse Carol, saindo dela. – Mas ali está meu quarto.

Therese olhou para o quarto do outro lado. Tinha uma forração de algodão com flores estampadas e madeirame claro como a mesa da outra peça. Havia um espelho simples e comprido por cima da penteadeira, e a sensação de luz do sol por toda parte, embora não houvesse luz do sol no quarto. A cama era de casal. E havia escovas de roupas sobre a cômoda escura do outro lado do quarto. Therese procurou em vão por um retrato dele. Havia um retrato de Carol na penteadeira, segurando uma menininha de cabelos louros. E o retrato de uma mulher com cabelos escuros encaracolados, com um largo sorriso no rosto, em uma moldura de prata.

– Você tem uma menininha, não é? – perguntou Therese.

Carol abriu um painel na parede do vestíbulo:

– Sim – respondeu. – Você quer uma Coca?

O zumbido da geladeira tornou-se agora mais alto. Não havia nenhum ruído em toda a casa, exceto o que elas faziam. Therese não queria a bebida gelada, mas pegou a garrafa e levou-a para baixo, seguindo Carol, passando pela cozinha e entrando no jardim dos fundos, que ela entrevira pela janela. Além do chafariz havia uma porção de plantas, algumas de um metro de altura, embrulhadas em sacos de aniagem, que lembravam alguma coisa, agrupadas assim, pensou Therese, sem saber o quê.

Carol apertou um barbante que o vento afrouxara. Inclinada no pesado vestido de lã e no cardigã azul, seu vulto parecia forte e sólido como seu rosto, ao contrário de seus tornozelos esguios. Carol pareceu ter se esquecido dela durante vários minutos, perambulando lentamente, plantando seus pés calçados de mocassins firmemente no chão, como se no jardim frio, sem flores, ela se sentisse finalmente confortável. Fazia um frio infernal, sem casaco, mas como Carol também parecesse indiferente a isso, Therese procurou imitá-la.

– O que você gostaria de fazer? – perguntou Carol. – Dar um passeio a pé? Ouvir uns discos?

– Estou muito satisfeita – disse-lhe Therese.

Ela estava preocupada com alguma coisa, e acabara se arrependendo de tê-la convidado para sua casa, achava Therese. Elas voltaram para a porta no final do caminho do jardim.

– Gosta de seu trabalho? – perguntou Carol na cozinha, mantendo ainda seu ar distante. Ela estava olhando dentro da grande geladeira. Tirou dois pratos cobertos com papel-manteiga. – Eu bem que gostaria de almoçar, e você?

Therese pretendera contar-lhe sobre o trabalho no Black Cat Theatre. Isso valeria alguma coisa, pensou, seria a única coisa importante que ela poderia contar a seu próprio respeito. Mas não era a hora. Ela agora respondia devagar, tentando se mostrar tão distante quanto Carol, embora percebesse que sua timidez levava a melhor.

– Acho que é educativo. Eu aprendo a roubar, a mentir, a ser poeta, tudo ao mesmo tempo. – Therese se recostou na cadeira de espaldar reto, de modo que sua cabeça ficasse no quadrado quente da luz do sol. Ela queria dizer, e como amar. Jamais amara alguém antes de Carol, nem mesmo a Irmã Alícia.

Carol olhou para ela:

– Como é que você se torna um poeta?

– Sentindo as coisas. Demasiadamente, acho eu – respondeu conscienciosamente Therese.

– E como se torna uma ladra? – Carol lambeu algo no seu polegar e franziu a cara. – Você não vai querer pudim de caramelo?

– Não, obrigada. Ainda não roubei, mas tenho certeza de que ali a coisa é fácil. Existem livros de bolso em todo canto, e é só a gente pegar alguma coisa. Roubam até a carne que você comprou para o jantar – Therese riu. Dava para rir disso com Carol. Dava para rir de qualquer coisa, com Carol.

Elas comeram fatias de galinha fria, com geleia, azeitonas verdes e aipo branco crocante. Mas Carol abandonou seu almoço e foi até a sala de estar. Voltou com um copo de uísque, acrescentou-lhe água da torneira. Therese a observava. Então, durante um longo instante, elas se entreolharam, Carol no vão da porta e Therese na mesa, olhando por cima de seu ombro, sem comer.

Carol perguntou tranquilamente:

– Você conhece muito gente do outro lado do balcão assim? Não precisa ter cuidado com quem vai falar?

– Ah, sim – sorriu Therese.

– Ou com quem sai para almoçar? – os olhos de Carol cintilavam. – Você pode topar com um sequestrador – ela revolveu a bebida no copo sem gelo, em seguida bebeu tudo, os finos braceletes de prata no seu pulso chocalhando contra o vidro. – Bem... você conhece muita gente assim?

– Não – respondeu Therese.

– Não muitos? Apenas três ou quatro?

– Como você? – Therese sustentou o olhar dela com firmeza.

E Carol a fitava fixamente, como se exigisse mais uma palavra, mais uma frase de Therese. Mas então ela pousou seu copo em cima da tampa da estufa e se afastou. – Você toca piano?

– Um pouquinho.

– Venha tocar alguma coisa – e quando Therese começou a declinar, ela disse autoritariamente: – Ah, eu não me importo como você toca. Apenas toque alguma coisa.

Therese tocou um pouco de Scarlatti que ela havia aprendido no colégio. Sentada numa cadeira do outro lado da sala, Carol ouvia, descontraída e quieta, sem nem sequer bebericar o novo copo de uísque com água. Therese tocou a Sonata em Dó Maior, meio lenta e um tanto simples, cheia de oitavas quebradas, mas ocorreu-lhe que era entediante, em seguida que era pretensiosa nos trechos em *tremolo*, e ela parou. De repente era demais, suas mãos tocando no teclado que Carol tocava, Carol a olhá-la de olhos semifechados, a casa inteira de Carol em volta dela, e a música que a fazia soltar-se, tornar-se indefesa. Com um suspiro, ela deixou suas mãos caírem no colo.

– Está cansada? – perguntou calmamente Carol.

A pergunta não parecia se referir a agora, mas a sempre.

– Sim.

Carol veio por trás e colocou as mãos em seus ombros. Therese era capaz de ver as mãos na sua memória – fortes e flexíveis, seus delicados tendões se realçando ao apertar os ombros dela. Parecia uma eternidade enquanto as mãos dela se moviam em direção a seu pescoço e sob seu queixo, uma eternidade tão tumultuosa que perturbou o prazer que sentiu quando Carol inclinou a cabeça dela para trás e beijou-a delicadamente na fímbria de seus cabelos. Therese não sentiu absolutamente o beijo.

– Venha comigo – disse Carol.

Ela foi com Carol para cima de novo. Therese se içava segurando na balaustrada e se lembrou de repente da sra. Robichek.

– Acho que uma soneca não lhe fará mal – disse Carol, dobrando a colcha florida e o cobertor de cima.

– Obrigada, eu não estou...

– Tire seus sapatos – disse Carol delicadamente, porém num tom de voz que exigia obediência.

Therese olhou para a cama. Ela mal dormira na noite anterior.

– Acho que não vou dormir, mas se eu dormir...

– Eu te acordo dentro de meia hora – Carol cobriu-a com o cobertor depois que ela deitou. E Carol sentou-se na beira da cama. – Que idade você tem, Therese?

Therese levantou os olhos para ela, incapaz de sustentar o seu olhar agora, mas sustentando-o assim mesmo, não se importando de morrer naquele instante, se Carol a estrangulasse, assim prostrada e vulnerável na cama dela, a intrusa.

– Dezenove – que velhice aquilo aparentava. Velhice maior que 91 anos.

Carol franziu as sobrancelhas, embora sorrisse um pouquinho. Therese sentiu que ela pensava em algo tão intensamente que se podia tocar o pensamento no espaço entre elas. Então Carol enfiou as mãos sob seus ombros e inclinou a cabeça em direção à garganta de Therese, que sentiu a tensão abandonar seu corpo, com o suspiro que aqueceu seu pescoço e transmitiu o perfume dos cabelos de Carol.

– Você é uma criança – disse Carol, como se fosse uma censura. E ergueu a cabeça: – O que você quer?

Therese se lembrou daquilo que pensara no restaurante e cerrou os dentes de vergonha.

– O que você quer? – repetiu Carol.

– Nada, obrigada.

Carol se levantou, foi até sua penteadeira e acendeu um cigarro. Therese a observava através de suas pálpebras semicerradas, preocupada com a inquietação de Carol, embora ela adorasse o cigarro, adorasse vê-la fumando.

– O que você quer. Algo para beber?

Therese sabia que ela queria dizer água. Sabia pelo carinho e preocupação na sua voz, como se ela fosse uma criança doente, com febre. Então Therese disse:

– Acho que gostaria de um pouco de leite quente.

O canto da boca de Carol se retraiu num sorriso:

– Um pouco de leite quente – zombou ela. E depois saiu do quarto.

E Therese ficou deitada, presa de ansiedade e sonolência durante todo o tempo que Carol levou para reaparecer com o leite em uma caneca branca sobre um pires, segurando o pires e a alça da caneca, e fechando a porta com o pé.

– Deixei ferver e ficou com nata – disse Carol, parecendo aborrecida. – Desculpe.

Mas Therese adorou, porque sabia que era exatamente isso o que Carol sempre faria, ficar pensando em outra coisa enquanto deixava ferver o leite.

– É assim que você gosta? Puro?

Therese fez que sim com a cabeça.

– Ugh – disse Carol, sentando no braço da poltrona e observando-a.

Therese se apoiava num cotovelo. O leite estava tão quente que, de início, mal dava para encostar o lábio nele. Os pequenos goles se espalharam dentro de sua boca liberando uma mistura de sabores orgânicos. O leite parecia ter gosto de sangue e osso, de carne quente, ou cabelo, insosso como giz, e, no entanto, vivo como um embrião em crescimento. Quente do começo ao fim, Therese bebeu-o até o fundo da caneca, como as pessoas em contos de fadas bebem a poção que as transformará, ou o guerreiro incauto bebe do copo que o matará. Então Carol veio e pegou a caneca, e Therese se deu conta sonolentamente que Carol lhe havia feito três perguntas, uma sobre a felicidade, outra sobre a loja, e a outra sobre o futuro. Therese ouviu-se a responder. Ouviu sua voz de repente se avolumar num falatório, como uma mola sobre a qual não tivesse nenhum controle, e se deu conta que derramava lágrimas. Ela contou a Carol tudo o que temia e detestava, sobre Richard, sobre tremendas amarguras. E sobre seus pais. Sua mãe não morrera. Mas Therese não a via desde os catorze anos.

Carol fez-lhe perguntas, que ela respondeu, embora não quisesse falar de sua mãe. Sua mãe não era tão importante assim, nem chegava a ser uma de suas decepções. Seu pai era. Seu pai era bem diferente. Morrera quando ela tinha seis anos – um advogado de ascendência checa que sempre quis ser pintor. Ele sempre fora diferente, delicado, solidário, jamais levantando a voz contra a mulher que vivia atazanando-o porque ele jamais fora um bom advogado nem um bom pintor. Nunca fora uma pessoa resistente, morrera de pneumonia, mas na cabeça de Therese, sua mãe o matara. Carol a inquiria e tornava a inquirir, e Therese contou que sua mãe a mandara para o colégio em Montclair quando ela tinha oito anos, sobre suas raras visitas depois, já que viajava muito pelo país inteiro. Ela fora pianista – não, não de primeira, como poderia ser?, mas sempre encontrara trabalho porque era ambiciosa. E quando Therese tinha uns dez anos, sua mãe se casara de novo.

Therese fora passar as férias de Natal na casa de sua mãe em Long Island, e eles a convidaram para morar com eles, mas não de um modo sincero. E Therese não gostara do padrasto, Nick, porque ele era exatamente como sua mãe: grande, de cabelos escuros, falando alto, com gesto bruscos e apaixonados. Therese tinha certeza de que o casamento deles seria perfeito. Sua mãe já estava grávida nessa época, e agora tinha dois filhos. Depois de uma semana lá, Therese voltara para o internato. Recebera três ou quatro visitas de sua mãe depois, sempre com algum presente para ela, uma blusa, um livro, certa vez um estojo de maquiagem que Therese detestou, só porque lhe lembrava os cílios duros, cheios de rímel de sua mãe, presentes que sua mãe lhe entregava circunspectamente, como oferendas de paz, cheia de hipocrisia. Uma vez sua mãe trouxera o garotinho, seu meio-irmão, e então Therese percebera sua exclusão. Sua mãe não amara seu pai, resolvera deixá-la num internato quando ela tinha oito anos, e por que ainda se dava ao trabalho de visitá-la agora, de considerá-la sua? Therese teria preferido não ter pais, como metade das garotas no colégio. Finalmente Therese dissera à sua mãe que não queria que ela tornasse a visitá-la, e sua mãe não viera mais; e a expressão envergonhada, ressentida, o olhar nervoso de lado de seus olhos castanhos, o sorriso duro e o silêncio foram as últimas recordações que teve de sua mãe. Então ela fizera quinze anos. As irmãs do colégio sabiam que sua mãe não lhe escrevia. Pediram a ela que escrevesse, ela o fizera, mas Therese não respondera. Então chegara o momento da formatura, quando ela tinha dezessete anos, e o colégio pedira duzentos dólares à sua mãe. Therese não queria receber nenhum dinheiro dela, quase acreditando que sua mãe não daria, mas ela dera, e Therese aceitara.

– Eu me arrependo de ter aceitado. Nunca contei a ninguém, a não ser a você. Algum dia quero devolvê-lo.

– Besteira – disse delicadamente Carol. Ela estava sentada no braço da poltrona, com o queixo apoiado na mão e os olhos fixos em Therese, sorrindo. – Você ainda é criança. No dia em que se esquecer de lhe pagar, então terá se tornado adulta.

Therese não respondeu.

– Não acha que um dia vai querer vê-la de novo? Talvez dentro de alguns anos?

Therese sacudiu a cabeça. Deu um sorriso, mas as lágrimas ainda escorriam de seus olhos.

– Não quero mais falar sobre isso.

– Richard sabe disso tudo?

– Não. Só que ela ainda está viva. Que importância tem? Não é isso que importa – ela achou que, se chorasse bastante, tudo seria expurgado dela, a decepção, o cansaço, a solidão, como se isso estivesse contido nas suas próprias lágrimas. E ficou contente por Carol tê-la deixado livre para fazê-lo agora. Carol estava em pé ao lado da penteadeira, de costas para ela. Therese jazia rígida na cama, apoiada no seu cotovelo, sacudida pelos seus soluços semicontidos.

– Eu nunca mais vou chorar de novo – disse ela.

– Vai, sim – e riscou um fósforo.

Therese pegou outro lenço de papel da mesinha de cabeceira e assoou o nariz.

– Quem mais existe na sua vida, além de Richard? – perguntou Carol.

Ela fugiu de todo mundo. Houve Lily, o sr. e a sra. Anderson da casa em que ela morara pela primeira vez em Nova York. Frances Cotter e Tim, da Pelican Press. Lois Vavrica, uma garota que também estivera no internato, em Montclair. Quem havia agora? Os Kelly, que moravam no segundo andar da casa da sra. Osborne. E Richard.

– Quando fui despedida daquele trabalho no mês passado – disse Therese –, fiquei com vergonha e me mudei – ela parou de falar.

– Se mudou para onde?

– Não contei a ninguém, exceto a Richard. Eu simplesmente sumi. Acho que era a ideia que eu fazia de começar uma nova vida, mas era principalmente vergonha. Eu não queria que ninguém soubesse onde eu estava.

Carol sorriu:

– Sumiu! Sem mais nem menos. Que sorte a sua de poder fazer isso. Você é livre. Percebeu?

Therese não disse nada.

– Não – respondeu a própria Carol.

Ao lado de Carol, um relógio quadrado e cinzento batia discretamente na penteadeira e, tal como já fizera mil vezes na loja, Therese consultou a hora e lhe deu um significado. Passava um pouco de quatro e quinze, e de repente ela se sentiu ansiosa, com receio de ter ficado lá deitada durante um tempo exagerado, receio de Carol estar esperando que alguém viesse à sua casa.

Em seguida o telefone tocou, súbita e longamente, como o berro de uma mulher histérica no vestíbulo, e elas perceberam o sobressalto uma na outra.

Carol se levantou e bateu algo duas vezes na palma de sua mão, como fizera com as luvas na loja. O telefone berrou de novo, e Therese teve certeza de que Carol arremessaria o que quer que tivesse na mão, que arremessaria pelo quarto, contra a parede. Mas Carol apenas se virou, pousando tranquilamente o objeto, e saiu do quarto.

Therese podia ouvir a voz de Carol no vestíbulo. Ela não queria ouvir o que ela dizia. Levantou-se, pôs o vestido e os sapatos. Agora viu o que Carol segurara. Era uma calçadeira de madeira marrom-claro. Qualquer outra pessoa a teria arremessado, pensou Therese. E então se deu conta da palavra que descrevia o que ela sentia por Carol: orgulho. Ela ouviu a voz de Carol repetindo as mesmas entonações, e agora, ao abrir a porta para partir, ouviu as palavras – "Estou com uma convidada" ditas pela terceira vez, tranquilamente, como um empecilho. "Acho um ótimo motivo. Que melhor haveria?... Qual o problema de amanhã? Se você..."

Então fez-se silêncio até o primeiro passo de Carol na escada, e Therese percebeu que o seu interlocutor batera com o telefone na cara dela. Quem ousaria?, imaginou Therese.

– Não é melhor eu ir embora? – perguntou Therese.

Carol olhou para ela como quando entraram pela primeira vez na casa.

– Não, a não ser que você queira. Não. Vamos dar um passeio de carro, mais tarde, se você quiser.

Ela sabia que Carol não queria sair de novo de carro. Therese começou a arrumar a cama.

– Deixe a cama – Carol observava do vestíbulo. – Apenas feche a porta.

– Quem é que vem?

Carol se virou e entrou no quarto verde.

– Meu marido – disse ela – Harge.

Em seguida a campainha tocou duas vezes embaixo, e a tranca fez um barulho ao mesmo tempo.

– Isso não acaba nunca – murmurou Carol. – Vamos descer, Therese.

De repente Therese sentiu náuseas de medo, não do homem, mas do aborrecimento de Carol pela sua vinda.

Ele vinha subindo a escada. Ao ver Therese, diminuiu o passo, um ligeiro espanto atravessou seu semblante, e ele olhou para Carol.

– Harge, esta é a srta. Belivet – disse Carol. – O sr. Aird.

– Como vai? – disse Therese.

Harge só deu uma olhadela em Therese, mas seus olhos azuis e nervosos a vasculharam dos pés à cabeça. Era um homem corpulento com um rosto meio rosado. Uma sobrancelha era mais alta que a outra, fazendo um bico de espanto no meio, como se houvesse sido deformada por uma cicatriz.

– Como vai? – e em seguida para Carol. – Desculpe te incomodar. Eu só queria apanhar uma coisa ou outra – ele passou por ela e abriu a porta de um quarto que Therese não vira. – Coisas para Rindy – acrescentou.

– Quadros na parede? – perguntou Carol.

O homem ficou calado.

Carol e Therese desceram. Carol sentou-se na sala de estar, mas Therese não.

– Toque mais um pouco, se quiser – disse Carol.

Therese sacudiu a cabeça.

– Toque um pouco – disse Carol com firmeza na voz.

Therese teve medo da súbita e fria raiva nos olhos dela.

– Não posso – respondeu Therese, teimosa como uma mula.

E Carol acalmou-se. Carol chegou a sorrir.

Ouviram os passos rápidos de Harge atravessar o vestíbulo, parar, e depois descer lentamente a escada. Therese viu surgir sua figura de trajes escuros e em seguida sua cabeça loura-rosada.

– Eu não consigo achar aquele estojo de aquarela. Achei que estivesse no meu quarto – disse ele, em tom de reclamação.

– Eu sei onde está – Carol se levantou e se dirigiu à escada.

– Eu creio que você vai querer que eu leve alguma coisa para ela de Natal – disse Harge.

– Obrigada, eu mesma lhe darei – Carol subiu a escada.

Eles acabaram de se divorciar, pensou Therese, ou estão prestes a se divorciar.

Harge olhou para Therese. Ele tinha uma expressão intensa, uma curiosa mistura de ansiedade com tédio. A carne em volta de sua boca era firme e pesada, moldando a linha de sua boca, de modo que ele parecia não ter lábios.

– Você é de Nova York? – perguntou ele.

Therese sentiu o desprezo e a indelicadeza na pergunta, como a ardência de um tapa no rosto.

– Sim, de Nova York – respondeu.

Ele estava prestes a lhe fazer outra pergunta, quando Carol desceu a escada. Therese se retesara para aguentar uma convivência de minutos com ele. Agora ela estremeceu, ao relaxar, e viu que ele percebera.

– Obrigado – disse Harge, recebendo o estojo de Carol. Ele caminhou até seu sobretudo, que Therese divisara na poltrona dupla, com seus braços pretos estendidos como se estivessem brigando e quisessem tomar posse da casa. – Adeus – disse-lhe Harge. E foi vestindo o sobretudo ao se encaminhar para a porta. – Amiga de Abby? – sussurrou para Carol.

– Amiga minha – respondeu Carol.

– Você vai levar os presentes para Rindy? Quando?

– E se eu não lhe der coisa alguma, Harge?

– Carol... – ele parou na entrada e Therese mal ouviu-o dizer alguma coisa sobre tornar as coisas desagradáveis. Em seguida: – Vou visitar Cynthia agora. Posso dar uma passada aqui na volta? Será antes das oito.

– Harge, para quê? – disse, de modo cansado, Carol. – Especialmente quando você está tão antipático.

– Porque tem a ver com Rindy – depois sua voz baixou até ficar ininteligível.

Em seguida, um instante depois, Carol entrou sozinha e fechou a porta. Ficou encostada nela, com as mãos escondidas atrás de si, e ouviram o carro lá fora indo embora. Carol deve ter concordado em vê-lo aquela noite, pensou Therese.

– Eu vou embora – disse Therese. Carol não disse nada. Havia algo morto agora no silêncio que se interpôs entre elas, e Therese ficou ainda mais inquieta. – É melhor eu ir, não é?

– Sim, sinto muito. Desculpe por Harge. Nem sempre ele é tão mal-educado. Foi um erro eu ter dito que estava com uma convidada aqui.

– Não faz mal.

Carol franziu a testa, dizendo com dificuldade:

– Você se importa se eu te levar até o trem hoje à noite, em vez de te levar de carro em casa?

– Não – ela não teria suportado que Carol a levasse de carro e tivesse de voltar sozinha no escuro esta noite.

Permaneceram também caladas no carro. Therese abriu a porta tão logo o carro chegou à estação.

– Tem um trem dentro de aproximadamente quatro minutos – disse Carol.

Therese deixou escapar de repente:

– Eu a verei de novo?

Carol apenas sorriu para ela, com um ar de ligeira censura, enquanto o vidro do carro subia entre elas.

– *Au revoir* – disse.

Claro, claro que ela a veria de novo, pensou Therese. Indagação idiota.

O carro saiu depressa de marcha a ré, mergulhando na escuridão.

Therese ansiou de novo pela loja, ansiou por segunda-feira, porque Carol talvez tornasse a vir na segunda. Mas não era provável.

Terça era véspera de Natal. Ela podia com certeza telefonar para Carol até lá, pelo menos para desejar-lhe um feliz Natal.

Mas não havia um instante em que ela não tivesse Carol na sua cabeça, e tudo que ela via parecia ser por intermédio de Carol. Aquela noite, as ruas planas e escuras de Nova York, o trabalho no dia seguinte, a garrafa de leite caída e quebrada em sua pia deixaram de ser importantes. Ela se atirou na cama e desenhou uma linha a lápis em um pedaço de papel. E mais uma linha, meticulosamente, e outra. E nasceu um mundo à sua volta, como uma floresta luminosa com um milhão de folhas cintilantes.

Capítulo sete

O sujeito olhou para a coisa, segurando-a displicentemente entre o polegar e o indicador. Ele era calvo, exceto por uns longos fios de cabelo que cresciam da região onde antes estivera seu couro cabeludo na testa, colados com suor ao longo do crânio desnudo. Seu lábio inferior se projetava com o despeito e má vontade que haviam marcado seu rosto desde que Therese chegara ao balcão e pronunciara suas primeiras palavras.

– Não – disse ele finalmente.

– Não me dá nada por ele? – perguntou Therese.

O lábio se projetou ainda mais.

– Talvez cinquenta centavos – e ele o jogou de volta por cima do balcão.

Os dedos de Therese se fecharam sobre o objeto possessivamente.

– Bem, e que tal isso? – do bolso do seu casaco ela tirou a corrente de prata com a medalha de São Cristóvão.

Novamente o indicador e o polegar deram sua demonstração de desprezo, virando o medalhão como se ele fosse lixo.

– Dois e cinquenta.

Mas custou pelo menos vinte dólares, fez menção de dizer Therese, mas não disse porque era o que todo mundo dizia.

– Não, obrigada – ela pegou a corrente e saiu.

Quem eram todas essas pessoas sortudas, pensou ela, que conseguiram vender seus velhos canivetes, relógios de pulso quebrados e plainas de carpinteiro que pendiam em pencas na vitrine da frente? Ela não conseguiu se impedir de olhá-la novamente, distinguindo de novo a cara do sujeito sob a fieira suspensa de facas de caça. O sujeito também a observava. Ela sentiu que ele compreendia cada movimento seu. Therese desceu a calçada correndo.

Dentro de dez minutos ela estava de volta. Penhorou o medalhão de prata por dois dólares e cinquenta centavos.

Ela se dirigiu depressa para oeste, atravessou correndo a Lexington Avenue, em seguida a Park, e dobrou na Madison. Ela apertava a caixinha no bolso até que suas bordas vivas cortassem seus dedos. Fora a Irmã Beatriz quem lhe dera. Era marchetada de madeira castanha e madrepérola, em forma de xadrez. Ela não sabia quanto valia em moeda sonante, mas presumira que deveria ser algo valioso. Bem, agora sabia que não. Ela entrou numa loja de artigos de couro.

– Eu gostaria de ver a preta, na vitrine, aquela com a correia e as fivelas douradas – disse Therese para a vendedora.

Era a bolsa que ela notara, sábado de manhã, a caminho de encontrar Carol para o almoço. Parecera a cara de Carol, só de relance. Ela pensara, mesmo se Carol não comparecesse ao encontro naquele dia, mesmo se jamais visse Carol de novo, precisava comprar aquela bolsa e mandar para ela, de qualquer maneira.

– Fico com ela – disse Therese.

– É 71,18, incluída a taxa – disse a vendedora. – Quer que embrulhe para presente?

– Sim, por favor – Therese contou seis notas de dez dólares estalando de novas, e deu o resto em notas de um, que pôs no balcão. – Será que posso deixá-la aqui até mais ou menos seis e meia da tarde?

Therese saiu da loja com o recibo na carteira. Não seria ajuizado levar a bolsa para a loja. Poderia ser roubada, apesar de ser véspera de Natal. Therese sorriu. Era seu último dia de trabalho na loja. E dentro de quatro dias ela teria seu trabalho no Black Cat. Phil lhe traria uma cópia da peça no dia seguinte ao Natal.

Ela passou a Brentano's. A vitrine estava cheia de fitas de cetim, livros encadernados em couro e retratos de cavaleiros de armadura. Therese voltou e entrou na loja, não para comprar, só para olhar, por apenas um instante, para ver se havia ali algo mais bonito que a bolsa.

Uma ilustração num dos mostruários no balcão lhe prendeu a atenção. Era de um jovem cavaleiro em um cavalo branco, atravessando uma floresta que parecia um buquê, seguido por uma fileira de pajens, o último carregando uma almofada com um anel de ouro sobre ela. Ela pegou o livro encadernado em couro. O preço, por dentro da capa, era de vinte e cinco dólares. Se agora fosse simplesmente ao banco e tirasse mais vinte e cinco dólares, poderia comprá-lo. O que eram vinte e cinco dólares? Ela não precisava ter penhorado o medalhão de prata. Sabia que o penhorara apenas porque fora dado por Richard e ela não o queria mais. Fechou o livro e olhou para a borda de suas folhas que pareciam uma barra côncava de ouro. Mas será que Carol iria gostar mesmo, um livro de poemas de amor da Idade Média? Ela não sabia. Não conseguia ter a mínima pista do gosto literário de Carol. Largou o livro depressa e partiu.

Em cima, na seção de bonecas, a srta. Santini estava andando atrás do balcão, oferecendo a todo mundo doces de uma grande caixa.

– Pegue dois – disse ela para Therese. – Foi a seção de doces que nos mandou.

– Eu bem que pegarei. – Imagine, pensou ela mordendo um torrone, o espírito de Natal tomou conta da seção de doces. Havia uma estranha atmosfera na loja. Em primeiro lugar, estava estranhamente tranquila. Os fregueses eram muitos, mas não pareciam apressados, apesar de ser véspera de Natal. Therese olhou para os elevadores, em busca de Carol. Se Carol não viesse, e ela provavelmente não viria, Therese lhe telefonaria às seis e meia, apenas para lhe desejar um feliz Natal. Therese sabia seu número de telefone. Ela o vira no aparelho da casa.

– Srta. Belivet – chamou a voz da sra. Hendrickson, e Therese se pôs de prontidão de um pulo. Mas a sra. Hendrickson apenas fez um gesto direcionado ao entregador da Western Union, que largou o telegrama diante de Therese.

Therese rabiscou uma assinatura no recibo e rasgou o lacre. Dizia: "TE ENCONTRO EMBAIXO ÀS 5 DA TARDE. CAROL".

Therese amassou-o na mão. Apertou-o com força com seu polegar, contra a palma de sua mão, e observou o rapaz do telégrafo, que na verdade era um velho, caminhar de volta até os elevadores. Ele andava com certa dificuldade, com um passo que projetava seus joelhos bem à frente, e suas polainas estavam largas e bambas.

– Você parece feliz – disse-lhe sombriamente a sra. Zabriskie ao passar por ela.

Therese sorriu.

– Sim, estou – a sra. Zabriskie tinha um bebê de dois meses, e seu marido estava desempregado no momento. Therese ficou imaginando se a sra. Zabriskie e seu marido eram apaixonados um pelo outro, e se eram realmente felizes. Talvez fossem, mas não havia nada no seu rosto inexpressivo e no seu passo arrastado que pudesse insinuá-lo. Talvez um dia a sra. Zabriskie fora feliz como ela estava agora. Talvez aquilo tivesse passado. Lembrou-se de haver lido – até mesmo de Richard certa vez dizê-lo – que o amor geralmente morre com dois anos de casamento. Isso era algo cruel, uma armadilha. Ela tentou imaginar o rosto de Carol, o cheiro de seu perfume tornados inexpressivos. Mas, antes de tudo, estaria ela apaixonada por Carol? Ela topara com uma pergunta a que não podia responder.

Às quinze para as cinco, Therese foi até a sra. Hendrickson e pediu licença para sair meia hora mais cedo. A sra. Hendrickson pode ter achado que aquilo tinha algo a ver com o telegrama, mas deixou Therese sair sem ao menos um olhar de reclamação, e isso foi mais uma coisa que tornou estranho o dia.

Carol estava esperando-a no vestíbulo, onde haviam se encontrado antes.

– Oi! – disse Therese. – Terminei.

– Terminou o quê?

– Terminei de trabalhar aqui.

Mas Carol parecia deprimida e isso desanimou Therese imediatamente. Ela disse, contudo:

– Fiquei muito feliz de receber o telegrama.

– Eu não sabia se você estaria livre. Está livre esta noite?
– Claro.

E elas foram andando, entre os esbarrões da multidão, Carol nos seus delicados sapatos de camurça que a faziam ultrapassar Therese em alguns centímetros de altura. Começara a nevar cerca de uma hora antes, mas já estava parando. A neve não passava de uma película sob os pés delas, como um lençol fino de lã branca cobrindo a calçada e a rua.

– A gente podia ir ver Abby esta noite, mas ela está ocupada – disse Carol. – De qualquer maneira, podemos dar uma volta de carro, se você quiser. Que bom te ver. Você é um anjo por estar livre esta noite. Você sabe disso?

– Não – respondeu Therese, feliz ainda apesar de tudo, apesar do ânimo inquietante de Carol. Therese sentiu que acontecera alguma coisa.

– Você acha que a gente encontra algum lugar para tomar um café por aqui?

– Sim. Um pouquinho mais a leste.

Therese pensava numa das lanchonetes entre a Fifth e Madison, mas Carol escolheu um pequeno bar com um toldo na fachada. O garçom demonstrou uma certa má vontade de início, dizendo que era hora de coquetéis, mas quando Carol começou a se retirar, ele foi buscar o café. Therese estava ansiosa para pegar a bolsa. Mas não queria fazê-lo junto com Carol, embora fosse um pacote embrulhado.

– Aconteceu alguma coisa? – perguntou Therese.

– Algo longo demais para que eu explique – Carol sorriu para ela, mas foi um sorriso cansado. E seguiu-se um silêncio, um silêncio vazio como se ambas viajassem pelo espaço tomando distância uma da outra.

Talvez Carol tivesse sido obrigada a descumprir um compromisso pelo qual ansiara, pensou Therese. É evidente que Carol estaria ocupada na véspera do Natal.

– Será que eu estou te impedindo de fazer alguma coisa agora? – perguntou Carol.

Therese viu que começara a ficar inexoravelmente tensa.

– Preciso apanhar um embrulho em Madison Avenue. Não é longe. Posso fazer isso agora, se você esperar por mim.

– Está bem.

Therese se levantou.

– Posso fazer em três minutos, de táxi. Mas não creio que você vá esperar por mim, vai?

Carol sorriu e estendeu o braço para pegar a mão dela. Apertou-a casualmente e largou-a.

– Vou esperar sim.

O tom de voz entediado de Carol permanecia nos seus ouvidos enquanto ela ia sentada na beira do banco do táxi. Na volta, o trânsito estava tão lento que ela deixou o táxi e correu pelo último quarteirão.

Carol ainda estava lá, seu café apenas pela metade.

– Eu não quero tomar café – disse Therese, porque Carol parecia prestes a partir.

– Meu carro está no centro. Vamos pegar um táxi até lá.

Elas foram até o centro dos negócios, perto do Battery. O carro de Carol foi trazido de uma garagem subterrânea. Carol tomou a direção oeste, para pegar a Westside Highway.

– Agora está melhor – Carol despiu o casaco enquanto dirigia. – Jogue lá atrás, por favor.

E ficaram caladas de novo. Carol dirigia mais depressa, trocando de pista para ultrapassar carros, como se elas tivessem um destino qualquer. Therese se preparou para dizer alguma coisa, qualquer coisa, quando chegaram à altura da George Washington Bridge. De repente ocorreu-lhe que se Carol e seu marido estavam se divorciando, Carol fora hoje ao centro para ver um advogado. Aquela região estava cheia de escritórios de advogados. E alguma coisa dera errado. Por que se divorciavam? Porque Harge estava tendo um caso com uma mulher chamada Cynthia? Therese sentia frio. Carol abaixara a janela do seu lado, e, toda vez que o carro pegava velocidade, o vento entrava com força e a abraçava com seus braços frios.

– É ali que Abby mora – disse Carol, fazendo um gesto com a cabeça em direção ao outro lado do rio.

Therese não chegou a distinguir quaisquer luzes específicas.

– Quem é Abby?

– Abby? Minha melhor amiga – então Carol olhou para ela: – Não está sentindo frio com a janela aberta?

– Não.

– Deve estar – pararam em um sinal vermelho, e Carol subiu a janela. Carol olhou para ela, como se a visse pela primeira vez naquela noite, e sob seu olhar, que vagou do seu rosto até suas mãos no colo, Therese se sentiu como uma cadelinha comprada por Carol em algum canil de beira de estrada, que ela lembrara agora que estava ali a seu lado.

– O que aconteceu, Carol? Você está se divorciando?

Carol deu um suspiro:

– Sim, divórcio – disse ela bastante tranquilamente e deu partida ao carro.

– E ele ficou com a menina?

– Apenas esta noite.

Therese estava prestes a fazer uma nova pergunta, quando Carol disse:

– Vamos falar de outra coisa.

Passou um carro com o rádio tocando canções de Natal e todo mundo cantando.

E ela e Carol se calaram. Passaram por Yonkers, e Therese teve a impressão de ter perdido todas as oportunidades de falar com Carol lá atrás na estrada. Carol insistiu de repente que deviam comer alguma coisa, já que eram quase oito horas, por isso pararam em um pequeno restaurante à beira da estrada, um lugar que vendia sanduíches de caranguejo frito. Sentaram no balcão e pediram sanduíches e café, mas Carol não comeu. Carol fez-lhe perguntas sobre Richard, não da maneira interessada como fizera na tarde de domingo, mas como se falasse para impedir Therese de lhe fazer mais perguntas. Eram perguntas de cunho pessoal, no entanto Therese respondeu-as de uma maneira impessoal e mecânica. A voz tranquila de Carol continuava sem parar, muito mais baixa que a voz do atendente falando com alguém a três metros de distância.

– Você dorme com ele? – perguntou Carol.

– Dormi. Duas ou três vezes. – Therese contou a respeito dessas ocasiões, a primeira vez e as três subsequentes. Não se sentiu envergonhada de falar nisso. Jamais parecera tão entediante e desimportante. Ela sentiu que Carol podia imaginar cada minuto daquelas noites. Sentiu o olhar objetivo e avaliador de Carol e sabia que esta diria que ela não parecia especialmente fria, ou, quem sabe, emocionalmente carente. Mas Carol ficou calada, e Therese a fitar constrangida a lista de canções na pequena vitrola automática diante dela. Ela se lembrava de alguém certa vez ter lhe dito que ela tinha uma boca ardente, não lembrava quem.

– Às vezes leva tempo – disse Carol. – Você não acredita em dar uma nova oportunidade às pessoas.

– Mas... a título de quê? Não é agradável. E eu não estou apaixonada por ele.

– Não acha que poderia ficar, se resolvesse esse problema?

– É assim que as pessoas se apaixonam?

Carol ergueu a vista para a cabeça de veado na parede atrás do balcão.

– Não – disse ela com um sorriso. – O que te atrai em Richard?

– Bem, ele tem... – mas ela não tinha certeza se era mesmo sinceridade. Ele não demonstrara sinceridade, sentia, a respeito de sua ambição de pintar. – Gosto da atitude dele mais do que a da maioria dos homens. Ele me trata como uma pessoa em vez de simplesmente como uma garota da qual pode abusar até certo ponto, ou não. E gosto de sua família – do fato de ele ter uma família.

– Muita gente tem família.

Therese tentou de novo.

– Ele é flexível. Muda. Não é como a maioria dos homens que você pode rotular como médico... ou vendedor de seguros.

– Acho que você o conhece melhor do que eu conhecia Harge meses depois de nos casarmos. Pelo menos você não vai cair no mesmo erro que eu caí, casar porque era o que se fazia entre meus conhecidos quando se tinha mais ou menos vinte anos.

– Quer dizer que você não estava apaixonada?

– Sim, estava, demais. E Harge também. E ele era o tipo de sujeito capaz de entender sua vida numa semana e arquivá-la. Você já se apaixonou, Therese?

Ela esperou até que a palavra surgida do nada, mentirosa, culpada, movimentasse os lábios de Therese.

– Não.

– Mas gostaria – sorria Carol.

– Harge ainda está apaixonado por você?

Carol baixou os olhos para seu colo, impacientemente, talvez abalada pela sua franqueza, pensou Therese, mas quando falou, sua voz era a mesma de sempre:

– Nem eu sei. De certo modo, ele é emocionalmente igual ao que sempre foi. Só agora sei distinguir como ele realmente é. Ele disse que eu era a primeira mulher por quem se apaixonara. Acho que é verdade, mas não creio que tenha se apaixonado por mim, no sentido comum da palavra, por mais de alguns meses. Nunca se interessou por mais ninguém, é verdade. Talvez fosse mais humano se tivesse se interessado. Isso é algo que eu poderia compreender e perdoar.

– Ele gosta de Rindy?

– É doido por ela. – Carol olhou para ela de relance, sorrindo. – Se ele está apaixonado por alguém, esse alguém é Rindy.

– Que espécie de nome é esse?

– Nerinda. Foi Harge quem a batizou. Ele queria um filho, mas acho que ficou até mais satisfeito com uma filha. Eu queria uma menina. Queria dois ou três filhos.

– E Harge... não queria?

– Eu não quis. – Ela olhou de novo para Therese. – Será que esta conversa é adequada à véspera do Natal? – Carol estendeu a mão para pegar um cigarro e aceitou o que Therese lhe ofereceu, um Philip Morris.

– Eu gostaria de saber tudo a seu respeito – disse Therese.

– Eu não queria mais filhos porque temia que nosso casamento estivesse naufragando, mesmo com Rindy. Então você quer se apaixonar? É provável que se apaixone logo, e quando ocorrer, aproveite, depois fica mais difícil.
– Amar alguém?
– Se apaixonar. Ou até ter desejo de fazer amor. Acho que em todos nós o sexo flui mais lentamente do que gostaríamos de acreditar, especialmente os homens. As primeiras aventuras geralmente não passam da satisfação de certa curiosidade, e depois a gente fica repetindo os mesmos gestos, procurando encontrar... o quê?
– O quê? – repetiu Therese.
– Será que existe o termo certo? Um amigo, um companheiro, ou talvez apenas alguém que compartilhe. De que servem as palavras? Quero dizer, acho que às vezes as pessoas buscam no sexo coisas que se podem achar muito mais facilmente de outra maneira.

Aquilo que Carol disse sobre a curiosidade, ela sabia ser verdade.
– Que outra maneira? – perguntou ela.
Carol lhe deu uma olhadela.
– Acho que cada pessoa precisa descobrir isso por conta própria. Será que consigo arranjar um drinque aqui?

Mas o restaurante só servia cerveja ou vinho, por isso foram embora. Carol não parou em lugar algum para tomar seu drinque no caminho de volta a Nova York. Depois perguntou se Therese queria ir para casa, ou ir para a casa de Carol por algum tempo, e Therese respondeu que queria ir para a casa de Carol. Ela se lembrou que os Kelly a convidaram para dar um pulo na festa, à base de vinho e bolo de frutas, que davam naquela noite, e ela prometera que sim, mas não sentiriam a sua falta, pensou.

– Que programas horríveis eu te arranjo – disse de repente Carol. – Domingo e agora, isso. Não sou das melhores companhias hoje à noite. O que você gostaria de fazer? Gostaria de ir a um restaurante em Newark com iluminação especial e música de Natal? Não é uma boate. A gente poderia jantar bem, além do mais.

– Eu realmente não gostaria de ir a lugar algum... sozinha.

– Você passou o dia inteiro naquela porcaria de loja, e nós não fizemos nada para comemorar a sua libertação.

– Eu só quero estar aqui com você – disse Therese e, ouvindo o tom explicativo de sua voz, sorriu.

Carol sacudiu a cabeça, sem olhar para ela.

– Pequena, pequena, por onde andas – toda sozinha?

Em seguida, um momento depois, na autoestrada de New Jersey, Carol disse:

– Já sei – e ela entrou com o carro em um trecho de terra fora da estrada e parou. – Venha comigo.

Estavam perante uma barraca iluminada empilhada de árvores de Natal. Carol lhe disse para escolher uma árvore, nem tão grande, nem tão pequena. Puseram a árvore na traseira do carro, e Therese se sentou na frente, ao lado de Carol, com os braços cheios de ramos de pinheiro e azevinho. Therese enfiou a cara neles e inalou a aspereza verde, profunda, do seu perfume, seu aroma de limpeza que era como o de uma floresta selvagem e como o de todos os adereços natalinos – enfeites de árvores, presentes, neve, música de Natal, feriados. Era por ter largado a loja e estar agora ao lado de Carol. Era pelo ronco do motor do carro e pelas agulhas dos ramos de pinheiro que ela podia tocar com os dedos. Estou feliz, feliz, pensou Therese.

– Vamos arrumar a árvore agora – disse Carol logo que entraram em casa.

Carol ligou o rádio na sala de estar e arranjou um drinque para ambas. Tocavam canções de Natal no rádio, com os sinos a badalarem vibrantemente, como se elas estivessem dentro de uma grande igreja. Carol trouxe uma coberta de algodão branco para fazer a neve, e Therese polvilhou-a de açúcar para que brilhasse. Depois ela recortou um anjo esguio de uma fita dourada qualquer, pendurou-o no alto da árvore, e dobrou lenços de papel e cortou uma fileira de anjos para entremear entre os ramos.

– Você é muito boa nisso – disse Carol, examinando a árvore, da lareira. – Está esplêndida. Tem tudo menos os presentes.

O presente de Carol estava no sofá ao lado do casaco de Therese. O cartão que ela fizera para acompanhá-lo estava em casa, contudo, e ela não queria dá-lo sem o cartão. Therese olhou para a árvore.

– De que mais precisamos?
– Nada. Sabe que horas são?

O rádio tinha parado de transmitir. Therese consultou o relógio no console. Passara de uma hora.

– Já é Natal – disse ela.
– Está certo.
– O que você precisa fazer amanhã?
– Nada.

Carol pegou seu drinque da tampa do rádio.

– Não precisa ir ver Richard?

Ela precisava mesmo ver Richard, ao meio-dia. Ela ia passar o dia na casa dele. Mas podia inventar uma desculpa qualquer.

– Não. Eu disse que talvez o visse. Não importa.
– Eu posso te levar de carro cedo.
– Está ocupada amanhã?

Carol acabou o último centímetro de seu drinque:

– Sim – disse ela.

Therese começou a ajeitar a bagunça que fizera, os pedaços de papel e as aparas de fita. Ela detestava fazer limpeza depois de ter feito alguma coisa.

– Seu amigo Richard parece o tipo de sujeito que precisa de uma mulher em volta dele para que possa trabalhar para ela. Independentemente de casar ou não casar com ela – disse Carol. – Ele não é assim?

Por que falar de Richard naquele momento?, pensou irritadamente Therese. Ela sentiu que Carol gostava de Richard – o que só podia ser culpa dela –, e um ciúme distante espetou-a, afiado como um alfinete.

– Na verdade, admiro mais isso do que os homens que moram sozinhos, ou acham que moram sozinhos, e acabam fazendo as trapalhadas mais imbecis com as mulheres.

Therese olhava fixamente para o maço de cigarros de Carol na mesa do sofá. Ela não tinha absolutamente nada a dizer sobre esse assunto. Podia distinguir o perfume de Carol como um fino veio entre o aroma mais forte da sempre-viva, e ela queria segui-lo, colocar seus braços em torno de Carol.

– Não tem nada a ver com o fato das pessoas se casarem ou não, não é?

– Quê? – Therese olhou para ela e viu que ela sorria um pouco.

– Harge é o tipo de homem que não permite que uma mulher entre na sua vida. E, por outro lado, seu amigo Richard talvez nunca case. Mas que prazer Richard terá só em pensar que deseja casar – Carol olhou para Therese da cabeça aos pés. – Com as garotas erradas – acrescentou ela. – Você dança, Therese? Gosta de dançar?

Carol parecia de repente amarga e fria, e Therese teve vontade de chorar.

– Não – disse ela. Ela nunca deveria ter lhe dito coisa alguma sobre Richard, pensou Therese, mas agora já estava feito.

– Você está cansada. Venha para a cama.

Carol levou-a para o quarto no qual Harge entrara no domingo e virou as cobertas de uma das camas. Talvez fosse o quarto de Harge, pensou Therese. Com certeza não havia nada ali que fizesse lembrar um quarto de criança. Ela pensou nas coisas de Rindy que Harge levara deste quarto e imaginou Harge primeiro se mudando do quarto que dividia com Carol, em seguida, deixando Rindy trazer suas coisas para aquele quarto, guardando-as ali, enclausurando-se com Rindy para fugir de Carol.

Carol estendeu um pijama no pé da cama.

– Boa noite então – disse ela na porta. – Feliz Natal. O que você quer de presente?

Therese deu um súbito sorriso.

– Nada.

Nessa noite ela sonhou com pássaros, pássaros compridos e vermelhos como flamingos, disparando por uma floresta negra, dando saltos e fazendo arcos vermelhos que se curvavam como seus gritos. Em seguida seus olhos se abriram, e ela ouviu um assobio suave e elíptico, alteando e baixando de novo com uma nota a mais no final, e ao fundo, mais fraco, o verdadeiro pipilar dos passarinhos. A janela mostrava um cinza-claro. O assobio recomeçou, bem abaixo da janela, e Therese saiu da cama. Havia um carro longo e conversível na alameda de entrada, com uma mulher em pé, dentro dele, assobiando. Era como se ela descortinasse um sonho, uma cena em preto-e-branco, enevoada nas bordas.

Então ela ouviu Carol cochichar, tão nitidamente como se as três estivessem juntas no mesmo quarto.

– Você vai dormir ou subir?

A mulher no carro, com o pé em cima do assento, disse de maneira igualmente baixinha:

– Ambas as coisas – e Therese ouviu o tremular do riso reprimido na palavra e gostou dela instantaneamente.

– Quer dar uma volta? – perguntou a mulher. Ela olhava para a janela de Carol com um sorriso enorme que Therese apenas começava a discernir.

– Sua bobona – cochichou Carol.

– Está sozinha?

– Não.

– Ah-há.

– Está tudo bem. Quer entrar?

A mulher saiu do carro.

Therese foi até a porta de seu quarto e abriu-a. Carol acabava de entrar no corredor, amarrando o cinto de seu robe.

– Desculpe, eu te acordei – disse Carol. – Volte para cama.

– Não faz mal. Posso descer?

– Sim, *é claro*! – Carol sorriu de repente. – Pegue um robe no armário.

Therese pegou um robe, provavelmente um roupão de Harge, pensou ela, e desceu.

– Quem arrumou a árvore de Natal? – perguntava a mulher.

Estavam na sala de estar.

– Foi ela – Carol virou-se para Therese. – Esta é Abby. Abby Gerhard, Therese Belivet.

– Olá – disse Abby.

– Como vai? – Therese tivera a esperança de que fosse Abby.

Abby agora olhava para ela com a mesma expressão alerta, um tanto espantada, de divertimento que Therese constatara quando ela estava em pé no carro.

– Você fez uma bela árvore – disse-lhe Abby.

– Será que todo mundo podia parar de cochichar? – perguntou Carol.

Abby esfregou suas mãos e seguiu Carol até a cozinha.

– Tem café, Carol?

Therese ficou ao lado da mesa de cozinha, olhando-as, se sentindo à vontade porque Abby não lhe deu mais atenção, apenas tirando seu casaco e ajudando Carol com o café. Sua cintura e seus quadris pareciam perfeitamente cilíndricos, sem frente nem verso, debaixo de seu conjunto púrpura de tricô. Suas mãos eram ligeiramente desajeitadas, reparou Therese, e seus pés não tinham nada da graça que tinham os de Carol. Ela parecia mais velha que Carol, e havia dois sulcos na sua testa que se aprofundavam bastante quando ela ria, e suas sobrancelhas marcadas e arqueadas se erguiam ainda mais. E ela e Carol não paravam de rir, enquanto preparavam o café e faziam suco de laranja, falando frases curtas sobre coisa alguma, ou coisa alguma que fosse suficientemente importante para despertar atenção.

Com exceção das súbitas palavras de Abby:

– Bem – pescando uma semente no último copo de suco de laranja e secando os dedos displicentemente no próprio vestido –, e como anda o velho Harge?

– Como sempre – disse Carol. Carol procurava algo na geladeira e, por estar olhando para ela, Therese, deixou de escutar tudo que Abby disse em seguida, ou talvez fosse uma das frases fragmentárias que só Carol compreendia, que a fez se endireitar e rir, súbita e violentamente, todo seu rosto mudado, e Therese pensou, com repentina inveja, que ela não conseguia fazer Carol rir deste modo, mas Abby sim.

– Vou contar isso a ele – disse Carol. – Não consigo resistir.

Era algo sobre um acessório de bolso, de escoteiro, para Harge.

– E conte-lhe a origem – disse Abby, olhando para Therese com um sorriso largo, como se ela devesse também compartilhar a piada. – De onde você é? – perguntou ela a Therese, ao sentarem no nicho da mesa, de um lado da cozinha.

– Ela é de Nova York – respondeu Carol por ela, e Therese achou que Abby diria, puxa, que surpresa, ou alguma bobagem assim, mas Abby não disse nada, apenas olhou para Therese com o mesmo sorriso de expectativa, como se esperasse que a próxima deixa partisse dela.

Apesar de todo o espalhafato que elas fizeram sobre o café da manhã, só havia suco de laranja e café, e torradas sem manteiga que ninguém quis. Abby acendeu um cigarro antes de tocar em qualquer coisa.

– Você já tem idade para fumar? – perguntou ela a Therese, oferecendo-lhe uma caixa vermelha com os dizeres Craven A's.

Carol largou a colher.

– Abby, o que é isso? – perguntou com um ar envergonhado que Therese jamais vira antes.

– Obrigada, eu aceito – disse Therese, pegando um cigarro.

Abby descansou os cotovelos na mesa.

– Sim, o que é o quê? – perguntou a Carol.

– Desconfio que você está de pilequinho – disse Carol.

– Dirigindo durante horas ao ar livre? Deixei Rochelle às duas, fui para casa, encontrei seu recado, e aqui estou eu.

Ela provavelmente dispunha de todo o tempo do mundo, pensou Therese, provavelmente não fazia nada o dia inteiro, só o que queria fazer.

– E aí? – disse Abby.

– Bem... eu não ganhei o primeiro assalto – disse Carol.

Abby tragou o cigarro, não demonstrando nenhum espanto.

– Por quanto tempo?

– Três meses.

– A começar quando?

– Agora. Na noite passada, para dizer a verdade – Carol deu uma olhada para Therese, em seguida baixou os olhos para sua xícara de café, e Therese percebeu que Carol não diria mais nada na presença dela.

– Isso não está estabelecido ainda, está? – perguntou Abby.

– Infelizmente, está – respondeu displicentemente Carol, com um dar de ombros no seu tom de voz. – Apenas verbalmente, mas valerá. O que você vai fazer hoje de noite? Tarde.

– Não vou fazer nada cedo. O almoço é às duas hoje.

– Me ligue numa hora qualquer.

– Claro.

Carol manteve sua vista baixa, olhando para o copo de suco de laranja na sua mão, e Therese percebeu agora que sua boca despencara um pouco de tristeza, não a tristeza da sabedoria, e sim da derrota.

– Eu faria uma viagem – disse Abby. – Uma viagem para qualquer lugar – em seguida Abby olhou para Therese, mais um dos olhares espertos, irrelevantes, amistosos, como se quisesse incluí-la em algo impossível de incluir, e, de qualquer maneira, Therese se retesara toda com a ideia de Carol viajar sem ela.

– Não estou muito animada – respondeu Carol, mas mesmo assim Therese detectou certa possibilidade no ar.

Abby se contorceu um pouco e olhou em volta.

– Este lugar está triste como uma mina de carvão pela manhã, não está?

Therese sorriu um pouco. Uma mina de carvão, com o sol começando a amarelar o peitoril da janela e uma árvore de sempre-vivas atrás?

Carol olhava carinhosamente para Abby, acendendo um dos cigarros dela. Como deviam se conhecer bem, pensou Therese, tão bem que nada que uma fizesse ou dissesse para a outra jamais seria capaz de causar surpresa, jamais causaria um mal-entendido.

– Estava boa a festa? – perguntou Carol.

– Mm – disse Abby, indiferente. – Você conhece alguém chamado Bob Haversham?

– Não.

– Ele estava lá esta noite. Já o conhecia de algum canto de Nova York. Gozado que ele disse que ia trabalhar para Rattner e Aird, no departamento de corretagem.

– Verdade?

– Eu não disse que eu conhecia um dos patrões.

– Que horas são? – perguntou Carol, depois de um instante.

Abby consultou seu relógio de pulso, um reloginho engastado numa pirâmide de painéis de ouro.

– Sete e meia. Por aí. Tem importância?

– Quer dormir mais um pouco, Therese?

– Não. Eu estou ótima.

– Eu te levo de carro para onde você precisar ir – disse Carol.

Mas, afinal, foi Abby quem a levou, por volta das dez horas, porque não tinha mais nada que fazer, afirmou, e lhe daria prazer.

Abby era outra que gostava de ar frio, pensou Therese, ao pegarem velocidade na autoestrada. Quem dirigiria um conversível em dezembro?

– Onde você conheceu Carol? – berrou Abby para ela.

Therese sentiu que poderia quase ter contado a verdade a Abby, mas não chegou a tanto.

– Numa loja – berrou de volta Therese.

– Ah? – Abby dirigia desordenadamente, correndo com o carro grande nas curvas, aumentando de velocidade inesperadamente. – Você gosta dela?

– Claro! – Que pergunta, era como se lhe perguntassem se ela acreditava em Deus.

Therese indicou sua casa para Abby quando viraram na rua.

– Você se importa de fazer algo para mim? – perguntou Therese. – Pode esperar aqui um minuto? Quero te entregar algo para dar a Carol.

– Claro – disse Abby.

Therese correu lá em cima, pegou o cartão que escrevera e enfiou-o sob a fita no presente de Carol. Então voltou lá embaixo até Abby.

– Você vai vê-la esta noite, não vai?

Abby assentiu lentamente com a cabeça, e Therese pressentiu o esboço de um desafio nos olhos pretos e curiosos dela, porque ela veria Carol e Therese não, e o que poderia Therese fazer a respeito disso?

– E obrigada pela carona.

Abby sorriu.

– Tem certeza que não quer que eu a leve a qualquer outro canto?

– Não, obrigada – disse Therese, também sorrindo, porque Abby certamente teria prazer em levá-la até mesmo a Brooklyn Heights.

Ela subiu a escada da frente de sua casa e abriu a caixa de correspondência. Havia duas ou três cartas, cartões de Natal, um da Frankenberg's. Quando olhou de novo para a rua, o grande carro creme havia sumido, como algo que ela imaginara, como um dos pássaros no sonho.

Capítulo oito

– E agora faça um desejo – disse Richard.
Therese fez. Desejou Carol.
Richard estava com as mãos nos braços dela. Estavam embaixo de algo que parecia um crescente feito de contas, ou uma parte de uma estrela-do-mar que pendia do teto da entrada. Era feio, mas a família Semco lhe atribuía poderes quase mágicos e pendurava-o em ocasiões especiais. O avô de Richard trouxera-o da Rússia.
– O que você desejou? – Ele sorriu possessivamente para ela, de cima. Aquela era sua casa, e ele acabara de beijá-la, embora a porta estivesse aberta e a sala, cheia de gente.
– Não se deve contar – disse Therese.
– Na Rússia a gente pode contar.
– Sim, mas eu não estou na Rússia.
O rádio de repente tocou mais alto, vozes a cantarem uma canção de Natal. Therese bebeu o resto de *pink eggnog** no seu copo.
– Quero ir até lá em cima no seu quarto – disse ela.
Richard pegou sua mão e foram subindo a escada.
– Ri-chard?
A tia de piteira o chamava da porta da sala de estar.
Richard disse uma palavra que Therese não entendeu e fez um gesto para ela. Até mesmo no segundo andar a casa tremia por causa da dança maluca embaixo, a dança que não tinha nada a ver com a música. Therese ouviu mais um copo cair e imaginou o

---

* Drinque feito com ovos batidos, açúcar, leite ou nata e um licor avermelhado. (N.E.)

espumante *pink eggnog* escorrendo pelo chão. Isso era leve comparado com os verdadeiros Natais russos que eles costumavam comemorar na primeira semana de janeiro, dissera Richard. Richard deu-lhe um sorriso ao fechar a porta de seu quarto.

– Gostei de meu suéter – disse.

– Que bom – Therese estendeu sua saia comprida em arco e sentou na beira da cama de Richard. O pesado suéter norueguês que ela dera a Richard estava na cama a seu lado, estendido por cima da caixa forrada de pano. Richard lhe dera um vestido de uma loja indiana, um vestido comprido com fios verdes e dourados e bordados. Era lindo, mas Therese não sabia onde poderia usá-lo.

– Que tal um gole de verdade? Aquele negócio lá embaixo é enjoativo. – Richard pegou uma garrafa de uísque do piso de seu armário.

Therese sacudiu a cabeça.

– Não, obrigada.

– Isso vai te fazer bem.

Ela sacudiu a cabeça de novo. E olhou em volta para o quarto de pé-direito alto, quase quadrado, para o papel de parede com o padrão quase indistinguível de rosas, para as duas janelas tranquilas com cortinas de musselina branca ligeiramente amarelada. A partir da porta havia duas trilhas desbotadas, uma para a mesa num canto, outra para a cômoda. O pote cheio de pincéis e a pasta no chão ao lado da mesa eram os únicos sinais das pinturas de Richard. Tal como a pintura, só ocupava um canto do seu cérebro, sentiu ela, e ficou imaginando por quanto tempo ele continuaria pintando antes de abandonar isso por qualquer outra coisa. E ela pensou, como muitas vezes pensara antes, que Richard gostava dela apenas porque ela era mais solidária com suas ambições do que qualquer outra pessoa e porque achava que a crítica dela lhe era útil. Therese se levantou, inquieta, e foi até a janela. Ela adorava o quarto – porque era sempre igual e permanecia no mesmo lugar – e no entanto hoje sentia um ímpeto de fugir dali. Ela era uma pessoa diferente daquela que lá estivera três semanas antes. Esta manhã acordara na casa de Carol. Carol era como um segredo circulando dentro dela, circulando através daquela casa também, como uma luz invisível, exceto para ela.

– Você está diferente hoje – disse Richard, tão abruptamente que um tremor de ameaça sacudiu o corpo dela.

– Talvez seja o vestido – disse ela.

Ela vestia um vestido de tafetá azul que só Deus sabia como era velho, que ela não usava desde seus primeiros meses de Nova York. Ela sentou na cama de novo e olhou para Richard, que estava em pé no meio do quarto com o copinho de uísque puro na mão, seus olhos azul-claros indo do rosto até os pés dela nos seus novos sapatos pretos de salto alto e tornando a voltar para o rosto.

– Terry – Richard pegou as suas mãos e prendeu-as uma de cada lado da cama. Seus lábios lisos e finos pousaram sobre os lábios de Therese, firmes, sua língua a mexer entre os dentes dela, com o cheiro forte de uísque recém-tomado. – Terry, você é um anjo – disse a voz grave de Richard, e ela pensou em Carol a dizer a mesma coisa.

Ela observou-o pegar seu copinho do chão e guardá-lo, junto com a garrafa, no armário. De repente se sentiu imensamente superior a ele, a todas as pessoas lá embaixo. Ela era mais feliz do que qualquer uma delas. A felicidade era um pouco como voar, pensou, como ser uma pipa. Dependia de quanto barbante a gente dava...

– Bonita? – perguntou Richard.

Therese se sentou ereta.

– É uma beleza!

– Acabei-a na noite passada. Achei que fosse um bom dia, a gente podia ir ao parque empiná-la. – Richard sorriu como um menino, orgulhoso de seu trabalho manual. – Olhe para a parte de trás.

Era uma pipa russa, retangular e curvada como um escudo, com seu fino esqueleto entalhado e amarrado nos cantos. Na frente, Richard pintara uma catedral com domos espiralados e um céu vermelho atrás.

– Vamos soltá-la agora – disse Therese.

Levaram a pipa para baixo. Então todos os viram e entraram no saguão, tios, tias e primos, até que se fez um estardalhaço e

Richard teve de segurar a pipa no alto para protegê-la. O barulho irritava Therese, mas Richard o adorava.

— Fique para o champanhe, Richard! — gritou uma das tias, uma das tias com uma pança que se avolumava como um terceiro seio sob o vestido de cetim.

— Não posso — disse Richard, acrescentando algo em russo, e Therese teve a sensação que frequentemente tinha, ao ver Richard junto de sua família, de que devia ter havido um engano, que Richard talvez fosse mesmo um órfão, uma criança abandonada na soleira da porta, e tivesse sido criado filho daquela família. Mas lá estava seu irmão Stephen no vão da porta, com os olhos azuis de Richard, embora Stephen ainda fosse mais alto e mais magro.

— Que telhado? — perguntou estridentemente a mãe de Richard. — Este telhado?

Alguém perguntara se eles iam empinar a pipa no telhado, e já que a casa não tinha um telhado em que se podia ficar em pé, a mãe de Richard desandou a dar grandes gargalhadas. Em seguida o cachorro começou a latir.

— Eu vou fazer o vestido para você! — gritou a mãe de Richard para Therese, sacudindo seu dedo a preveni-la. — Sei as suas medidas!

Eles a mediram com uma fita na sala de estar, no meio de toda aquela cantoria e da abertura dos presentes, e alguns homens tentaram ajudar também. A sra. Semco pôs seu braço em torno da cintura de Therese, e de repente Therese abraçou-a e beijou-a com firmeza na face, seus lábios afundando na bochecha macia e empoada, descarregando naquele segundo através do beijo, e do agarrão convulso no seu braço, o afeto que Therese realmente tinha por ela, que voltaria a se ocultar como se não existisse, no momento em que ela a largasse.

Então ela e Richard se viram livres e sozinhos, caminhando pela calçada da frente. Não seria nada diferente se eles fossem casados, pensou Therese, a visitarem a família no dia de Natal. Richard haveria de empinar suas pipas mesmo quando velho, como seu avô, que empinara pipas em Prospect Park até o ano em que morrera, contara-lhe Richard.

Pegaram o metrô para o parque e andaram até o morro sem árvores onde já haviam ido dezenas de vezes antes. Therese olhou em volta. Havia uns garotos brincando com uma bola de futebol lá embaixo no campo plano, perto das árvores, mas a despeito disso o parque parecia tranquilo e parado. Não havia muito vento, na verdade, não o suficiente, dissera Richard, e o céu estava de um branco carregado, como se contivesse neve.

Richard gemeu, em mais uma tentativa frustrada. Ele tentava decolar a pipa correndo com ela.

Therese, sentada no chão com os braços em torno dos joelhos, observava-o erguer a cabeça e correr em todas as direções, como se houvesse perdido algo no ar.

– Deu! – ela se levantou, apontando.

– Sim, mas não está firme.

Richard correu com a pipa na direção do vento, de qualquer maneira, e a pipa afundou com sua longa linha, em seguida deu uma sacudidela como se algo a tivesse arremessado. Fez um grande arco e em seguida começou a subir em outra direção.

– Ela encontrou seu próprio vento! – disse Therese.

– Sim, mas está lento.

– Que baixo-astral! Posso segurá-la?

– Espere até subir mais.

Richard sacudia-a com longos puxões dos braços, mas a pipa permanecia no mesmo lugar no ar frio e preguiçoso. Os domos dourados da catedral requebravam de um lado para outro, como se a pipa inteira sacudisse sua cabeça dizendo não, e a longa cauda murcha a acompanhasse tolamente, repetindo a negativa.

– É o máximo que a gente consegue – disse Richard. – Não dá para soltar mais linha.

Therese não conseguia tirar os olhos dela. Em seguida a pipa se firmou e parou, como o retrato de uma catedral colado no céu branco e denso. Carol provavelmente não havia de gostar de pipas, pensou Therese. As pipas não haveriam de diverti-la. Ela olharia para qualquer uma e diria que é uma tolice.

– Quer pegá-la?

Richard enfiou o pau do carretel na sua mão, e ela se levantou. Pensou, Richard trabalhara na pipa na noite passada, quando ela estava junto de Carol, motivo pelo qual ele não ligara para ela e não soubera que ela não estava em casa. Se tivesse ligado, teria mencionado o fato. Dentro em breve surgiria a primeira mentira.

De repente a pipa quebrou sua imobilidade no céu e deu um puxão com força, para fugir. Therese deixou que o carretel se desenrolasse depressa na sua mão, até o limite de sua ousadia, sob o olhar de Richard, porque a pipa ainda estava baixa. E agora ela descansou de novo, deixando-se ficar teimosamente imóvel.

– Puxe! – disse Richard. – Continue fazendo ela subir.

Ela o fez. Era como brincar com uma longa tira de elástico. Mas a linha estava tão comprida e bamba, agora, que pouco podia fazer para movimentar a pipa. Ela puxou, puxou, puxou. Então veio Richard e pegou-a, e Therese deixou pender seus braços. Sua respiração estava mais difícil, e pequenos músculos no seu braço tremiam. Ela sentou no chão. Não vencera a pipa. Ela não lhe obedecera.

– Talvez a linha seja pesada demais – disse ela. Era uma linha nova, branca, gorda e macia como um verme.

– A linha é muito leve. Olhe agora. Agora ela vai!

Agora ela subia em pequenos arrancos para cima, como se tivesse tomado uma resolução de repente e descoberto o desejo de escapar.

– Dê mais linha! – gritou ela.

Therese se levantou. Um pássaro voou sob a pipa. Ela fitou o retângulo que diminuía cada vez mais, dando arrancos para trás como a vela enfunada de um navio dando ré. Sentiu que a pipa significava algo, aquela pipa específica, naquele momento.

– Richard?

– Quê?

Ela podia vê-lo no canto de seu olho, agachado com as mãos para frente, como se estivesse sobre uma prancha de surfe.

– Quantas vezes você já esteve apaixonado? – perguntou ela.

Richard riu, uma risada curta e rouca.

– Nunca, até você.

– Esteve sim. Você me contou que foi mais ou menos duas vezes.

– Se eu contar essas vezes, talvez tenha de contar mais uma dúzia também – disse Richard depressa, de maneira seca, devido à preocupação.

A pipa começava a fazer movimentos curvos para baixo.

Therese manteve a voz no mesmo tom:

– Já esteve apaixonado por um rapaz?

– Um rapaz? – repetiu, surpreso, Richard.

– Sim.

Passaram-se talvez cinco segundos até ele dizer:

– Não – em um tom positivo, peremptório.

Ao menos ele se deu ao trabalho de responder, pensou Therese. O que você faria se estivesse, teve ela o impulso de indagar, mas não teria um pretexto para fazê-lo. Ela manteve os olhos na pipa. Ambos olhavam para a pipa, mas com pensamentos diferentes em suas cabeças.

– Já ouviu falar nisso? – perguntou ela.

– Ouvi falar? Você quer dizer, de gente assim? Claro. – Richard agora estava ereto, enrolando a linha com movimentos em forma de oito no carretel.

Therese disse com cautela, porque ele estava escutando:

– Não quero dizer de gente assim. Quero dizer duas pessoas que se apaixonam de repente uma pela outra, como se fosse algo caído do céu. Digamos dois sujeitos, ou duas garotas.

O rosto de Richard parecia igual ao que ficaria se eles estivessem conversando sobre política.

– Se eu já conheci alguém? Não.

Therese esperou até que ele estivesse erguendo a pipa de novo, tentando sacudi-la mais para cima. Então comentou:

– Acho que pode acontecer com praticamente todo mundo, não pode?

Ele continuou dando corda à pipa.

– Mas essas coisas não acontecem simplesmente. No fundo há sempre algum motivo para elas no passado.

— Sim – respondeu ela cordatamente. Therese pensara retroativamente, no passado. A coisa mais próxima de "estar apaixonada" que ela podia lembrar fora o sentimento por um garoto que ela vira algumas vezes na cidade de Montclair, quando viajava no ônibus escolar. Ele tinha cabelos pretos encaracolados e um rosto sério, bonito, e talvez doze anos, mais velho que ela então. Ela lembrava de um curto período em que pensara nele todo dia. Mas isso não era nada, nada em comparação ao que sentia por Carol. Era ou não era amor aquilo que sentia por Carol? E que coisa absurda, ela sequer sabe. Já ouvira falar de garotas se apaixonando, e sabia o tipo de pessoas que elas eram, e que aspecto tinham. Nem ela nem Carol tinham esse aspecto. E no entanto o que sentia por Carol preenchia todos os requisitos para o amor e se enquadrava em todas as descrições.

— Você acha que eu seria capaz? – perguntou simplesmente Therese, antes de especular se ousava fazer a pergunta.

— O quê! – sorriu Richard. – Se apaixonar por uma garota? Claro que não! Santo Deus, você não fez isso, fez?

— Não – disse Therese, num tom estranho, não convincente, que Richard pareceu não notar.

— Lá vai ela de novo. Olhe, Terry!

A pipa requebrava direto para cima, cada vez mais depressa, e o carretel disparava nas mãos de Richard. De qualquer maneira, pensou Therese, ela estava mais feliz do que jamais estivera antes. E para que se preocupar com a definição de tudo?

— Ei! – Richard disparou atrás do carretel que pulava como um maluco no chão, como se quisesse deixar a terra também. – Quer segurá-lo? – perguntou ele, capturando-o. – Ele praticamente levanta você!

Therese pegou o carretel. Não havia mais muita linha, e a pipa estava quase invisível agora. Quando ela soltava os braços completamente para cima, dava para sentir que a levantava um pouquinho, alegre e deliciosa, como se realmente pudesse levá-la pelos ares, se acumulasse toda sua força.

– Dê linha! – gritou Richard, agitando os braços. Estava de boca aberta, e com duas manchas vermelhas surgidas nas suas faces. – Dê linha!
– A linha acabou!
– Vou cortá-la.
Therese não podia acreditar no que ouvia, mas, olhando-o de relance, viu que ele enfiava a mão sob seu sobretudo para pegar o canivete.
– Não faça isso – disse ela.
Richard veio correndo, rindo.
– Não faça isso! – disse ela, zangada. – Você está maluco? – Suas mãos estavam cansadas, mas ela se agarrava ainda com mais força ao carretel.
– Vamos cortar! É mais divertido! – E Richard esbarrou nela desajeitadamente, porque estava olhando para cima.
Therese deu um puxão no carretel para o lado, tirando-o do alcance dele, muda de raiva e espanto. Houve medo por um instante, quando ela achou que Richard talvez tivesse ficado mesmo louco, e então ela cambaleou para trás, com o carretel vazio na mão, sem o repuxo de antes:
– Você está maluco! – berrou para ele. – Ficou doido!
– É só uma pipa! – riu Richard, torcendo o pescoço para cima em direção ao vazio.
Therese olhou para o alto em vão, em busca até mesmo da linha solta.
– Por que você fez isso? – sua voz saiu estridente, entre lágrimas. – Era uma pipa tão bonita!
– É só uma pipa! – repetiu Richard. – Eu posso fazer outra!

Capítulo nove

Therese começou a se vestir, em seguida mudou de ideia. Ainda estava de robe, lendo o texto de *Small Rain* que Phil trouxera mais cedo e que estava agora todo espalhado em cima do divã. Carol dissera estar na Forty-eighth com Madison. Poderia estar aqui dentro de dez minutos. Therese olhou em volta do quarto e para seu rosto no espelho, e resolveu deixar tudo assim mesmo.

Ela levou uns cinzeiros até a pia e lavou-os, e empilhou direitinho o texto da peça em cima de sua mesa de trabalho. Ficou imaginando se Carol estaria usando a nova bolsa. Carol ligara para ela na noite passada, de algum lugar em New Jersey onde se encontrava com Abby, dizendo que a bolsa era linda, mas um presente excessivo. Therese sorriu, lembrando a sugestão de Carol para que ela a pegasse de volta. Pelo menos Carol gostara.

A campainha da porta tocou, três toques rápidos.

Therese olhou para baixo pelo vão da escada e viu que Carol carregava alguma coisa. Desceu correndo.

– Está vazia. É para você – disse Carol sorrindo.

Era uma valise embrulhada. Carol retirou seus dedos da alça e deixou Therese carregá-la. Therese colocou-a em cima do divã no seu quarto, abrindo o papel pardo com cuidado. A valise era de couro marrom grosso, de uma total simplicidade.

– É extremamente elegante! – disse Therese.

– Gostou? Eu nem sei se você precisa de uma valise.

– Claro que gostei.

Era o tipo de valise que casava com ela, exatamente aquela ali, e mais nenhuma. Lá estavam suas iniciais em pequenas letras douradas – T.M.B. Ela lembrou que Carol lhe perguntara seu outro sobrenome na véspera de Natal.

– Abra a tranca de segredo e veja se gosta da parte interna.

Therese gostou.

– Gosto do cheiro também – disse.

– Você está ocupada? Se estiver, eu vou embora.

– Não. Sente. Não estou fazendo nada, exceto ler uma peça.

– Que peça?

– Uma peça cujos cenários terei de fazer – ela de repente se deu conta de jamais ter falado em cenografia com Carol.

– Cenários?

– Sim, sou cenógrafa. – Ela apanhou o casaco de Carol.

Carol sorriu espantada:

– Por que diabos não me contou? – perguntou ela em voz baixa. – Quantas lebres você ainda vai tirar de sua cartola?

– É o primeiro trabalho de verdade. E não é uma peça da Broadway. Vai ser no Village. Uma comédia. Ainda não tenho carteira do sindicato. Terei de esperar um trabalho na Broadway para consegui-la.

Carol perguntou sobre o sindicato, que cobrava mil e quinhentos dólares para se entrar de membro júnior, e dois mil como sênior. Carol perguntou se ela tinha juntado esse dinheiro todo.

– Não, só umas poucas centenas. Mas se eu arranjar um trabalho, eles deixam você pagar em prestações.

Carol estava sentada na cadeira de espaldar reto, a cadeira na qual Richard muitas vezes sentava, a observá-la, e Therese pôde ler na sua expressão que ela subira repentinamente na estimativa de Carol, incapaz de imaginar, porque jamais lhe falara que era cenógrafa, e que na verdade já tinha um trabalho.

– Olha – disse Carol –, se isso resultar num trabalho na Broadway, será que você podia pensar em pegar o resto do dinheiro emprestado comigo? Apenas um empréstimo de negócios?

– Obrigada. Eu...

– Eu gostaria de fazer isso por você. Não deveria ter de se preocupar em pagar dois mil dólares na sua idade.

– Obrigada. Mas não estarei pronta para isso, a não ser dentro de uns dois anos.

Carol ergueu a cabeça e largou um fino sopro de fumaça.

– Ah, eles não cadastram os aprendizes, não é?

Therese sorriu.

– É. Claro que não. Quer um drinque? Tenho uma garrafa de uísque de centeio.

– Que bom. Eu adoraria, Therese – Carol se levantou e olhou as prateleiras da quitinete, enquanto Therese preparava os drinques. – Você cozinha bem?

– Sim. Sou melhor quando tenho de cozinhar para alguém. Sei fazer boas omeletes. Você gosta?

– Não – respondeu de maneira direta Carol, e Therese riu. – Por que não me mostra alguns trabalhos seus?

Therese pegou uma pasta no alto do armário. Carol sentou no divã e examinou tudo meticulosamente, mas, por suas perguntas e comentários, Therese deduziu que ela os achara por demais bizarros para terem utilidade, e talvez nem tão bons assim. Carol disse que gostava mais do cenário de *Petrushka* na parede.

– Mas é a mesma coisa – disse Therese. – A mesma coisa que os desenhos, só que em forma de maquete.

– Bem, talvez sejam os seus desenhos. Eles são muito confiantes, de qualquer maneira. Isso é algo que eu gosto neles. – Carol pegou seu drinque do chão e se recostou no divã. – Está vendo, eu não me enganei, não foi?

– Sobre o quê?

– Sobre você.

Therese não sabia exatamente o que ela queria dizer. Carol sorria para ela no meio da fumaça de cigarro, e isso a confundiu.

– Achou que sim?

– Não – disse Carol. – O que você paga por um apartamento como este?

– Cinquenta por mês.

Carol deu um estalo com a língua.

– Não sobra muito de seu salário, não é?

Therese se inclinou sobre sua pasta, arrumando-a.

– Não. Mas ganharei mais dentro em breve. Não vou morar aqui para sempre, também.

– Claro que não vai. Vai viajar também, tal como faz na imaginação. Verá uma casa na Itália pela qual se apaixonará. Ou talvez goste da França. Ou da Califórnia, ou do Arizona.

A garota sorriu. Ela provavelmente não teria dinheiro para isso, quando acontecesse.

– As pessoas sempre se apaixonam por algo que elas não podem possuir?

– Sempre – disse Carol, também a sorrir. E passou os dedos nos cabelos. – Acho que farei uma viagem, afinal.

– Por quanto tempo?

– Só por um mês, ou algo assim.

Therese deixou a pasta no armário.

– Quando vai partir?

– Logo. Acho que assim que eu puder providenciar tudo. E não há muito que providenciar.

Therese se virou. Carol estava esfregando a ponta do cigarro no cinzeiro. Para ela não significava nada, pensou Therese, que não se vissem por um mês.

– Por que você não vai a algum lugar com Abby?

Carol levantou os olhos para ela, em seguida para o teto.

– Acho que ela não está livre, antes de mais nada.

Therese olhou-a fixamente. Ela tocara em algo ao mencionar Abby. Mas o rosto de Carol se tornara agora ilegível.

– Você está sendo muito simpática por me deixar ver você tantas vezes – disse Carol. – Sabe, não tenho tido disposição de ver as pessoas que costumo frequentar, principalmente agora. É impossível, na verdade. Tudo precisa ser feito obrigatoriamente em casal.

Como ela está frágil, sentiu de repente Therese, que diferença do dia daquele primeiro almoço. Em seguida Carol se levantou, como se adivinhasse os pensamentos da outra, e Therese percebeu uma demonstração de segurança na sua cabeça erguida, no seu sorriso, ao passar tão perto que os braços delas roçaram.

– Por que não fazemos alguma coisa esta noite? – perguntou Therese. – Você pode ficar aqui, se quiser, e eu acabo de ler a peça. Podemos passar a noite juntas.

Carol não respondeu. Olhava para a floreira na estante.

– Que tipo de plantas são essas?

– Não sei.

– Não sabe?

Eram todas diferentes, um cacto de folhas gordas que não crescera nem um pouquinho desde que ela o comprara há um ano, outra planta parecida como uma palmeira em miniatura, e uma coisa verde-vermelha que despencava e tinha de ser apoiada por um graveto.

– Apenas plantas.

Carol virou-se, sorrindo.

– Apenas plantas – repetiu.

– E que tal hoje à noite?

– Está bem. Mas não vou ficar. São apenas três horas. Te dou uma ligada por volta das seis. – Carol jogou o isqueiro na bolsa. Não era a bolsa que Therese lhe dera. – Eu estou com vontade de olhar móveis esta tarde.

– Móveis? Em lojas?

– Em lojas ou no Parke-Bernet. Os móveis me fazem bem. – Carol estendeu a mão para pegar seu casaco na poltrona, e Therese novamente notou a linha que ia do seu ombro ao largo cinto de couro, e continuava na sua perna. Era bonita, como um acorde musical, ou um balé inteiro. Ela era bonita, e por que seus dias deveriam ficar vazios agora, pensou Therese, quando ela era feita para viver junto às pessoas que a amavam, para andar numa bela casa, em belas cidades, ao longo de litorais azuis com um largo horizonte e um céu azul para lhe servir de fundo.

– Até logo – disse Carol, e, com o mesmo gesto com que vestiu seu casaco, enlaçou a cintura de Therese com o braço. Foi apenas um instante, desconcertante demais, com o braço de Carol repentinamente em volta dela, pretenso alívio, começo ou fim, antes que a campainha tocasse nos seus ouvidos como uma parede de metal a se romper. Carol sorriu.

– Quem é? – perguntou.

Therese sentiu a dor aguda da unha do polegar de Carol no seu pulso quando ela a largou.

– Provavelmente Richard.

Só podia ser Richard, porque ela conhecia seu longo toque.

– Ótimo. Eu gostaria de conhecê-lo.

Therese apertou a tecla, em seguida ouviu os passos firmes e elásticos de Richard na escada. Abriu a porta.

– Oi – disse Richard. – Resolvi...

– Richard, esta é a sra. Aird – disse Therese. – Richard Semco.

– Como vai? – disse Carol.

Richard balançou a cabeça, quase inclinando-a:

– Como vai – disse ele, com seus olhos azuis bem abertos.

Eles se entreolharam, Richard com uma caixa quadrada nas mãos, como se fosse dá-la para ela de presente, e Carol em pé, sem ficar nem sair. Richard pôs a caixa numa mesinha lateral.

– Eu estava aqui tão perto que pensei em aparecer – disse ele, e, sob seu tom explicativo, Therese ouviu a afirmação inconsciente de um direito, do mesmo modo que percebera por trás de seu olhar curioso uma desconfiança espontânea de Carol. – Tive de levar um presente para uma amiga de mamãe. Isto aqui é *lebkuchen* – ele fez um gesto da cabeça em direção à caixa e sorriu afavelmente. – Alguém quer um pouco?

Carol e Therese declinaram. Carol observava Richard enquanto ele abria a caixa com seu canivete. Ela gostou de seu sorriso, pensou Therese. Ela gosta dele, do rapaz magricela com cabelos louros desgrenhados, ombros largos e ossudos, e pés grandes e esquisitos em mocassins.

– Por favor, sente-se – disse Therese para Carol.

– Não, eu já vou embora – respondeu ela.

– Vou te dar metade, Terry, e aí eu também vou – disse ele.

Therese olhou para Carol, e Carol sorriu de seu nervosismo e se sentou em um canto do divã.

– Mas não quero apressar sua saída – disse Richard, erguendo o papel com o bolo e colocando-o numa prateleira da cozinha.

– Não está não. Você é pintor, não é, Richard?

– Sim – ele pôs uns restos de glacê na boca e olhou para Carol com compostura, porque ele era incapaz de não ter compostura, pensou Therese, com o olhar franco de quem nada tinha a esconder. – Você é pintora também?

– Não – respondeu Carol com outro sorriso. – Eu não sou nada.

– Que é a coisa mais difícil de ser.

– É? Você é bom pintor?

– Serei. Sou capaz disso – disse Richard, impassível. – Você tem cerveja aí, Terry? Estou com uma sede danada.

Therese foi até a geladeira e tirou as duas garrafas que lá estavam. Richard perguntou a Carol se ela queria, mas Carol recusou. Em seguida Richard passou andando pelo divã, olhando a valise e o papel de embrulho, e Therese achou que ele fosse dizer qualquer coisa, mas não disse.

– Tive a ideia da gente ir ao cinema hoje à noite, Terry. Eu queria ver o negócio no Victoria. Quer ir?

– Hoje à noite não posso. Tenho um compromisso com a sra. Aird.

– Ah – Richard olhou para Carol.

Carol apagou seu cigarro e se levantou:

– Eu preciso ir embora – ela sorriu para Therese. – Te ligo lá pelas seis. Se mudar de ideia, não tem importância. Até logo, Richard.

– Até logo – disse Richard.

Carol piscou o olho para ela ao descer a escada.

– Seja boazinha – disse Carol.

– De onde veio a valise? – perguntou Richard quando ela voltou para a sala.

– É um presente.

– Qual o problema, Terry?

– Não há problema.

– Eu interrompi alguma coisa importante? Quem é ela?

Therese apanhou o copo vazio de Carol. Havia uma mancha de batom na borda.

109

– É uma mulher que conheci na loja.
– Ela te deu a valise?
– Sim.
– Um presente e tanto. Ela é tão rica assim?

Therese olhou-o de relance. A aversão de Richard pelos ricos, pelos burgueses, era automática:

– Rica? Você quer se referir ao casaco de mink? Não sei. Eu lhe fiz um favor. Achei algo que ela tinha perdido na loja.

– Ah? – disse ele. – Como? Você não me contou nada a respeito.

Ela lavou e secou o copo de Carol e tornou a colocá-lo na prateleira.

– Ela esqueceu sua carteira no balcão, e eu a entreguei a ela, só isso.

– Ah. Uma belíssima recompensa – ele franziu o cenho. – Terry, o que foi? Você ainda não está zangada por causa daquela bobeira da pipa, está?

– Não, claro que não – respondeu impacientemente. Ela gostaria que ele fosse embora. Enfiou as mãos nos bolsos de seu robe e atravessou a sala, ficou onde Carol ficara, olhando a jardineira com as plantas. – Phil trouxe a peça esta manhã. Comecei a ler.

– É isso que está te preocupando?

– O que te faz imaginar que eu estou preocupada? – ela se virou de novo.

– Você está de novo no mundo da lua.

– Não estou preocupada, nem no mundo da lua. – Ela inspirou profundamente. – Gozado... você tem consciência de alguns estados de espírito e ao mesmo tempo é tão insensível a outros.

Richard olhou para ela:

– Está bem, Terry – disse ele, dando de ombros como se desse o braço a torcer. Ele sentou-se na cadeira de espaldar reto e despejou o resto da cerveja no seu copo. – Que compromisso é esse que você tem com essa mulher esta noite?

Os lábios de Therese se alargaram em um sorriso, enquanto passava a ponta do batom sobre eles. Por um instante ela fitou as pinças de sobrancelhas que jaziam na pequena prateleira grudada na parte de dentro da porta do armário. Em seguida largou o batom na prateleira.

– É uma espécie de coquetel, eu acho. Algo tipo beneficente, natalino. Num restaurante qualquer, disse ela.

– Hmm. Você quer ir?

– Eu disse que iria.

Richard bebeu sua cerveja, franzindo um pouco a testa diante do copo.

– Mas e depois? Talvez eu pudesse fazer uma hora aqui e ler a peça enquanto você sai, e depois a gente podia pegar uma boca e ir ao cinema.

– Depois, acho melhor terminar a peça. Devo começar no sábado e preciso ter algumas ideias na cabeça.

Richard se levantou:

– Certo – disse ele displicentemente, com um suspiro.

Therese observou-o dirigindo-se indolentemente até o divã, onde ficou, olhando o texto. Em seguida ele se inclinou para examinar a capa e as páginas do elenco. Consultou seu relógio, depois olhou para ela.

– Por que não lê-la agora? – perguntou.

– Vá em frente – respondeu ela, com uma aspereza que Richard não ouviu, ou então ignorou, porque simplesmente se recostou no divã e começou a ler. Ela apanhou uma caixa de fósforos da prateleira. Sim, ele só percebia suas fases de "no mundo da lua", pensou ela, ao se sentir ele mesmo privado dela pela distância. E ela pensou de repente nas vezes em que ela fora para cama com ele, da sua distância então comparada com a proximidade que deveria ter existido, que todos diziam existir. Isso pouco importara a Richard naquela ocasião, supunha ela, em virtude do fato físico de estarem juntos na cama. E veio-lhe de repente à cabeça, ao ver Richard totalmente absorto na leitura, ao ver os dedos rígidos e arredondados pegarem uma mecha frontal de seu cabelo e esticá-la em direção ao nariz, tal como ela o vira fazer mil vezes antes, ocorreu-lhe que a atitude de Richard pressupunha que seu lugar na vida dela era inexpugnável, que o laço dela com ele era permanente e além de qualquer questionamento, porque ele fora o primeiro homem com quem ela dormira. Therese atirou a caixa de fósforos na prateleira, e uma garrafa qualquer caiu.

Richard se sentou, sorrindo de leve, surpreso.

– Qual o problema, Terry?

– Richard, estou a fim de ficar sozinha... pelo resto da tarde. Você se importa?

Ele se levantou. Suas feições continuavam a demonstrar espanto.

– Não. Claro que não – ele deixou o texto cair no divã de novo. – Está bem, Terry. É provável que seja melhor. Talvez você precise ler isto agora... e ler sozinha – disse ele argumentando, como se precisasse convencer a si mesmo. Consultou novamente o relógio – Acho que vou descer e ver se consigo estar um pouco com Sam e Joan.

Ela ficou ali, imóvel, sem nem sequer pensar em nada exceto nos poucos segundos que faltavam para ele ir embora, enquanto ele passava a mão, um pouco grudenta devido à umidade, nos cabelos dela, inclinando-se para beijá-la. Então, de repente, ela lembrou do livro de Degas que comprara dias atrás, o livro de reproduções que Richard queria e que não conseguira achar em lugar nenhum. Pegou-o da gaveta debaixo da cômoda.

– Achei isto aqui. O livro de Degas.

– Ah, que beleza. Obrigado – ele pegou-o com ambas as mãos. Ainda estava embrulhado. – Onde você encontrou?

– Na Frankenberg's, quem diria!

– Frankenberg's – Richard sorriu. – Seis paus, não é?

– Ah, deixa isso para lá.

Richard tirara sua carteira.

– Mas eu pedi que você procurasse pra mim.

– Não se preocupe, mesmo.

Richard protestou, mas ela não aceitou o dinheiro. E um minuto depois ele já fora, com a promessa de ligar para ela amanhã às cinco. Eles poderiam fazer um programa qualquer, amanhã à noite, disse ele.

Carol ligou às 18h10. Será que ela estava disposta a dar um pulo em Chinatown?, perguntou Carol. Therese respondeu, claro.

– Estou tomando um coquetel com uma pessoa no St. Regis – disse Carol. – Por que não vem me pegar aqui? É na saleta, não no salão. E olha, nós vamos a um programa qualquer de teatro para o qual você me convidou. Entendeu?

– Uma espécie de coquetel beneficente de Natal?

Carol riu.

– Venha depressa.

Therese foi voando.

O amigo de Carol era um sujeito chamado Stanley McVeigh, um homem alto e muito atraente com cerca de quarenta anos, de bigode, e com um cachorro boxer numa coleira. Carol já estava pronta para ir quando Therese chegou. Stanley acompanhou-as até a rua, colocou-as num táxi e deu um dinheiro para o motorista, pela janela.

– Quem é ele? – perguntou Therese.

– Um velho amigo. Anda me vendo mais, agora que Harge eu estamos nos separando.

Therese olhou para ela. Carol estava com um maravilhoso sorrisinho nos olhos nesta noite.

– Você gosta dele?

– Mais ou menos – disse Carol. – Motorista, pode ir para Chinatown em vez do outro endereço?

Começou a chover enquanto jantavam. Carol disse que vivia chovendo em Chinatown, toda vez que ia lá. Mas não se importou muito, porque iam agachadas de loja em loja, olhando para as coisas, comprando coisas. Therese viu umas sandálias de plataforma que achou lindas, pareciam mais persas que chinesas, e quis comprar para Carol, mas Carol disse que Rindy não aprovaria. Rindy era conservadora, e nem gostava que ela andasse sem meias no verão, e Carol se sujeitava a ela. A mesma loja tinha terninhos chineses de um pano preto lustroso, com calças simples e jaquetas de gola alta que Carol comprou para Rindy. Therese comprou as sandálias para Carol, assim mesmo, enquanto Carol providenciava a remessa do terno de Rindy. Ela sabia o tamanho certo apenas de olhar as sandálias, e Carol acabou ficando satisfeita por ela tê-las comprado. Em seguida, passaram uma estranha hora em um teatro chinês, onde havia gente na plateia a dormir no meio de todo o estardalhaço. E finalmente foram à zona residencial da cidade, jantar tarde em um restaurante onde havia uma harpa tocando. Foi uma noite esplêndida, uma noite verdadeiramente magnífica.

Capítulo dez

NA TERÇA, O QUINTO DIA DE TRABALHO, Therese estava sentada num pequeno cômodo vazio, sem teto, nos fundos do Black Cat Theatre, esperando que o sr. Donohue, o novo diretor, viesse olhar a sua maquete de papelão. Na manhã anterior, Donohue substituíra Cortes no cargo de diretor, refugara sua primeira maquete e também refugara Phil McElroy como o segundo irmão na peça. Phil fora embora na véspera todo ofendido. Tivera sorte de não ter sido refugada junto com sua maquete, pensou Therese, por isso seguiu à risca as instruções do sr. Donohue. A nova maquete não tinha a parte móvel que ela pusera na primeira, o que permitiria que a cena da sala de estar se convertesse na cena do terraço, no último ato. O sr. Donohue parecia resistir firmemente a qualquer coisa fora do comum, ou até mesmo simples. Ao situar toda a peça na sala de estar, muitos diálogos precisaram ser mudados no último ato, e algumas das falas mais inteligentes se perderam. Sua nova maquete indicava uma lareira, largas janelas de batente dando para um terraço, duas portas, um sofá e um par de poltronas e uma estante de livros. Pronta, teria o aspecto da sala de um modelo de casa no Sloan's, verossímel até o último cinzeiro.

Therese se levantou, se espreguiçou e estendeu a mão para pegar a jaqueta de veludo cotelê pendurada num prego na porta. O lugar era frio como um celeiro. O sr. Donohue só viria provavelmente de tarde, ou talvez nem hoje, se ela não lhe fizesse recordar essa necessidade de novo. Não havia pressa quanto ao cenário. Talvez fosse a coisa menos problemática em toda a produção, mas ela ficara acordada até tarde na noite anterior, trabalhando com entusiasmo na nova maquete.

Ela saiu para ir de novo aos bastidores. O elenco estava todo no palco, com o roteiro na mão. O sr. Donohue não parava de fazê--los ler a peça toda, para deixar a coisa fluir, disse ele, mas hoje parecia que era apenas para dar-lhes sono. Todo o elenco dava a impressão de preguiça, exceto Tom Harding, um rapaz alto e louro, dono do papel masculino principal, e sua energia era um pouco exagerada. Georgia Halloran estava com dor de cabeça, devido à sinusite, e tinha de parar a cada hora para botar gotas no nariz e se deitar durante alguns minutos. Geoffrey Andrews, um sujeito de meia-idade que representava o pai da heroína, vivia resmungando no meio de seus diálogos, porque não gostava de Donohue.

– Não, não, não, não – disse o sr. Donohue, pela décima vez naquela manhã, parando tudo e fazendo com que todos baixassem seus roteiros e se virassem para ele com uma docilidade perplexa, irritada. – Vamos começar de novo a partir da página 28.

Therese observou-o a acenar seus braços para indicar quem falaria, levantando a mão para fazê-los calar, seguindo o roteiro de cabeça abaixada como se regesse uma orquestra. Tom Harding piscou o olho para ela e apertou o nariz com a mão. Um momento depois, Therese voltou para o cômodo atrás da divisória, onde trabalhava, onde se sentia um pouquinho menos inútil. Ela agora sabia a peça quase de cor. Tinha uma intriga tipo comédia de erros, um tanto Sheridanesca – dois irmãos que fingem ser o senhor e o criado, para impressionar uma herdeira pela qual um deles está apaixonado. O diálogo era espirituoso e não de todo ruim, mas o cenário, triste e convencional, tal como Donohue mandara fazer – Therese esperava que ainda se pudesse fazer alguma coisa por ele com as cores que usariam.

O sr. Donohue veio, sim, logo depois do meio-dia. Olhou a maquete dela, levantou-a e examinou-a por baixo e de ambos os lados, sem demonstrar nenhuma mudança na sua expressão atormentada, nervosa.

– Sim, está ótimo. Gostei muito. Está vendo como é muito melhor do que aquelas paredes vazias que tinha antes?

Therese respirou fundo de alívio.

– Sim – disse ela.

– Um cenário se organiza a partir das necessidades dos atores. O que está fazendo não é um cenário de balé, srta. Belivet.

Ela assentiu com a cabeça, olhando também para a maquete e procurando ver como ela se tornara possivelmente melhor, mais funcional.

– O carpinteiro virá esta tarde, lá pelas quatro horas. Vamos nos reunir e conversar sobre isto. – O sr. Donohue saiu.

Therese olhou para a maquete de papelão. Pelo menos ela a veria ser usada. Pelo menos ela e os carpinteiros a fariam se tornar algo concreto. Foi até a janela e olhou para o céu de inverno cinzento mas luminoso, para os fundos de algumas casas de cinco andares ornamentadas com escadas de incêndio. Em primeiro plano havia um pequeno terreno baldio contendo uma árvore raquítica sem folhas, toda retorcida como um poste de sinalização desnorteado. Ela gostaria de poder ligar para Carol e convidá-la para almoçar. Mas Carol estava a uma hora e meia de carro de distância.

– Seu nome é Beliver?

Therese virou-se para a garota no vão da porta:

– Belivet. Telefone?

– O telefone ao lado das luzes.

– Obrigada.

Therese foi depressa, esperando que fosse Carol, mas sabendo ser mais provável que fosse Richard. Carol ainda não ligara para ela ali.

– Oi, aqui é Abby.

– Abby? – Therese sorriu. – Como sabe que estou aqui?

– Você me disse, lembra? Eu gostaria de ver você. Não estou longe. Você já almoçou?

Concordaram em se encontrar no Palermo, um restaurante a um quarteirão ou dois do Black Cat.

Therese foi assobiando uma cantiga enquanto caminhava para lá, tão feliz como se fosse encontrar Carol. O chão do restaurante estava coberto de serragem, e dois gatinhos pretos brincavam sob o trilho do bar. Abby estava sentada numa mesa dos fundos.

– Oi – disse Abby quando ela se aproximou. – Você está com aspecto muito alegre. Eu quase não te reconheci. Quer um drinque?

Therese sacudiu a cabeça.

– Não, obrigada.

– Você quer dizer que está tão feliz que não precisa? – perguntou Abby e deu um risinho com aquele humor íntimo que de certo modo em Abby não significava desfeita.

Therese aceitou o cigarro que Abby lhe ofereceu. Abby sabia, pensou. E talvez também estivesse apaixonada por Carol. Isto punha Therese na defensiva contra ela. Aquilo criava uma rivalidade tácita que lhe dava uma curiosa alegria, a sensação de certa superioridade em relação a Abby – emoções que Therese jamais conhecera antes, que jamais sonhara ter, consequentemente emoções em si mesmas revolucionárias. Assim o almoçar juntas no restaurante tornou-se quase tão importante quanto o encontro com Carol.

– Como está Carol? – perguntou Therese. Não via Carol há três dias.

– Está muito bem – disse Abby, observando-a.

Chegou o garçom e Abby perguntou-lhe se ele recomendava os mexilhões e os escalopes.

– Excelentes, madame! – E deu um sorriso radiante para ela como se ela fosse uma freguesa especial.

Era o jeito de Abby, o brilho em seu rosto, como se hoje, ou qualquer dia, fosse um feriado especial para ela. Therese gostava disso. Ela olhou com admiração para o conjunto de Abby, de um tecido entremeado de vermelho e azul, para suas abotoaduras que pareciam Gs retorcidos, como botões de prata filigranados. Abby perguntou sobre seu trabalho no Black Cat. Era tedioso para Therese, mas Abby pareceu impressionada. Ficou impressionada, pensou Therese, porque ela não faz nada.

– Conheço algumas pessoas no ramo de produção teatral – disse Abby. – Teria muito prazer em te recomendar, quando quiser.

– Obrigada – Therese brincava com a tampa do recipiente de queijo ralado diante dela. – Você conhece alguém chamado Andronich? Acho que ele é de Filadélfia.

– Não – disse Abby.

O sr. Donohue dissera-lhe para procurar Andronich na próxima semana em Nova York. Ele estava produzindo um show que ia estrear na primavera em Filadélfia, e em seguida na Broadway.

– Experimente os mexilhões – Abby comia com vontade. – Carol também gosta.

– Você conhece Carol há muito tempo?

– Um-hm – Abby balançou a cabeça, olhando para ela com um olhar límpido que nada revelava.

– E você também conhece o marido dela, naturalmente.

Abby aquiesceu novamente, em silêncio.

Therese sorriu um pouco. Abby estava decidida a interrogá-la, sentiu, mas não a deixar transparecer coisa alguma sobre si mesma ou Carol.

– Que tal vinho? Gosta de Chianti? – Abby chamou um garçom com um estalar de dedos. – Traga uma garrafa de Chianti, por favor. Um dos bons. É bom para o sangue – acrescentou ela para Therese.

Em seguida veio o prato principal, e dois garçons passaram a se ocupar meticulosamente da mesa, tirando a rolha do Chianti, servindo mais água e trazendo nova remessa de manteiga. O rádio no canto tocava um tango – um caixotinho de rádio com a frente quebrada, mas a música saída dele parecia vir de uma orquestra de cordas atrás, encomendada por Abby. Não é de espantar que Carol gosta dela, pensou Therese. Ela complementava a solenidade de Carol, fazia com que Carol se lembrasse de rir.

– Você sempre morou sozinha? – perguntou Abby.

– Sim. Desde que saí do colégio – Therese sorveu seu vinho. – Você também? Ou mora com a família?

– Com a família. Mas metade da casa é só minha.

– E você trabalha? – aventurou-se Therese.

– Já tive alguns trabalhos. Dois ou três. Carol não te contou que nós já tivemos uma loja de móveis? Tivemos uma loja logo depois de Elizabeth, na autoestrada. A gente comprava antiguidades, ou simplesmente móveis de segunda mão, e dava um jeito neles. Eu nunca trabalhei tanto na minha vida – Abby sorriu alegremente para ela, como se cada palavra pudesse não ser verdade. – Meu outro trabalho. Sou entomologista. Não muito boa, mas o suficiente para tirar brocas de caixotes de limões italianos e coisas assim. Os lírios das Bahamas estão cheios de insetos.

– Já ouvi falar – sorriu Therese.
– Acho que você não acredita em mim.
– Acredito sim. Você ainda trabalha com isso?
– Estou na reserva. Só trabalho em períodos de emergência. Como na Páscoa.

Therese ficou olhando a faca de Abby a cortar o escalopinho em pequenos pedaços antes de pegá-los.

– Você viaja muito com Carol?
– Muito? Não, por quê? – perguntou Abby.
– Acho que você deve fazer bem a ela. Porque Carol é tão séria.

Therese gostaria de conduzir a conversa ao âmago dos problemas, mas o que seria exatamente o âmago dos problemas, ela não sabia. O vinho corria lentamente pelas suas veias, esquentando-a até as pontas de seus dedos.

– Não o tempo todo – corrigiu Abby, com o humor que se escondia sob a superfície da sua voz, tal como na primeira palavra que Therese recebera dela.

O vinho em sua cabeça prometia música, poesia ou a verdade, mas ela ficou perdida na periferia. Therese não conseguia pensar em uma só pergunta apropriada, devido à enormidade de todas as suas perguntas.

– Como você conheceu Carol? – perguntou Abby.
– Carol não te contou?
– Ela disse apenas que te conheceu na Frankenberg's quando você trabalhava lá.
– É, foi assim – disse Therese, sentindo contra Abby uma animosidade que se avolumava, descontroladamente.

– Você simplesmente começou a falar? – perguntou Abby com um sorriso, acendendo um cigarro.

– Eu a servi – respondeu Therese, e parou.

E Abby ficou esperando uma descrição precisa daquele encontro, Therese sabia, mas ela não a daria a Abby nem a mais ninguém. Aquilo lhe pertencia. Com certeza Carol não contara a Abby, pensou Therese, a história boba do cartão de Natal. Carol não lhe daria assim tanta importância para que contasse a Abby.

– Você se importa em me dizer quem falou primeiro?

Therese de repente riu. Ela estendeu a mão para pegar um cigarro e acendeu-o, ainda sorrindo. Não, Carol não lhe contara a respeito do cartão de Natal, e a pergunta de Abby pareceu-lhe extremamente engraçada.

– Fui eu – disse Therese.

– Você gosta muito dela, não gosta? – perguntou Abby.

Therese vasculhou a frase em busca de hostilidade. Não era hostil, havia apenas ciúme:

– Sim.

– Por que gosta?

– Por que eu gosto? Por que você gosta?

Ainda havia riso nos olhos de Abby:

– Conheço Carol desde que ela tinha quatro anos de idade.

Therese não disse nada.

– Você é terrivelmente jovem, não é? Já tem vinte e um anos?

– Não. Quase.

– Você sabe que Carol está cheia de preocupações no momento, não sabe?

– Sim.

– E se sente solitária no momento – acrescentou Abby, com um olhar vigilante.

– Você quer dizer que é por causa disso que ela me vê? – perguntou calmamente Therese. – Está querendo me dizer que não devo vê-la?

Os olhos de Abby que não pestanejavam, acabaram pestanejando duas vezes, assim mesmo:

– Não, nem um pouco. Mas eu não quero que você se machuque. Nem quero que você machuque Carol.

– Eu jamais machucaria Carol – disse Therese. – Acha que eu a machucaria?

Abby ainda a observava alertamente, sem jamais tirar os olhos dela.

– Não, não acho – respondeu Abby, como se tivesse acabado de decidir aquilo naquele momento. E então sorriu, como se estivesse especialmente satisfeita com alguma coisa.

Mas Therese não gostou do sorriso, e percebendo que seu rosto traía seus sentimentos, olhou para a mesa. Havia uma taça cheia de zabaglione quente num prato diante dela.

– Você gostaria de ir a um coquetel esta tarde, Therese? É em um bairro residencial, lá pelas seis horas. Não sei se haverá cenógrafos presentes, mas uma das garotas que dão o coquetel é atriz.

Therese apagou seu cigarro:

– Carol vai?

– Não. Não vai. Mas o pessoal é todo de fácil convívio. É pequena a reunião.

– Não, obrigada. Acho que não posso. Talvez eu tenha que trabalhar até tarde hoje.

– Ah, eu ia te dar o endereço, de qualquer maneira, mas se você não vai...

– Não – disse Therese.

Abby queria dar uma volta no quarteirão depois de saírem do restaurante. Therese concordou, apesar de já estar cansada de Abby no momento. Abby com sua arrogância, suas perguntas indelicadas e displicentes fez com que Therese sentisse que levara vantagem. E Abby não a deixara pagar a conta.

Abby disse:

– Carol te considera muito, sabe. Ela disse que você tem um talento danado.

– Falou? – disse Therese, acreditando só pela metade. – Ela nunca me disse – ela queria andar mais depressa, mas Abby retardava o passo delas.

– Você deve saber que ela te considera muito, já que ela quer que você faça uma viagem com ela.

Therese olhou e viu Abby sorrindo para ela sem malícia.

– Ela também não me disse nada disso – disse calmamente Therese, embora seu coração começasse a bater forte.

– Tenho certeza de que dirá. Você vai com ela, não vai?

Por que haveria Abby de saber antes dela?, pensou Therese. Ela sentiu o sangue lhe subir nas faces, de raiva. De que se tratava? Será que Abby a detestava? Se assim fosse, porque ela não era coerente? Em seguida, no próximo momento, a raiva parou de crescer e baixou, deixando-a fraca, vulnerável e indefesa. Ela pensou, se Abby me imprensasse contra o muro naquele momento e dissesse: confesse, o que você quer de Carol? Quanto dela deseja roubar de mim?, ela teria confessado tudo. Teria dito: eu quero estar junto com ela. Adoro ficar junto dela, e o que você tem com isso?

– Não cabe a Carol falar sobre isso? Por que me pergunta essas coisas? – Therese fez um esforço para parecer indiferente. Foi inútil.

Abby parou de andar:

– Desculpe – disse, virando-se para ela. – Acho que eu agora compreendo melhor.

– Compreende o quê?

– Apenas que... você ganhou.

– Ganhei o quê?

– O quê – repetiu Abby com a cabeça levantada, olhando para o canto de um prédio, para o céu, e Therese de repente sentiu uma impaciência furiosa.

Ela queria que Abby fosse embora para poder telefonar para Carol. Nada importava exceto a voz de Carol. Nada importava a não ser Carol, e por que se permitira esquecer disso por um momento?

– Não é de espantar que Carol te considere tanto – disse Abby, porém se aquilo foi um comentário afável, Therese não o aceitou como tal. – Até logo, Therese. Eu te verei de novo, com certeza – e Abby estendeu a mão.

Therese apertou-a:

– Até logo – disse. Ela ficou olhando Abby a caminhar em direção a Washington Square, agora com um passo mais apressado e a cabeça encaracolada erguida.

Therese entrou na farmácia na próxima esquina e ligou para Carol. A empregada atendeu e depois Carol.

– Qual é o problema? – perguntou Carol. – Você parece deprimida.

– Nada. O trabalho anda chato.

– Você vai fazer alguma coisa esta noite? Gostaria de vir até aqui?

Therese saiu sorrindo da farmácia. Carol vinha pegá-la às cinco e meia. Carol insistiu em vir apanhá-la, porque era uma viagem tão chata de trem.

Do outro lado da rua, ela avistou, se afastando dela, Dannie McElroy, caminhando sem casaco, carregando uma garrafa desembrulhada de leite na mão.

– Dannie – chamou ela.

Dannie se virou e veio andando até ela:

– Quer entrar por alguns minutos? – berrou ele.

Therese começou a dizer não, mas em seguida, quando ele se aproximou, ela apertou seu braço:

– Só um minutinho. Já tive uma hora de almoço bem longa.

Dannie sorriu para ela.

– Que horas são? Andei estudando até quase ficar cego.

– Passam das duas. – Ela sentiu o braço de Dannie contraído por causa do frio. A pele de seu antebraço estava toda arrepiada sob os cabelos escuros. – Você é louco de sair sem casaco – disse ela.

– Isso clareia a minha cabeça – ele segurou o portão de ferro que dava para sua porta. – Phil saiu para algum lugar.

O quarto cheirava a fumo de cachimbo, lembrando um pouco chocolate no fogo. O apartamento era um meio porão, de modo geral escuro, e a lâmpada fazia uma poça quente de luz em cima da mesa que vivia entulhada. Therese olhou para os livros abertos na mesa, páginas e páginas cobertas de símbolos que ela não conseguia compreender, mas que gostava de olhar. Tudo o que os símbolos representavam era verdade e provado. Os símbolos eram mais fortes e definidos que as palavras. Ela sentia que a cabeça de Dannie se balançava neles, passando de um fato a outro, como se pendesse de correntes resistentes, passando de uma mão para outra no espaço. Ela observou-o fazendo um sanduíche, em pé junto à mesa da cozinha. Seus ombros pareciam muito largos com músculos bem torneados sob a camisa branca, que se moviam um pouco com os gestos de botar o salame e as fatias de queijo no grande pedaço de pão de centeio.

— Eu gostaria que você viesse mais vezes, Therese. Quarta é o único dia em que não estou em casa ao meio-dia. A gente não atrapalha o Phil, almoçando, mesmo se ele estiver dormindo.

— Virei – disse Therese. E sentou-se na cadeira de sua escrivaninha, meio virada para fora. Ela viera almoçar uma vez, e outra vez depois do trabalho. Gostava de visitar Dannie. Não era preciso fazer conversa fiada com ele.

No canto do quarto, o sofá-cama de Phil jazia desarrumado, um emaranhado de lençóis e cobertas. Nas duas vezes anteriores em que ela viera, a cama estava por fazer, ou então Phil estava deitado nela. A longa estante colocada em um ângulo reto em relação ao sofá fazia do canto de Phil uma unidade separada do quarto, que vivia bagunçada, uma desordem nervosa e frustrada, que de modo algum se assemelhava à desordem funcional da escrivaninha de Dannie.

A lata de cerveja de Dannie deu um sibilo ao ser aberta. Ele se encostou na parede com a cerveja e o sanduíche, sorrindo, encantado pela presença dela ali.

— Você se lembra do que disse sobre a física não se aplicar às pessoas?

— Humm. Vagamente.

— Bem, duvido que você tenha razão – disse ele, ao dar uma mordida no sanduíche. – Olhe só as amizades, por exemplo. Posso pensar numa porção de casos em que as duas pessoas nada têm em comum. Acho que existe um motivo preciso para cada amizade, do mesmo modo que existe um motivo para determinados átomos se reunirem e outros não – determinados fatores ausentes num caso, e presentes em outro – o que você acha? Acho que as amizades são o resultado de certas necessidades que podem ser completamente ocultas para ambas as pessoas, às vezes ocultas para sempre.

– Talvez. Eu também consigo pensar em alguns casos – Richard e ela mesma, por exemplo. Richard se dava bem com as pessoas, abria seu caminho no mundo aos empurrões de uma maneira que ela era incapaz de fazer. Ela sempre se sentira atraída por gente com o tipo de segurança que Richard tinha. – E qual é a sua fraqueza, Dannie?

– A minha? – disse ele sorrindo. – Você quer ser minha amiga?

– Sim. Mas você deve ser a pessoa mais forte que eu conheço.

– Verdade? Devo enumerar minhas falhas?

Ela sorriu ao olhar para ele. Um rapaz de 25 que já sabia o seu rumo desde os catorze anos. Ele investira toda sua energia num só canal – exatamente o oposto do que Richard fizera.

– Eu tenho uma necessidade oculta de uma cozinheira – disse Dannie – e de uma professora de dança, e de alguém que me lembre pequenas coisas como levar a roupa suja para a lavanderia e cortar meu cabelo.

– Eu também não consigo lembrar quando devo levar minha roupa para a lavanderia.

– Ah – disse ele, desanimado. – Então está fora de cogitação. Eu tinha alguma esperança. Tinha uma sensaçãozinha de algo predestinado. Porque, veja só, o que eu quero dizer sobre a afinidade é que funciona tanto para a amizade quanto para o olhar acidental que se dá para alguém na rua – existe sempre um determinado motivo em alguma parte. Acho que até os poetas concordariam comigo.

Ela sorriu.

– *Até* os poetas? – ela pensou em Carol, depois em Abby, da conversa delas no almoço que representara muito mais que um olhar, e muito menos, e a sequência de emoções que provocara nela. Aquilo a deprimiu. – Mas você precisa aceitar as perversidades de cada um, coisas que não fazem muito sentido.

– Perversidades? Isso é apenas um subterfúgio. Uma palavra que os poetas usam.

– Eu achava que fosse usada pelos psicólogos – disse Therese.

– Quero dizer, fazer concessões... isto é uma expressão sem sentido. A vida é uma ciência exata em seus próprios termos e se resume apenas em uma questão de encontrá-los e defini-los. O que não faz sentido para você?

– Nada. Eu estava pensando em algo sem importância, aliás – ela estava com raiva de novo, como estivera na calçada depois do almoço.

– Em quê? – insistiu ele, franzindo o cenho.

– No almoço que tive – disse ela.

– Com quem?

– Não importa. Se importasse, eu aprofundava isso. É apenas um desperdício, como perder alguma coisa, eu acho. Mas talvez algo que não exista, aliás – ela quisera gostar de Abby porque Carol gostava.

– Salvo na sua cabeça? Isso pode ainda assim ser uma perda.

– Sim, mas há certas pessoas e certas coisas que as pessoas fazem das quais não se salva nada, afinal de contas, porque não têm conexão nenhuma com você – ela queria falar de outra coisa, contudo, que não era absolutamente isso. Não de Abby, nem de Carol, mas de antes. Algo que tinha uma conexão perfeita e fazia um sentido perfeito. Ela amava Carol. Inclinou a testa de encontro à sua mão.

Dannie olhou-a por um momento, em seguida se desencostou da parede. Virou-se para o fogão e tirou um fósforo do bolso da camisa, e Therese sentiu que a conversa vacilava, sempre vacilaria e nunca terminaria, não importa o que viessem a dizer. Mas ela sentia que, se contasse a Dannie cada palavra que ela e Abby trocaram, ele era capaz de apagar seus subterfúgios com uma frase, como se borrifasse um produto químico no ar que dissolveria instantaneamente a névoa. Ou haveria sempre alguma coisa a que a lógica não teria acesso? Alguma coisa ilógica por trás do ciúme, da desconfiança e da hostilidade na conversa de Abby, que era Abby em estado puro?

– Nem tudo é tão simples como uma porção de combinações – acrescentou Therese.

– Algumas coisas não reagem. Mas tudo está vivo – e ele se virou com um largo sorriso, como se um outro fio de pensamento, bem diferente, tivesse penetrado na sua cabeça. Ele erguia o fósforo, ainda fumegante. – Como este fósforo. Não estou falando de física, sobre a indestrutibilidade da fumaça. Na verdade, me sinto um tanto poético hoje.

– Sobre o fósforo?

– Sinto que ele está crescendo, como uma planta, e não sumindo. Acho que, às vezes, tudo no mundo deve ter a textura de uma planta, para um poeta. Até mesmo esta mesa, tal como minha própria carne – ele encostou a palma da mão na borda da mesa. – É como uma sensação que tive uma vez, subindo um morro a cavalo. Foi na Pensilvânia. Eu não sabia montar muito bem naquela época, e me lembro do cavalo virando a cabeça e vendo o morro e resolvendo subi-lo correndo, suas patas traseiras afundaram antes de a gente decolar, e de repente a gente ia disparado e eu não tinha medo nenhum. Eu me senti em total harmonia com o cavalo e a paisagem, como se fôssemos uma árvore com os galhos a se remexerem ao vento. Eu me lembro de ter certeza de que nada me aconteceria naquela ocasião, mas em outras, eventualmente, sim. Eu me senti muito feliz. Pensei em todas as pessoas que têm medo e escondem coisas, e elas mesmas, e pensei, quando todo mundo vier a perceber o que eu senti subindo o morro, então haverá um tipo certo de economia do vital, de como usar as coisas, de exauri--las. Sabe o que eu quero dizer? – Dannie fechara os punhos, mas seus olhos brilhavam como se ainda risse de si mesmo. – Você já gastou totalmente algum suéter pelo qual tinha uma afeição especial e acabou por jogá-lo fora?

Ela pensou nas luvas de lã verdes da Irmã Alícia, que ela nem usara nem jogara fora.

– Sim – disse ela.

– Bem, é isso o que eu quero dizer. É como os carneiros, eles não percebem a quantidade de lã que perdem quando alguém os tosqueou para fazer o suéter porque conseguem produzir mais lã. É muito simples – ele se virou para o bule de café que requentara e já fervia.

– Sim – ela sabia. Era como Richard e a pipa, porque ele podia fazer outra pipa. Ela pensou em Abby com uma sensação de vazio, de repente, como se o almoço tivesse sido erradicado. Por um instante sentiu como se sua mente tivesse extrapolado algum limite e nadasse vazia no espaço. Ela se levantou.

Dannie avançou, colocou suas mãos sobre os ombros dele, e, apesar de ela sentir que era apenas um gesto, um gesto no lugar de uma palavra, o encanto foi quebrado. Ela ficou desconfortável com o toque dele, e o desconforto tornou-se quase algo palpável.

– Preciso voltar – ela disse. – Estou bastante atrasada.

As mãos dele se aproximaram, segurando os cotovelos dela com força contra seu corpo, e beijou-a de repente, pressionando os lábios com força contra os dela, por um instante, e ela sentiu o bafo quente dele no seu lábio superior, antes que a soltasse.

– Está – disse, olhando para ela.

– Por que você... – ela parou, porque o beijo tivera tamanha mistura de carinho com violência que ela não sabia como encará-lo.

– *Por que,* Terry? – disse ele, afastando-se dela, sorrindo. – Você se aborreceu?

– Não – disse ela.

– Será que Richard se aborreceria?

– Acho que sim – ela abotoou seu casaco. – Preciso ir – disse, se movendo em direção à porta.

Dannie abriu completamente a porta para ela, com seu sorriso fácil, como se nada tivesse acontecido.

– Volta amanhã? Venha almoçar.

Ela sacudiu a cabeça.

– Acho que não. Estou ocupada esta semana.

– Está bem, venha... na segunda que vem, quem sabe?

– Está bem – ela sorriu também e estendeu automaticamente a mão, que Dannie apertou polidamente.

Ela percorreu correndo os dois quarteirões até o Black Cat. Um pouco como o cavalo, pensou. Mas não o suficiente, não o suficiente para chegar à perfeição, e o que Dannie pretendia era a perfeição.

Capítulo onze

– Passatempo de gente ociosa – disse Carol, esticando as pernas diante dela na cadeira de balanço. – Já é hora de Abby arranjar um trabalho de novo.

Therese não disse nada. Ela não contara toda a conversa do almoço a Carol, mas não queria mais falar sobre Abby.

– Você quer sentar em uma cadeira mais confortável?

– Não – respondeu Therese. Ela estava sentada num banco de couro ao lado da cadeira de balanço. Tinham acabado de jantar há poucos momentos, e em seguida subido para aquele cômodo que Therese nunca vira, uma varanda envidraçada acoplada ao quarto todo verde.

– O que mais Abby disse que te aborreceu? – perguntou Carol, ainda a olhar diante dela, para as suas longas pernas metidas em calças azul-claras.

Carol parecia cansada. Estava preocupada com outras coisas, pensou Therese, coisas mais importantes que aquilo.

– Nada. Isso te aborrece, Carol?

– Me aborrece?

– Você está diferente comigo esta noite.

Carol olhou-a de relance.

– Imaginação sua – disse ela, e a vibração agradável de sua voz mergulhou no silêncio de novo.

A página que escrevera na noite passada, pensou Therese, não tinha nada a ver com essa Carol, não era endereçada a ela. *Sinto que estou apaixonada por você,* escrevera, *e deveria ser primavera. Quero que o sol pulse na minha cabeça como acordes musicais. Penso num sol como Beethoven, um vento como Debussy, e em gritos de pássaros como Stravinsky. Mas o ritmo é todo meu.*

– Acho que Abby não gosta de mim – comentou Therese. – E que não quer que eu te veja.

– Isso não é verdade. É sua imaginação de novo.

– Não é que ela tenha dito isso – Therese tentou parecer tão calma quanto Carol. – Foi muito simpática. Me convidou para um coquetel.

– De quem?

– Não sei. Ela falou em um bairro qualquer. Disse que você não estaria, por isso eu não fiz questão de ir.

– Que bairro?

– Ela não disse. Só disse que uma das garotas que davam o coquetel era atriz.

Carol descansou o isqueiro com um clique na mesa de vidro, e Therese percebeu seu desagrado.

– Ela convidou – murmurou Carol, meio consigo mesma. – Sente aqui, Therese.

Therese se levantou e se sentou bem no pé da cadeira de balanço.

– Você não deve pensar que Abby sente isso por você. Conheço-a bastante para saber que ela não sentiria.

– Está bem – disse Therese.

– Mas Abby às vezes é tremendamente inábil na maneira de falar.

Therese queria esquecer tudo aquilo. Carol estava distante demais, até mesmo ao falar, até mesmo ao olhar para ela. Uma faixa de luz vinda do quarto verde pintava a parte de cima da cabeça de Carol, e ela não conseguia distinguir seu rosto agora.

Carol cutucou-a com o dedão do pé.

– Vamos levantar.

Mas Therese foi lenta em reagir, e Carol passou os pés sobre a cabeça de Therese e sentou-se ereta. Então Therese ouviu os passos da empregada na sala ao lado, e a empregada gordinha com cara de irlandesa, no uniforme branco e cinza, entrou carregando uma bandeja de café, fazendo tremer o piso da varanda com seus passinhos rápidos que pareciam tão ansiosos para agradar.

– O creme está aqui, senhora – disse ela, indicando um jarro que não fazia parte do conjunto de taças pequenas. Florence olhou para Therese com um sorriso afável e olhos redondos e vazios. Ela tinha cerca de cinquenta anos, com um coque na nuca sob a fita de sua touca branca engomada. Therese não conseguia situá-la, não conseguia avaliar sua cumplicidade. Therese ouvira-a se referir por duas vezes ao sr. Aird como se fosse muito dedicada a ele, e não sabia se tinha sinceridade ou profissionalismo naquilo.

– Vai precisar de mais alguma coisa, senhora? – perguntou Florence. – Posso apagar as luzes?

– Não, gosto das luzes acesas. Não vamos precisar de mais nada, obrigada. A sra. Riordan ligou?

– Ainda não, senhora.

– Diga a ela que saí quando ela ligar.

– Sim, senhora – Florence hesitou. – Eu estava pensando se a senhora já acabou de ler aquele livro novo. Aquele sobre os Alpes.

– Vá a meu quarto e pegue-o, se quiser, Florence. Acho que não quero terminá-lo.

– Obrigada, senhora. Boa noite. Boa noite, moça.

– Boa noite – disse Carol.

Quando Carol servia o café, Therese perguntou:

– Você já decidiu se vai partir logo?

– Talvez dentro de uma semana mais ou menos – Carol entregou-lhe a xícara pequena com creme. – Por quê?

– Apenas porque vou sentir a sua falta. Claro.

Carol ficou um instante imóvel e em seguida estendeu a mão para pegar um cigarro, o último, amarrotando o maço.

– Eu estava pensando, aliás, se você não gostaria de vir comigo. O que acha, por umas três semanas?

Aí estava, pensou Therese, tão despreocupadamente como se ela sugerisse que fizessem uma caminhada juntas.

– Você falou disso com Abby, não foi?

– Sim – respondeu Carol. – Por quê?

Por quê? Therese não conseguia traduzir em palavras por que Carol a magoara ao fazê-lo.

– Só me pareceu estranho que você tenha contado a ela antes de falar qualquer coisa comigo.

– Eu não contei a ela. Eu só disse que eu talvez convidasse você – Carol se aproximou dela e botou suas mãos nos ombros de Therese. – Olhe, não há motivo para você se sentir assim em relação a Abby, a não ser que Abby tenha dito muito mais coisas que você não me contou durante esse almoço.

– Não – respondeu Therese. Não, mas foram os subentendidos, o que era pior. Ela sentiu as mãos de Carol abandonarem seus ombros.

– Abby é uma amiga minha de muito tempo – disse Carol. – Eu falo tudo com ela.

– Sim – disse Therese.

– Bem, você gostaria de vir?

Carol se afastara dela, e de repente aquilo não teve nenhum valor, pela maneira como Carol lhe perguntara, como se pouco se importasse que ela fosse ou não fosse.

– Obrigada, acho que neste exato momento não tenho condições.

– Você não vai precisar de muito dinheiro. Vamos de carro. Mas se te oferecerem um trabalho agora, isso é diferente.

Como se ela não fosse capaz de dispensar um trabalho em um cenário de balé para ir viajar com Carol – viajar com ela por paisagens desconhecidas, atravessar rios e montanhas, sem saber onde estariam ao cair da noite. Carol sabia disso, e sabia que ela teria de recusar se Carol lhe pedisse daquela maneira. Therese percebeu de repente que Carol a provocava, e se sentiu ferida, ressentida, com a dor amarga provocada por uma traição. E o ressentimento evoluiu para a decisão de jamais rever Carol. Ela olhou de relance para Carol, que esperava sua resposta em uma postura desafiadora, apenas meio disfarçada por um ar de indiferença, expressão que não mudaria nem um pouco, sabia Therese, mesmo se sua resposta fosse negativa. Therese se levantou e foi procurar um cigarro na caixa em cima da mesinha lateral. Não havia nada lá a não ser umas agulhas de vitrola e uma fotografia.

– O que foi? – perguntou Carol, observando-a.

Therese sentiu que Carol estivera lendo os seus pensamentos:

– É uma foto de Rindy – disse Therese.

– De Rindy? Deixe-me vê-la.

Therese observou o rosto de Carol enquanto ela olhava para a foto da menininha com os cabelos louros platinados e a cara séria, e o joelho enfaixado de branco. Na foto, Harge estava em pé em um barco a remo, e Rindy pulava de um cais para os seus braços.

– Não é uma foto muito boa – disse Carol, mas sua expressão mudara, se abrandara. – Isso foi uns três anos atrás. Quer um cigarro? Tem ali. Rindy vai passar os próximos três meses com Harge.

Therese imaginara isso a partir da conversa que tivera na cozinha com Abby, naquela manhã.

– Em New Jersey também?

– Sim. A família de Harge mora em New Jersey. Eles têm um casarão. – Carol fez uma pausa. – O divórcio acabará dentro de um mês, acho, e depois de março ficarei com Rindy o resto do ano.

– Ah. Mas você a verá de novo antes de março, não?

– Poucas vezes. Provavelmente não muitas.

Therese olhou para a mão de Carol, que segurava a foto displicentemente ao lado do banco de balanço.

– Ela não vai sentir falta de você?

– Vai. Mas também gosta muito do pai.

– Gosta mais do que de você?

– Não. Na verdade, não. Mas agora ele comprou uma cabra para ela brincar. Ele a leva para o colégio no caminho para o trabalho e a apanha às quatro horas. Prejudica seu trabalho por causa dela, e o que mais pode se querer de um homem?

– Você não a viu no Natal, não foi? – disse Therese.

– Não. Porque aconteceu uma coisa no escritório do advogado. Foi na tarde em que o advogado de Harge queria nos ver, a ambos, e Harge trouxe Rindy também. Rindy disse que queria ir para a casa de Harge no Natal. Ela não sabia que eu não estaria lá este ano. Eles têm uma árvore grande no gramado e sempre a enfeitam, de modo que Rindy estava doida para ir. De qualquer maneira, isso impressionou o advogado, sabe, a criança querendo passar o Natal na casa do pai. E é claro que eu não queria dizer a Rindy que eu não ia, para não decepcioná-la. Eu não seria capaz de dizê-lo de qualquer maneira na frente do advogado. Já chega a manipulação de Harge.

Therese ficou ali, esmagando o cigarro apagado entre os dedos. A voz de Carol era tranquila, como seria se ela estivesse falando com Abby, pensou Therese. Carol nunca lhe contara tantas coisas antes.

– Mas o advogado compreendeu?

Carol encolheu os ombros:

– Ele é advogado de Harge, não meu. Por isso concordei com o arranjo de três meses agora, porque não quero que ela seja jogada daqui para lá. Se eu vou ficar nove meses com ela, e Harge, três, a coisa pode muito bem começar desde já.

– Você não vai nem visitá-la?

Carol demorou tanto a responder que Therese achou que ela não responderia.

– Não com muita frequência. A família não está muito amigável. Falo com Rindy todo dia no telefone. Às vezes ela me liga.

– Por que a família não está amigável?

– Nunca me deram muito valor. Vivem reclamando, desde que Harge me conheceu numa festa de formatura qualquer. Eles são ótimos na hora de criticar. Eu às vezes fico pensando quem seria aprovado por eles.

– Por que eles te criticam?

– Por ter uma loja de móveis, por exemplo. Mas isso não chegou a durar um ano. Depois por não jogar bridge, ou por não gostar de jogar. Eles gostam de coisas esdrúxulas, das coisas mais fúteis.

– Parecem terríveis.

– Não são terríveis. É que esperam que a gente se adapte a eles. Eu os conheço, gostariam de um formulário em branco que pudessem preencher. Uma pessoa já preenchida os deixa tremendamente perturbados. Vamos ouvir música? Você nunca ouve rádio?

– Às vezes.

Carol se encostou no peitoril da janela.

– E agora Rindy tem televisão todo dia. Hopalong Cassidy. Como ela adoraria ir para o Oeste. Essa foi a última boneca que comprei para ela, Therese. Só comprei porque ela disse que queria, mas ela já passou dessa fase.

Atrás de Carol, um holofote do aeroporto varreu o céu com uma pincelada pálida e desapareceu. A voz de Carol parecia se demorar na escuridão. Em sua tonalidade mais generosa, mais feliz, Therese podia ler as profundezas de Carol, de onde brotava seu amor por Rindy, mais profundo do que ela provavelmente teria por qualquer outra pessoa.

– Harge não facilita em nada que você a veja, não é?

– Você sabe disso – disse Carol.

– Não vejo como ele poderia ter te amado tanto.

– Não é amor. É uma compulsão. Acho que ele quer me controlar. Talvez se eu fosse menos civilizada, mas nunca tivesse opinião sobre coisa alguma que não fosse a dele... Dá para acompanhar isso tudo?

– Sim.

– Eu nunca lhe criei nenhum constrangimento socialmente, e é só isso que na verdade lhe importa. Tem uma determinada mulher no clube com quem eu gostaria que ele tivesse se casado. Ela preenche totalmente a sua vida dando jantarzinhos extraordinários e saindo carregada dos melhores bares. Ajudou a tornar a agência de publicidade do marido um grande sucesso, por isso ele sorri diante de seus pecadilhos. Harge não sorriria, mas teria motivos concretos para reclamar. Acho que ele me escolheu como escolheria um tapete para sua sala, e cometeu um grande engano. Duvido que ele consiga amar alguém de verdade. O que ele tem é uma certa cobiça, que não é muito diferente de sua ambição. Está virando uma doença, não está, a incapacidade de amar? – ela olhou para Therese. – Talvez seja a nossa época. A gente, querendo, não teria dificuldade de argumentar a favor de um suicídio da espécie. O homem tentando se equiparar às suas máquinas de destruição.

Therese não disse nada. Lembrou de centenas de conversas com Richard, Richard misturando a guerra com os altos negócios, a caça às bruxas no Congresso com certas pessoas que ele conhecia, criando um grande inimigo, cujo único rótulo coletivo era o ódio. Agora Carol também. Aquilo abalou Therese nas suas profundezas, onde não existiam palavras, palavras fáceis como morte, morrer ou matar. Essas palavras eram de certo modo futuras, e aquilo era presente. Uma ansiedade inexprimível, um desejo de *saber*, saber qualquer coisa com certeza, lhe atravessava a garganta, de maneira que por um instante ela sentiu que mal conseguia respirar. Você acha, você acha, assim começava. Você acha que nós duas morreremos um dia de modo violento, que seremos apagadas de repente? Mas mesmo essa pergunta não era suficientemente exata. Talvez fosse uma afirmação, afinal de contas: eu não quero morrer sem ter te conhecido. Você sente a mesma coisa, Carol? Ela poderia ter feito essa última pergunta, mas não conseguiria exprimir tudo que a antecedeu.

– Você é de uma geração mais jovem – disse Carol. – E o que tem a dizer? – ela se sentou no sofá de balanço.

– Acho que a primeira coisa é não ter medo – Therese se virou e viu Carol sorrir. – Você está sorrindo porque acha que eu tenho medo.

– Você é tão fraca quanto este fósforo – Carol ergueu-o enquanto ele acabava de queimar, depois de ter acendido seu cigarro. – Mas, nas condições ideais, seria capaz de queimar uma casa, não é?

– Ou uma cidade.

– Mas você está com medo de fazer uma viagenzinha comigo. Está com medo porque acha que não tem dinheiro suficiente.

– Não é isso.

– Você tem valores muito estranhos, Therese. Eu convidei você para vir, porque me daria prazer a sua companhia. Acho que seria bom para você também, e bom para o seu trabalho. Mas você precisa estragar as coisas por causa de um orgulho bobo com dinheiro. Tal como aquela bolsa que você me deu. Uma total extravagância. Por que não a pega de volta, se precisa do dinheiro? Eu não preciso da bolsa. Mas deu prazer a você me presentear, acho. É a mesma coisa, não vê? Só que eu digo coisa com coisa, e você não – Carol passou andando e virou-se de novo para ela, pondo um pé adiante, com a cabeça erguida, os cabelos louros e curtos tão discretos quanto os cabelos de uma estátua. – Sim, você acha isso engraçado?

Therese sorria:

– Eu não ligo para o dinheiro – disse ela em voz baixa.

– O que quer dizer?

– Exatamente isso – respondeu Therese. – Tenho dinheiro para ir. E vou.

Carol olhou-a fixamente. Therese viu o mau humor deixar seu rosto, e então Carol também começou a sorrir, espantada, um pouco incrédula.

– Sim, está certo – disse Carol. – Que maravilha.

– Que maravilha.

– O que provocou essa feliz mudança?

Será que ela não sabe mesmo?, pensou Therese.

– A impressão de que você se importa se eu for ou não for – disse simplesmente Therese.

– Claro que me importo. Eu convidei você, não foi? – disse Carol, ainda sorrindo, mas girou sobre os pés, virando as costas para Therese e indo até o quarto verde.

Therese observou-a se afastar, com as mãos nos bolsos e seus mocassins, fazendo ligeiros rangidos no chão. Therese olhou para o vão da porta vazio. Carol teria se afastado exatamente da mesma maneira, pensou, se ela tivesse dito não, que não iria. Pegou sua xícara cheia pela metade, em seguida descansou-a de novo.

Ela saiu, atravessou o corredor e foi até a porta do quarto de Carol.

– O que você está fazendo?

Carol estava inclinada sobre sua penteadeira, escrevendo.

– O que estou fazendo? – ela se endireitou e enfiou uma tira de papel no bolso. Ela agora sorria, sorria de verdade com os olhos, como aquele momento na cozinha com Abby. – Alguma coisa – disse Carol. – Vamos botar uma música.

– Ótimo – um sorriso se alastrou no seu rosto.

– Por que você não se prepara para dormir primeiro? Já é tarde, sabe?

– Sempre fica tarde quando estou com você.

– É um elogio?

– Não estou com vontade de ir para cama esta noite.

Carol atravessou o corredor até o quarto verde.

– Vá se aprontar. Você está com olheiras.

Therese se despiu depressa no quarto com duas camas. A vitrola tocava *Embraceable You* no quarto ao lado. Então tocou o telefone. Therese abriu a gaveta de cima da cômoda. Estava vazia, exceto por uns lenços de homem, uma velha escova de roupas e uma chave. E alguns papéis em um canto. Therese pegou um cartão plastificado. Era uma velha carteira de motorista pertencente a Harge. Hargess Foster Aird. Idade: 37. Altura: 1m74. Peso: 76 kg. Cabelos: louros. Olhos: azuis. Isso tudo ela sabia. Um Oldsmobile 1950. Cor: azul-marinho. Therese botou-a de volta e fechou a gaveta. Foi até a porta e ouviu.

– Desculpe, Tessie, mas acabei presa num engarrafamento – dizia Carol lamentando o fato, embora estivesse com uma voz alegre. – A festa é boa?... Bem, não estou nem vestida e estou cansada.

Therese foi até a mesinha de cabeceira e pegou um cigarro da caixa que ali estava. Um Philip Morris. Carol pusera-os ali, e não a empregada, Therese sabia, porque Carol sabia que ela gostava deles. Agora nua, Therese ficou escutando a música. Era uma canção que não conhecia.

Carol estava no telefone de novo?

– Bem, eu não gosto disso – ouviu Carol dizer, meio zangada, meio de brincadeira. – Nem um pouquinho.

... it's easy to live... when you are in love*

– Como vou saber que tipo de gente eles são?... Ah, ha! Então é assim?

---

* "...é fácil viver... quando se está apaixonado." (N.T.)

Abby, concluiu Therese. Soprou a fumaça, farejando as pequenas nuvens de cheiro ligeiramente adocicado, lembrando do primeiro cigarro que fumara, um Philip Morris, no teto do dormitório, no internato, compartilhado por quatro meninas.

– Sim, nós vamos – disse enfaticamente Carol. – Bem, eu vou. Não parece?

...For you... maybe I'm a fool but it's fun... People say you rule me with one... wave of your hand... darling, it's grand... they just don't understand... *

Era uma boa canção. Therese fechou os olhos e se encostou na porta meio aberta, ouvindo. Atrás da voz havia um piano que arrepiava o teclado inteiro. E um trompete lânguido.

Carol disse:

– Isso não é da conta de ninguém, só minha, não é?... Besteira! – e Therese sorriu de sua veemência.

Therese fechou a porta. A vitrola deixara cair outro disco.

– Por que não vem dar um alô a Abby? – disse Carol.

Therese se escondera atrás da porta do banheiro porque estava nua.

– Por quê?

– Vem – disse Carol, e Therese pôs um robe e foi.

– Oi – disse Abby. – Ouvi dizer que você vai.

– É novidade para você?

Abby parecia meio apatetada, como se quisesse falar a noite inteira. Desejou boa viagem a Therese e informou-lhe sobre as estradas no cinturão do milho, o mau estado em que podiam ficar durante o inverno.

– Você me perdoa se fui grossa hoje? – disse Abby pela segunda vez. – Eu gosto muito de você, Therese.

– Pare com isso! – gritou para baixo Carol.

– Ela quer falar de novo com você – disse Therese.

– Diga a Abigail que estou na banheira.

---

* "...para você... talvez eu seja um tolo, mas é divertido... Dizem que você me domina com um... gesto de sua mão... querida, é legal... eles simplesmente não entendem..." (N.T.)

Therese disse-lhe e se afastou.

Carol levara uma garrafa e dois copinhos para o quarto.

– Qual o problema com Abby? – perguntou Therese.

– O que você quer dizer com qual o problema dela? – Carol despejou uma bebida marrom nos dois copinhos. – Acho que ela já tomou uns dois esta noite.

– Eu sei. Mas por que ela quis almoçar comigo?

– Bem, acho que por uma porção de motivos. Experimente isto aqui.

– Me parece confuso – disse Therese.

– O quê?

– O almoço inteiro.

Carol lhe deu um copo.

– Algumas coisas são sempre confusas, querida.

Era a primeira vez que Carol a chamava de querida.

– Que coisas? – perguntou Therese. Ela queria uma resposta, uma resposta exata.

Carol suspirou.

– Uma porção de coisas. As coisas mais importantes. Experimente seu drinque.

Therese sorveu-o, era doce e marrom-escuro, como café, com a ardência do álcool.

– É bom.

– Eu sabia que você acharia.

– Por que bebe se não gosta?

– Porque é diferente. Isto é um brinde à nossa viagem, por isso precisa ser alguma coisa diferente – Carol fez uma careta e bebeu o resto de seu drinque.

À luz da lâmpada, Therese podia distinguir todas as sardas na metade do rosto de Carol. A sobrancelha branquicenta que se curvava como uma asa em torno do relevo de sua testa. Therese sentiu uma felicidade, um êxtase de repente:

– Qual a música que estava tocando antes, aquela só com a voz e o piano? Cantarole-a.

Ela assobiou parte dela.

– *Easy Living* – disse Carol. – É antiga.
– Eu gostaria de ouvi-la de novo.
– Eu gostaria que você fosse para cama. Vou tocá-la de novo.
Carol entrou no quarto verde, ficando ali enquanto a música tocava. Therese ficou na porta do quarto, ouvindo, sorrindo.

... I'll never regret... the years I'm giving... They're easy to give, when you're in love... I'm happy to do whatever I do for you...*

Aquela era a sua canção. Aquilo era tudo que ela sentia por Carol. Foi ao banheiro, antes que a música terminasse, abriu a torneira da banheira, entrou e deixou que a água esverdeada caísse aos borbotões em volta de seus pés.

– Ei! – gritou Carol. – Você já foi a Wyoming?
– Não.
– Já é hora de você conhecer a América.

Therese levantou o pedaço de pano que pingava e apertou-o contra seu joelho. O nível da água estava agora tão alto que seus seios pareciam coisas chatas flutuando na superfície. Ela observou-os, tentando descobrir o que lembravam, além daquilo que eram.

– Não vá dormir aí – disse Carol, com voz preocupada, e Therese sabia que ela estava sentada na cama, examinando um mapa.

– Não vou não.
– Sim, mas certas pessoas dormem.
– Conte mais sobre Harge – disse ela enquanto se secava. – O que ele faz?
– Uma porção de coisas.
– Quero dizer, qual o trabalho dele?
– Investimento imobiliário.
– Como é que ele é? Gosta de ir ao teatro? Gosta de gente?
– Ele gosta de um grupinho de gente que joga golfe – disse Carol, categoricamente. Depois, em voz mais alta: – E o que mais?

---

* Nunca me arrependerei... dos anos de que abro mão... é fácil de abrir mão deles quando você está apaixonado... Fico feliz em fazer qualquer coisa por você..." (N.E.)

É muito meticuloso com tudo. Mas esqueceu sua melhor navalha. Está no armário de remédios e você pode vê-la se quiser, e provavelmente vai querer. Preciso mandá-la pelo correio.

Therese abriu o armário de remédios. Viu a navalha. O armário de remédios estava cheio de coisas de homem, loções pós-barba e pincéis de barba.

– Este era o quarto dele? – perguntou ao sair do banheiro. – Qual a cama em que ele dormia?

Carol sorriu.

– Não é a sua.

– Posso beber mais um pouco disso aqui? – perguntou Therese, olhando para a garrafa do licor.

– Claro.

– Posso te dar um beijo de boa noite?

Carol dobrava o mapa rodoviário, franzindo os lábios como se quisesse assobiar, à espera.

– Não – respondeu ela.

– Por que não? – tudo parecia possível naquela noite.

– Vou te dar isso aqui em vez do beijo – Carol tirou a mão do bolso.

Era um cheque. Therese leu a quantia, duzentos dólares, nominais a ela.

– Para que isso?

– Para a viagem. Não quero que você gaste o dinheiro que precisará para ingressar nesse negócio do sindicato – Carol pegou um cigarro. – Você não vai precisar disso tudo, mas eu gostaria de te dar.

– Mas não preciso – disse Therese. – Obrigada. Estou pouco ligando em gastar o dinheiro do sindicato.

– Nada de responder de maus modos – interrompeu-a Carol. – Isso é um prazer para mim, lembra?

– Mas não posso aceitar – ela pareceu ríspida, por isso sorriu ligeiramente ao botar o cheque em cima do tampo da mesa, ao lado da garrafa de licor. No entanto, o colocou com força, também. Gostaria de poder explicar a Carol. O dinheiro não tinha a mínima importância, mas já que dava prazer a Carol, detestava não aceitá-lo. – Não gosto dessa ideia – disse Therese. – Pense em outra coisa – e olhou para Carol. Carol olhava para ela e não ia discutir, constatou Therese, satisfeita.

– Que me dê esse prazer? – perguntou Carol.

O sorriso de Therese se abriu.

– Sim – disse ela, e pegou o copinho.

– Está bem – disse Carol. – Vou pensar. Boa noite. – Carol se detivera na porta.

Era uma maneira estranha de desejar boa noite, pensou Therese, em uma noite tão importante.

– Boa noite – respondeu Therese.

Ela se virou para a mesa e viu de novo o cheque. Mas cabia a Carol rasgá-lo. Enfiou-o sob a borda da tira de pano azul-marinho sobre a mesa, longe da vista.

Parte II

Capítulo doze

Janeiro.
 Foi de tudo. E foi algo, como uma porta sólida. Seu frio selava a cidade numa cápsula cinzenta. Janeiro foi momentos, e janeiro foi um ano. Janeiro fez chover os instantes e congelou-os na sua memória: a mulher que ela viu consultando ansiosamente, à luz de um fósforo, os nomes em uma entrada escura, o sujeito que rabiscou um recado e entregou-o a seu amigo antes de se separarem na calçada, o sujeito que correu um quarteirão atrás de um ônibus e pegou-o. De cada gesto humano parecia emanar uma magia. Janeiro era um mês de duas faces, chocalhando como guizos de bufão, estalando como crosta de neve, puro como qualquer começo, taciturno como um velho, misteriosamente familiar e ainda assim desconhecido, como uma palavra que quase se define, mas que não se chega a definir.
 Um rapaz chamado Red Malone e um carpinteiro calvo trabalhavam com ela no cenário de *Small Rain*. O sr. Donohue gostou muito. Ele disse que tinha convidado um certo sr. Baltin para vir ver o trabalho dela. O sr. Baltin era formado por uma academia russa e já fizera alguns cenários para teatros de Nova York. Therese nunca ouvira falar dele. Ela tentou arranjar com o sr. Donohue uma entrevista com Myron Blanchard ou Ivor Harkevy, mas o sr. Donohue nunca prometia nada. Não podia, achava Therese.
 O sr. Baltin veio certa tarde, um homem alto, curvado, de chapéu preto, num sobretudo surrado, que olhou atentamente para o trabalho que ela lhe mostrou. Ela trouxera apenas três ou quatro maquetes para o teatro, suas melhores. O sr. Baltin lhe falou sobre uma peça cuja produção começaria dentro de mais ou menos seis semanas. Ele teria prazer em recomendá-la como assistente, e

Therese disse que isso funcionaria muito bem, já que ela estaria fora durante esse período, de todo modo. Tudo estava dando muito certo naqueles últimos dias. O sr. Andronich prometera-lhe um trabalho de duas semanas na Filadélfia no meio de fevereiro, que seria mais ou menos a época em que ela estaria de volta da viagem com Carol. Therese anotou o nome e o endereço do conhecido do sr. Baltin.

– Ele está procurando alguém agora, por isso ligue para ele no início da semana – disse o sr. Baltin. – Será apenas um trabalho de assistente, mas seu assistente anterior, que foi aluno meu, está agora trabalhando com Harkevy.

– Ah. O senhor acha que conseguiria, ou ele conseguiria... uma entrevista com Harkevy para mim?

– Nada mais fácil. Basta ligar para o ateliê de Harkevy e pedir para falar com Charles. Charles Winant. Diga a ele que falou comigo. Vejamos – ligue para ele na sexta. Na sexta de tarde, por volta das três.

– Está bem. Obrigada.

Faltava ainda uma semana inteira para a próxima sexta. Harkevy não era inacessível, ouvira falar Therese, mas tinha a reputação de jamais agendar compromissos e muito menos de cumpri-los se os agendasse, porque era ocupadíssimo. Mas talvez o sr. Baltin soubesse.

– E não se esqueça de ligar para Kettering – disse o sr. Baltin ao partir.

Therese olhou de novo o nome que ele lhe dera: Adolph Kettering, Investimentos Dramáticos, Inc., em um endereço particular.

– Vou ligar para ele na segunda de manhã. Muito obrigada.

Aquele era o dia, um sábado, em que ela ia se encontrar com Richard no Palermo, depois do trabalho. Faltavam onze dias para a data em que ela e Carol planejavam partir. Ela viu Phil junto com Richard no bar.

– Oi, como vai o velho Cat? – perguntou Phil, pegando um banquinho para ela. – Trabalhando nos sábados também?

– O elenco não trabalhou. Só meu departamento – disse ela.

– Quando é a estreia?

– Dia 21.
– Olha – disse Richard. E apontou para uma mancha de tinta verde-escura na sua saia.
– Eu sei. Foi há dias.
– O que você quer beber? – perguntou-lhe Phil.
– Não sei. Talvez uma cerveja, obrigada – Richard dera as costas para Phil, que estava do outro lado dele, e ela intuiu algum mal-estar entre eles. – Pintou alguma coisa hoje? – perguntou ela a Richard.

A boca de Richard estava com ambos os cantos virados para baixo.

– Tive de dar uma mãozinha para um motorista numa fria. Acabou a gasolina no meio de Long Island.

– Ah, que terrível! Talvez você prefira pintar a ir a algum canto amanhã – eles haviam falado em ir até Hoboken no dia seguinte, só para passearem e comerem caranguejo no Clam House. Mas Carol estaria na cidade amanhã e prometera ligar para ela.

– Pintarei, se você posar para mim – disse Richard.

Therese hesitou, constrangida:

– Eu não ando a fim de posar ultimamente.

– Está certo. Deixa para lá – ele sorriu. – Mas como poderei pintá-la se você nunca posa?

– Por que não faz isso de cabeça?

Phil esticou a mão e segurou o fundo do copo dela.

– Não beba isso. Beba algo melhor. Deixe que eu bebo.

– Está bem. Vou experimentar um uísque com água.

Phil estava agora do outro lado dela. Parecia alegre, mas com ligeiras olheiras. Durante a última semana, andara escrevendo uma peça, em um ânimo taciturno. Lera algumas cenas em voz alta na sua festa de réveillon. Phil chamava-a uma extensão de *A metamorfose*, de Kafka. Ela fizera um esboço rápido de um cenário na manhã de Ano-Novo e fora até a casa dele mostrá-lo. E de repente lhe ocorreu que esse era o problema de Richard.

– Terry, eu gostaria que você fizesse uma maquete daquele desenho que me mostrou. Queria um cenário que acompanhasse o texto – Phil empurrou o uísque com água na direção dela e inclinou-se sobre o bar junto a ela.

– Talvez eu faça – disse Therese. – Você vai mesmo tentar produzi-la?

– Por que não? – os olhos escuros de Phil lhe faziam um desafio sobreposto a seu sorriso. Ele estalou os dedos para o *barman*: – Conta.

– Eu pago – disse Richard.

– Não, não. Essa é minha – Phil segurava sua velha carteira preta.

Sua peça jamais será produzida, pensou Therese, talvez nem seja terminada, porque o ânimo de Phil é instável.

– Eu vou puxando – disse Phil. – Apareça em breve, Terry. Até, Rich.

Ela observou-o se afastar e subir a pequena escada da frente, mais esfarrapado do que ela jamais o vira, nas suas sandálias e casaco de pelo de camelo puído, e no entanto com um charme displicente derivado do próprio aspecto descuidado. Como alguém andando pela sua casa no seu velho roupão predileto, pensou Therese. Ela devolveu o aceno, da janela da frente.

– Ouvi dizer que você levou sanduíches e cerveja para Phil no Ano-Novo – disse Richard.

– Sim. Ele ligou para mim e disse que estava de ressaca.

– Por que você não falou?

– Eu me esqueci, acho. Não era importante.

– Não era importante. Se você – a mão rígida de Richard gesticulou lenta, irremediavelmente – passou metade do dia no apartamento do cara, levando sanduíches e cerveja para ele? Não lhe ocorreu que eu também poderia querer sanduíches?

– Se quisesse, muita gente poderia trazê-los para você. A gente comeu e bebeu tudo que havia na casa de Phil. Lembra?

Richard balançou sua longa cabeça, ainda a sorrir com aquele sorriso envergonhado, dirigido para baixo.

– E você ficou sozinha com ele. Só vocês dois.

– Ah, Richard – ela se lembrava, e tinha tão pouca importância. Dannie não voltara de Connecticut naquele dia. Passara o réveillon na casa de um de seus professores. Ela esperara que Dannie tivesse chegado naquela tarde na casa de Phil, mas Richard provavelmente jamais pensaria nisso, jamais pensaria que ela gostava muito mais de Dannie do que de Phil.

– Se qualquer outra garota fizesse isso, eu desconfiaria de alguma coisa – continuou Richard.

– Acho que você está sendo bobo.

– Acho que você está sendo ingênua.

Richard olhava para ela com um olhar de pedra, aborrecido, e Therese pensou que, com certeza, seu ressentimento não poderia ser apenas por aquilo. Ele se ofendia por ela não ser, nem jamais poder ser aquilo que ele gostaria que ela fosse, uma garota que o amasse de paixão e que adorasse ir para a Europa com ele. Uma garota como ela, com suas ambições, mas uma garota que o adorasse.

– Você não faz o tipo de Phil, sabe – disse ele.

– Quem disse que eu fazia? Phil?

– Aquele bobão, aquele diletante de meia-tigela – murmurou Richard. – E ele teve a audácia de se manifestar hoje à noite e dizer que você não liga para mim merda nenhuma.

– Ele não tem nenhum direito de dizer isso. Não falo de você com ele.

– Ah, essa é uma bela resposta. Querendo dizer que, se falasse, ele saberia que você não liga a mínima, não é? – Richard falou baixo, mas sua voz tremia de raiva.

– Por que Phil de repente resolveu te incomodar? – perguntou ela.

– Isso não é a questão!

– Qual é a questão? – perguntou ela, impaciente.

– Ah, Terry, vamos parar com isso.

– Você não consegue encontrar questão alguma – disse ela, mas vendo Richard se afastar e esfregar os cotovelos no balcão, quase como se se contorcesse fisicamente ao ouvir suas palavras, ela sentiu uma súbita pena dele. Não era hoje, nem a semana passada que o amargurava, mas toda a inutilidade passada e futura de seus sentimentos por ela.

Richard mergulhou o cigarro no cinzeiro do bar.

– O que quer fazer esta noite? – perguntou.

Conte a ele sobre a viagem com Carol, pensou ela. Por duas vezes ela pensara em contar-lhe e adiara.

– Você quer fazer alguma coisa? – ela frisou as duas últimas palavras.

– Claro – disse ele melancolicamente. – Que tal a gente jantar, depois ligar para Sam e Joan? Talvez a gente possa esticar as canelas e ir vê-los esta noite.

– Está bem – que coisa detestável. Duas das pessoas mais chatas que ela jamais conhecera, um vendedor de sapatos e uma secretária, um casal feliz na 20th Street West, e ela sabia que Richard pretendia mostrar a vida deles como exemplo para ela, para lembrar-lhe que um dia eles poderiam viver juntos da mesma maneira. Ela detestava aquilo, e se fosse em qualquer outra noite, ela teria protestado, mas a pena que sentia de Richard perdurava, levando a reboque uma onda amorfa de culpa e de necessidade de reparação. De repente, ela lembrou de um piquenique que havia feito no verão passado, ao lado da estrada perto de Tarrytown, lembrou com exatidão Richard reclinado na grama, atacando lentamente a rolha da garrafa de vinho com seu canivete, enquanto falavam sobre – o quê? Mas ela lembrava aquele momento de satisfação, aquela convicção de terem compartilhado algo maravilhosamente real, raro, naquele dia, e então se perguntou para onde fora aquilo, em que se baseara. Porque no momento presente até a longa e insípida figura dele a seu lado a oprimia com seu peso. Ela engoliu seu ressentimento, que apenas virou um peso dentro dela, como algo substancial. Olhou para as figuras atarracadas dos dois operários italianos em pé no balcão e para as duas garotas na extremidade do bar, que ela já notara antes; só que agora, ao irem embora, ela percebeu que usavam calças. Uma tinha o cabelo cortado como um rapaz. Therese olhou para outro lado, ciente de que as evitara, que evitara ser vista olhando para elas.

– Quer comer aqui? Já está com fome? – perguntou Richard.
– Não. Vamos a um outro lugar qualquer.

Por isso saíram e caminharam rumo ao norte, na vaga direção onde moravam Sam e Joan.

Therese ensaiou as primeiras palavras até perderem todo o sentido.

– Lembra da sra. Aird, a mulher que você conheceu na minha casa naquele dia?

– Com certeza.

– Ela me convidou para fazer uma viagem com ela, uma viagem ao Oeste, de carro, por umas duas semanas mais ou menos. Eu gostaria de ir.

– Oeste? Califórnia? – disse surpreso Richard. – Por quê?

– Por quê?

– Sim... você a conhece tão bem assim?

– Estive com ela algumas vezes.

– Ah, bem, você não falou nada – Richard ia caminhando com as mãos balançando dos lados, olhando para ela. – Só vocês duas?

– Sim.

– Quando vai partir?

– Por volta do dia 18.

– Deste mês? Então você não poderá ver seu espetáculo.

Ela sacudiu a cabeça.

– Não acho que a perda seja tão grande assim.

– Quer dizer que está resolvido.

– Sim.

Ele ficou calado um momento.

– Que tipo de pessoa ela é? Ela não bebe, ou faz nada desse gênero, faz?

– Não – Therese sorriu. – Ela dá a impressão de quem bebe?

– Não. Acho ela muito bonita, na verdade. É extremamente espantoso, só isso.

– Por quê?

– É tão raro você tomar uma resolução sobre qualquer coisa. Provavelmente ainda mudará de ideia.

– Acho que não.
– Talvez eu pudesse vê-la de novo junto com você. Por que não providencia isto?
– Ela disse que viria à cidade amanhã. Não sei o tempo de que ela dispõe – ou se realmente vai ligar ou não.

Richard não prosseguiu, nem Therese. Não tornaram a mencionar Carol naquela noite.

Richard passou a manhã de domingo pintando e foi ao apartamento de Therese por volta das duas horas. Estava lá quando Carol ligou, pouco depois. Therese disse que Richard estava lá com ela, e Carol falou:

– Traga ele também.

Carol disse que estava perto do Plaza e que podiam se encontrar lá, na Sala das Palmeiras.

Meia hora depois, Therese via Carol levantar os olhos para eles de uma mesa perto do centro do salão, e, quase como da primeira vez, como o eco de um tremendo impacto, Therese sentiu um abalo diante da visão dela. Carol trajava o mesmo conjunto preto com o lenço verde e dourado que usara no dia do almoço. Só que agora Carol deu mais atenção a Richard do que a ela.

Os três conversaram fiado, e Therese, ao ver a tranquilidade nos olhos cinzentos de Carol, que se dirigiram a ela uma única vez, sentiu uma espécie de decepção. Richard fizera tudo para encontrá-la, mas Therese achou que isso se devia menos à curiosidade do que ao fato dele não ter nada para fazer. Ela percebeu Richard olhando para as mãos de Carol, com as unhas bem tratadas e pintadas de vermelho vivo, olhando o anel com a safira verde transparente e a aliança na outra mão. Não dava para Richard dizer que eram mãos inúteis, preguiçosas, a despeito das unhas compridas. As mãos de Carol eram fortes, de uma economia de gestos quando se mexiam. Sua voz se sobrepunha ao murmúrio monocórdio das demais vozes em volta deles, falando sobre coisa alguma com Richard, e uma vez ela riu.

Carol olhou para ela:

– Você contou a Richard que a gente está pensando em fazer uma viagem? – perguntou.

– Sim. Na noite passada.

– Para o Oeste? – perguntou Richard.

– Eu gostaria de subir rumo ao Noroeste. Depende das estradas.

E Therese ficou repentinamente impaciente. Por que ficar ali sentados numa verdadeira conferência sobre o assunto? Agora falavam sobre a temperatura e o estado de Washington.

– Washington é meu estado de origem – disse Carol. – Praticamente.

Então, alguns momentos depois, Carol perguntou se alguém gostaria de caminhar no parque. Richard pagou pela cerveja e pelo café deles, tirando uma de um emaranhado de notas e de moedas que estofavam um bolso de suas calças. Que indiferença demonstrara ele, afinal, por Carol, pensou Therese. Ela achava que ele não a enxergava, como às vezes não conseguira distinguir figuras em formações rochosas ou de nuvens, quando ela tentara chamar sua atenção para elas. Ele agora olhava para a mesa, a leve linha despreocupada de sua boca sorrindo pela metade quando ele se endireitou e passou rápido a mão pelo cabelo.

Caminharam da entrada do parque na 59th Street em direção ao zoológico e passaram por ele flanando. Continuaram a andar, passando sob a primeira ponte sobre o caminho, onde este fazia uma curva e o verdadeiro parque começava. O ar estava frio e parado, o céu, um pouco nublado, e Therese sentiu uma imobilidade em tudo, uma quietude sem vida até mesmo nas suas próprias figuras que se moviam lentamente.

– Que tal procurar uns amendoins? – perguntou Richard.

Carol estava inclinada na beira do caminho, oferecendo seus dedos ao esquilo.

– Eu tenho algo – dizia ela suavemente, e o esquilo se assustou com sua voz, mas se adiantou de novo, agarrou os dedos dela com uma pressão nervosa, enterrou os dentes em algo e saiu correndo. Carol se endireitou, sorrindo: – Sobrou algo no meu bolso de hoje de manhã.

– Você dá comida para os esquilos lá onde mora? – perguntou Richard.

— Para os esquilos e as tâmias – respondeu Carol.

Que coisa chata a conversa deles, pensou Therese.

Então sentaram em um banco e fumaram um cigarro, e Therese, contemplando um sol diminuto que acabou enviando seus raios laranja até os ramos pretos descarnados de uma árvore, desejou que a noite já tivesse caído e ela estivesse sozinha com Carol. Começaram a caminhar de volta. Se Carol tivesse de ir para casa agora, pensou Therese, ela faria uma violência qualquer. Como pular da ponte da 59th Street. Ou tomar os três comprimidos de benzedrina que Richard lhe dera na semana passada.

— Vocês gostariam de tomar chá em um lugar qualquer? – perguntou Carol, ao se aproximarem novamente do zoológico. – Que tal aquele lugar russo perto do Carnegie Hall?

— O Rumpelmayer's fica bem aqui – disse Richard. – Você gosta do Rumpelmayer's?

Therese deu um suspiro. E Carol pareceu hesitar. Mas foram. Therese já fora uma vez com Angelo, lembrou-se. Mas não gostou do lugar. Suas luzes muito brilhantes lhe davam uma sensação de nudez, e era irritante não saber se você olhava para uma pessoa de verdade ou para um reflexo no espelho.

— Não, não quero nada disso, obrigada – disse Carol, sacudindo a cabeça diante da grande bandeja de salgadinhos que a garçonete segurava.

Mas Richard escolheu algo, dois salgadinhos, embora Therese declinasse.

— De que é isso, no caso de eu mudar de ideia? – perguntou-lhe ela, e Richard piscou o olho. Suas unhas estavam sujas de novo, reparou ela.

Richard perguntou a Carol qual o carro que ela tinha, e eles começaram a debater os méritos de vários fabricantes de automóveis. Therese observou Carol a olhar para as mesas diante dela. Ela também não gosta daqui, pensou Therese. Therese olhou fixamente para um homem no espelho situado obliquamente atrás de Carol. Suas costas davam para Therese, e ele se inclinou para frente, falando animadamente para uma mulher, sacudindo a mão esquerda aberta à guisa de ênfase. Ela olhou para a mulher magra, de meia-idade, com quem ele falava e que lhe respondia, pensando se a aura de familiaridade em torno dele era real ou uma ilusão, como o espelho, até que uma memória, frágil como uma bolha, ascendeu na sua consciência e arrebentou na superfície. Era Harge.

Therese olhou de relance para Carol, mas se Carol o notara, pensou ela, não perceberia que ele estava no espelho atrás dela. Um momento depois, Therese olhou por cima de seu ombro e viu o perfil de Harge, muito parecido com uma das imagens que ela lembrava da casa – o nariz curto e alto, a parte de baixo do rosto cheia, o topete de cabelos louros acima da fímbria natural do cabelo. Carol certamente o vira, a apenas três mesas à sua esquerda.

Carol olhou de Richard para Therese.

– É – disse-lhe, sorrindo um pouco, e voltou para Richard, continuando sua conversa. Seu jeito era igual ao de antes, pensou Therese, nada diferente. Therese olhou para a mulher com Harge. Não era jovem, nem muito atraente. Podia ser uma de suas parentes.

Então Therese viu Carol esmagar um cigarro longo. Richard parara de falar. Estavam prontos para ir embora. Therese estava olhando para Harge no momento em que ele viu Carol. Depois de vê-la pela primeira vez, seus olhos quase se fecharam, como se tivesse que envesgá-los para acreditar, e depois ele disse algo para sua acompanhante, levantou-se e veio até ela.

– Carol – disse Harge.

– Olá, Harge – ela se virou para Therese e Richard. – Vocês me dão licença um minuto?

Observando da porta onde ficou com Richard, Therese tentou perceber tudo, ver além do orgulho e da agressividade na figura ansiosa de Harge, inclinada para frente, que não chegava à altura da parte de cima do chapéu de Carol, ver além da aquiescência dos balançares de cabeça de Carol, enquanto ele falava, conjecturar não sobre aquilo que falavam agora, mas sobre o que disseram um ao outro cinco anos atrás, três anos atrás, naquele dia da foto no barco a remo. Carol já o amara, e isso era duro de lembrar.

– Será que podemos prosseguir sozinhos agora, Terry? – perguntou-lhe Richard.

Therese viu Carol se despedir da mulher na mesa de Harge com um aceno da cabeça, em seguida se afastar de Harge. Harge olhou além de Carol, para ela e Richard, e, sem aparentemente reconhecê-la, voltou para sua mesa.

– Desculpem – disse Carol ao se juntar a eles.

Na calçada, Therese chamou Richard a um canto e disse:

– Vou me despedir de você, Richard. Carol quer que eu a acompanhe numa visita a uma amiga esta noite.

– Ah – Richard franziu a testa –, estou com os ingressos do concerto para esta noite, sabe.

Therese se lembrou de repente.

– Do Alex. Eu me esqueci. Desculpe.

Ele disse, abatido:

– Não importa.

Não era importante. O amigo de Richard, Alex, ia acompanhar alguém em um concerto de violino e dera a Richard os ingressos, lembrou ela, há várias semanas.

– Você prefere vê-la que a mim, não é? – perguntou ele.

Therese viu que Carol procurava um táxi. Carol abandonaria os dois dentro de instantes.

– Você devia ter falado sobre o concerto esta manhã, Richard, pelo menos me lembrado.

– Aquele era o marido dela? – os olhos de Richard se estreitaram sob sua testa franzida. – O que é, Terry?

– O que é o quê? – disse ela. – Eu não conheço o marido dela.

Richard esperou um momento, em seguida a censura se desfez no seu olhar. Ele sorriu, como se concordasse com o fato de ter exagerado:

– Desculpe. Eu simplesmente tomei como fato consumado que te veria esta noite – ele caminhou até Carol: – Boa noite – disse.

Ele deu a impressão que ia embora sozinho, e Carol disse:

– Vocês estão indo para o centro? Talvez eu possa lhes dar uma carona.

— Eu vou a pé, obrigado.
— Achei que vocês dois tivessem um compromisso – disse Carol para Therese.

Therese viu que Richard se demorava e foi andando até Carol e disse, fora do alcance de seu ouvido:

— Não é importante. Prefiro ficar com você.

Um táxi encostara ao lado de Carol. Carol segurou a maçaneta.

— Bem, nosso compromisso também não é tão importante assim, então porque você não sai com Richard esta noite?

Therese olhou para Richard e viu que ele escutara.

— Até logo, Therese – disse Carol.
— Boa noite – gritou Richard.
— Boa noite – disse Therese, e viu Carol bater a porta do táxi depois de entrar.

— Então... – disse Richard.

Therese virou-se para ele. Ela não ia ao concerto, nem faria violência nenhuma, ela sabia, nada mais violento do que caminhar depressa para casa e se pôr a trabalhar no cenário que queria acabar até terça, para Harkevy. Ela pôde pressentir a noite inteira que teria pela frente, com um fatalismo meio sombrio e meio desafiador, no segundo que Richard levou para caminhar até ela.

— Mesmo assim não quero ir ao concerto – disse ela.

Para espanto seu, Richard recuou e disse, zangado:

— Então está bem, não vá! – e se afastou.

Ele desceu a 59th Street rumo oeste na sua maneira de andar solta, torta, que projetava seu ombro direito diante do outro, com as mãos balançando em um ritmo desencontrado, e ela seria capaz de perceber, só pelo seu caminhar, que ele estava com raiva. E sumiu de vista em um instante. A rejeição por parte de Kettering na segunda passada lampejou na sua cabeça. Ela fitou a escuridão em que Richard sumira. Não se sentia culpada por hoje à noite. Era algo diferente. Ela tinha inveja dele. Tinha inveja de sua fé de que sempre haveria um lugar, um lar, um trabalho, alguém para ele. Ela o invejava por essa atitude. Quase se sentia magoada por isso.

Capítulo treze

Richard começou.

– Por que você gosta tanto dela?

Era uma noite em que ela desmarcara um compromisso com Richard contando com a escassa chance de Carol aparecer. Carol não viera, e, em vez dela, viera Richard. Agora, às onze e dez, na enorme lanchonete de paredes rosa em Lexington Avenue, ela estava prestes a começar, mas Richard se adiantou a ela.

– Gosto de estar com ela, gosto de conversar com ela. Gosto de qualquer pessoa com quem eu possa conversar – as frases de alguma carta que ela escrevera para Carol e jamais postara passavam pela sua cabeça como se em resposta a Richard. *Sinto que estou de pé num deserto com as mãos estendidas, e você chove torrencialmente sobre mim.*

– Você está é com uma enorme paixonite por ela – proclamou Richard, didático e magoado.

Therese respirou fundo. Deveria ser simples e dizer sim, ou procurar explicações? O que poderia ele jamais entender, mesmo se ela usasse um milhão de palavras para explicar?

– Ela sabe? É claro que sabe – Richard franziu a testa e tragou seu cigarro. – Você não acha uma bobeira danada? É como essas paixonites que as colegiais têm.

– Você não compreende – disse ela. Ela se sentia tão segura dela mesma. *Eu lhe pentearei como música enredada nas copas de todas as árvores da floresta...*

– O que há para compreender? Mas ela compreende. Ela não devia te dar corda. Não devia brincar assim. Não é justo com você.

– Não é justo comigo?
– O que ela está fazendo, se divertindo à sua custa? Aí chega um dia que ela se cansa de você e te dá um chute.

Me dar um chute, pensou ela. Chutar para fora ou para dentro? Como é que se chuta uma emoção? Ela ficou zangada, mas não queria discutir. Não disse nada.

– Você está entorpecida!
– Estou plenamente acordada. Nunca me senti tão desperta – ela pegou a faca de comer e esfregou seu polegar para lá e para cá na saliência da base da lâmina. – Por que não me deixa em paz?

Ele franziu a testa.
– Te deixar em paz?
– É.
– Você quer dizer, a respeito da Europa também?
– Sim – disse ela.
– Escuta, Terry – Richard se retorceu na cadeira e se inclinou para frente, hesitou, em seguida pegou outro cigarro, que acendeu a contragosto, jogando o fósforo no chão. – Você está numa espécie de transe! É pior...
– Só porque eu não quero discutir com você?
– É pior do que estar perdidamente apaixonado, porque é tão absurdo. Você não compreende isso?

Não, ela não compreendia uma palavra.
– Mas você vai superar isso dentro de uma semana. Eu espero. Deus do céu! – ele se contorceu de novo. – E dizer, dizer que por um instante você quer praticamente me dar o fora por causa de uma paixonite boba!
– Eu não disse isso. Foi você quem disse – ela devolveu o seu olhar, olhou para seu rosto rígido que começava a se avermelhar no meio de suas faces achatadas. – Mas por que motivo haveria eu de querer estar com você se tudo que faz é discutir sobre isso?

Ele se recostou.
– Na quarta, no sábado que vem, você já não vai mais se sentir assim, de modo algum. Você a conhece não faz nem três semanas.

Ela olhou para mais longe, para as mesas de comida, onde as pessoas avançavam lentamente, escolhendo isso ou aquilo, descendo até a curva no balcão onde se dispersavam.

– Para todos os efeitos a gente pode se despedir – disse ela –, porque nenhum de nós jamais será diferente do que é neste instante.

– Therese, você parece uma pessoa que ficou tão maluca que acha que tem mais juízo do que nunca!

– Ah, vamos parar com isso!

A mão de Richard com os nós dos dedos incrustados na carne branca sardenta, estava fechada em cima da mesa, imóvel, porém a imagem de mão que dera batidas para frisar algum argumento inaudível e ineficaz.

– Vou te dizer uma coisa, acho que sua amiga sabe o que faz. Acho que ela está cometendo um crime contra você. Tenho vontade de denunciá-la para alguém, mas o problema é que você não é mais criança. Só que age como uma.

– Por que você dá tanta importância a isso? – perguntou ela. – Está praticamente fora de si.

– E você dá tanta importância que quer me dar um fora! O que sabe a respeito dela?

– O que sabe *você* a respeito dela?

– Ela já te deu cantadas?

– Meu Deus! – disse Therese. Ela tinha vontade de dizê-lo uma dezena de vezes. Resumia tudo, sua prisão no momento, ali, ainda. – Você não compreende – mas ele compreendia, e por isso estava zangado. Mas compreenderia ele que ela teria os mesmos sentimentos se Carol jamais a tivesse tocado? Sim, e se Carol jamais tivesse falado com ela depois da breve conversa sobre a valise de boneca na loja. Se Carol, na verdade, jamais tivesse falado com ela, pois tudo acontecera naquele instante em que vira Carol no meio do piso, olhando para ela. Em seguida, a consciência de que tanta coisa acontecera depois daquele encontro fez com que subitamente se sentisse incrivelmente feliz. Era tão fácil haver um encontro entre um homem e uma mulher, encontrar alguém que servisse, mas que ela tivesse encontrado Carol... – Acho que eu te compreendo melhor do que você me compreende. Você também não quer me ver de novo, porque você mesmo disse que eu já não sou a mesma pessoa. Se continuarmos a nos ver, a coisa só vai ficar cada vez mais e mais parecida com isso.

– Terry, esqueça por um instante que eu jamais disse que eu queria que você me amasse, ou que eu te amo. É você como pessoa, quero dizer. Gosto de você. Eu gostaria...

– Eu às vezes fico pensando porque você acha que gosta de mim, ou gostou de mim. Porque nem chegou a me conhecer.

– Você não conhece você mesma.

– Conheço sim, e conheço você. Um dia você vai abandonar a pintura, e eu com ela. Do mesmo modo que você já abandonou tudo o que jamais começou, ao que eu saiba. O negócio da lavagem a seco ou a revenda de carros usados...

– Isso não é verdade – disse Richard, emburrado.

– Mas por que você acha que gosta de mim? Porque eu também pinto um pouquinho e a gente pode conversar sobre isso? Sou uma namorada tão ineficaz para você quanto a pintura como seu meio de vida. – Ela hesitou um instante, em seguida desabafou o restante: – Aliás, você conhece arte o suficiente para saber que jamais dará um bom pintor. Você é como um menino pequeno fazendo gazeta o máximo que pode, mas sabendo o tempo todo o que deve fazer e o que acabará fazendo, trabalhando para seu pai.

Os olhos azuis de Richard de repente se tornaram frios. A linha de sua boca se encurtara e ficara muito reta agora, o lábio superior fino virando-se ligeiramente.

– Tudo isso não vem bem ao caso agora, não é?

– Olha... sim. Faz parte de você ficar se agarrando a algo quando sabe que não adianta, e, quando se convencer, vai acabar largando.

– Não largarei não!

– Richard, não tem sentido...

– Você vai mudar de ideia, você sabe.

Isso ela compreendia. Era como uma canção que ele não parava de cantar para ela.

Uma semana depois, Richard estava na sala dela com a mesma expressão de raiva obstinada no rosto, falando no mesmo tom. Ele ligara inusitadamente às três da tarde e insistira em vê-la por um instante. Ela estava fazendo a mala para levar para a casa de Carol durante o fim de semana. Se ela não estivesse arrumando a mala para ir à casa de Carol, o ânimo de Richard poderia ser outro, pensou ela, porque ela o vira três vezes na semana que passara, e ele nunca fora mais agradável, nunca tivera tanta consideração.

— Você não pode simplesmente me dar ordens de sair de sua vida – disse ele, estendendo seus longos braços, mas havia um tom de solidão nisso, como se ele já tivesse começado a trilhar o caminho para longe dela. – O que me magoa de verdade é que você age como se eu não significasse nada, fosse totalmente inútil. Não é justo comigo, Terry. Assim não consigo competir!

Não, pensou ela, claro que era impossível.

— Não tenho nada a reclamar de você – disse ela. – Você que optou por reclamar de Carol. Ela não tomou nada que fosse seu, porque não era seu desde o início. Mas se você não consegue continuar me vendo... – ela parou, sabendo que ele conseguiria e provavelmente continuaria a vê-la.

— Que raciocínio – disse ele, esfregando a parte de trás da mão no olho.

Therese olhava para ele, presa de uma ideia que acabara de lhe ocorrer, que de repente percebe ser um fato. Por que não lhe ocorrera na noite do teatro, dias atrás? Ela poderia tê-lo percebido por uma centena de gestos, palavras, olhares, naquela semana passada. Mas lembrava especialmente da noite do teatro – ele a surpreendera com entradas para algo que ela queria ver especialmente –, a maneira como segurara sua mão naquela noite, e sua voz no telefone que simplesmente não mandava que ela o encontrasse aqui ou ali, mas perguntava delicadamente se ela podia. Ela não gostara disso. Não era uma manifestação de afeto, mas, pelo contrário, uma maneira de se insinuar, de preparar, de certo modo, as perguntas inopinadas que ele lhe fizera tão casualmente naquela noite:

– O que você quer dizer quando diz que gosta dela? Você quer ir para cama com ela?

Therese respondera:

– Você acha que eu te contaria se quisesse? – enquanto uma rápida sequência de emoções, humilhação, mágoa, ódio a tornara muda, quase impossibilitada de continuar caminhando a seu lado. E ao olhá-lo de relance, o vira olhar para ela com aquele sorriso vazio e adocicado que, em retrospecto, agora parecia cruel e doentio. E seu caráter doentio lhe teria talvez escapado, pensou ela, se não fosse pelo fato de Richard andar tentando tão abertamente convencê-la de que ela era doente.

Therese se virou e jogou dentro da sacola a escova de dentes e a escova de cabelos, então lembrou que tinha uma escova de dentes na casa de Carol.

– O que você deseja dela, Therese? Para onde isso vai evoluir daqui?

– Por que está tão interessado?

Ele olhou fixo para ela, e por um instante ela viu, sob a raiva, a curiosidade obstinada que percebera antes, como se ele estivesse assistindo a um espetáculo pelo buraco da fechadura. Mas ela sabia que ele não era tão distante assim. Pelo contrário, pressentiu que ele nunca estivera tão ligado a ela quanto agora, nunca tão determinado a não desistir dela. Aquilo a amedrontava. Ela podia imaginar essa determinação se transformando em ódio e violência.

Richard deu um suspiro e torceu o jornal nas mãos.

– É em você que estou interessado. Não pode me dizer simplesmente "procure outra". Eu nunca te tratei da maneira como trato outras pessoas, nunca pensei em você dessa maneira.

Ela não respondeu.

– Merda! – Richard jogou o jornal na estante e deu as costas para ela.

O jornal raspou na Madona, que se inclinou para trás contra a parede, como se estivesse espantada, caiu e rolou pela beira do móvel. Richard deu um mergulho e pegou-a com ambas as mãos. Olhou para Therese e deu-lhe um sorriso involuntário.

– Obrigada – Therese tirou-a de suas mãos. Levantou-a para botá-la de volta em seu lugar, em seguida baixou rápido as mãos e espatifou a estátua no chão.

– Terry!

A Madona jazia em três ou quatro pedaços.

– Deixe para lá! – disse ela. Seu coração batia como se estivesse zangada, ou brigando.

– Mas...

– Para o diabo! – disse ela, empurrando os pedaços com o seu sapato.

Richard partiu um instante depois, batendo a porta.

O que tinha sido, ponderou Therese, o negócio do Andronich ou Richard? A secretária do sr. Andronich ligara há cerca de uma hora e dissera que o sr. Andronich resolvera contratar um assistente da Filadélfia, em vez dela. Assim não haveria aquele trabalho que ela esperava depois de voltar da viagem com Carol. Therese olhou para a Madona quebrada. A madeira era bem bonita por dentro. Rachara bem no veio.

Carol perguntou-lhe naquela noite detalhes de sua conversa com Richard. Irritou Therese que Carol se preocupasse tanto se Richard ficara ou não magoado.

– Você não está acostumada a pensar no sentimento alheio – disse-lhe bruscamente Carol.

Estavam na cozinha, preparando um jantar meio tardio, porque Carol mandara a empregada tirar a tarde de folga.

– Qual o motivo de fato que você tem para pensar que ele não te ama? – perguntou Carol.

– Talvez eu não entenda como ele funciona. Mas para mim não parece amor.

Depois, no meio do jantar, no meio de uma conversa sobre a viagem, Carol comentou de repente:

– Você não devia ter falado com Richard, de modo algum.

Era a primeira vez que Therese contava algo a Carol sobre isso, algo sobre a primeira conversa com Richard na lanchonete.

– Por que não? Devia ter mentido para ele?

Carol não comia. Então empurrou sua cadeira para trás e ficou em pé.

– Você é jovem demais para saber o que quer. Ou o que fala. Sim, nesse caso, minta.

Therese largou seu garfo. Ficou olhando Carol pegar um cigarro e acendê-lo.

– Eu precisava me despedir dele e me despedi. Não o verei de novo.

Carol abriu um painel na base de uma estante e tirou uma garrafa. Encheu um copo vazio, fechando com força o painel.

– Por que foi fazer isso agora? Por que não fez dois meses atrás ou dois meses para frente? E por que me mencionou?

– Eu sei... acho que isso o deixa fascinado.

– Provavelmente.

– Mas se eu simplesmente nunca mais for vê-lo... – ela não conseguiu acabar a frase sobre a incapacidade dele de segui-la ou espioná-la. Não queria dizer coisas assim para Carol. E, além disso, havia a recordação dos olhos de Richard. – Acho que ele vai desistir. Ele disse que não era capaz de competir.

Carol bateu com a mão na testa.

– Não era capaz de competir – repetiu ela. Ela voltou para a mesa e botou um pouco da água de seu copo no uísque. – É verdade. Acabe de jantar. Talvez eu esteja exagerando tudo isso, não sei.

Mas Therese não se mexeu. Fizera a coisa errada. E na melhor das hipóteses, mesmo fazendo a coisa certa, ela era incapaz de tornar Carol tão feliz quanto Carol a tornava, pensou ela do mesmo modo que já pensara centenas de vezes antes. Carol só era feliz em determinados momentos, aqui e ali, momentos que Therese capturava e guardava. Um fora na noite em que guardaram a decoração de Natal e Carol dobrara a série de anjos e os pusera entre as páginas de um livro.

– Vou guardá-los – dissera. – Com 22 anjos para me defender, não posso perder. – Therese olhou para Carol, e embora Carol a observasse, era através daquele véu de preocupação que Therese muitas vezes já reparara, que as mantinha separadas por um abismo.

– Diálogo – disse Carol. – Eu não sou capaz de competir. As pessoas falam dos clássicos. Esse diálogo é clássico. Uma centena de pessoas dirá as mesmas palavras. Existe diálogo para a mãe, diálogo para a filha, para o marido e para o amante. Eu prefiro te ver morta a meus pés. É a mesma peça repetida com elencos diferentes. O que dizem que faz uma peça ser clássica, Therese?

– Um clássico... – a voz dela parecia rígida e sufocada. – Um clássico é algo que contém alguma situação humana básica.

Quando Therese acordou, o sol penetrara dentro de seu quarto. Ela ficou deitada por um instante, a observar os pontos de luz aquosos ondulando no teto verde-claro, de ouvido atento a qualquer barulho de atividade na casa. Olhou para sua blusa, pendendo da cômoda. Por que ela era tão desleixada na casa de Carol? Carol não gostava. O cachorro que morava em algum lugar além das garagens latia intermitentemente, de má vontade. Houvera um intervalo agradável na noite passada, o telefonema de Rindy. Rindy que chegara de uma festa de aniversário às nove e meia. Será que ela podia dar uma festa de aniversário no seu aniversário em abril? Carol disse claro. Carol ficara diferente depois disso. Falara sobre a Europa, verões em Rapallo.

Therese ergueu-se e foi até a janela, levantou-a mais e sentou-se no parapeito, contraindo-se de frio. Não havia manhãs em lugar nenhum iguais às manhãs dessa janela. No gramado redondo além da alameda de entrada, havia dardos da luz do sol, como agulhas de ouro espalhadas. Havia fagulhas de sol nas folhas úmidas da cerca viva, e o céu era de um azul puro e concreto. Ela olhou para o lugar no caminho da entrada onde Abby estivera naquela manhã, e para o trecho de cerca branca além das sebes que sinalizava o limite do gramado. O chão parecia respirar, cheio de juventude, apesar do inverno ter queimado a grama. Havia árvores e sebes em volta do colégio em Montclair, mas o verde sempre acabava em uma parte de um muro de tijolos vermelho, ou em algum prédio de pedra cinzento que fazia parte do colégio – uma enfermaria, um depósito de madeira, um depósito de ferramentas –, e o verde já parecia velho a cada primavera, usado e transmitido por uma geração de crianças a outra, fazendo parte da parafernália estudantil tanto quanto os livros didáticos e os uniformes.

Ela trajava as calças de lã xadrez que trouxera de casa, e uma das camisas que ela deixara lá em outra ocasião e que fora lavada. Eram oito e vinte. Carol gostava de levantar lá pelas oito e meia, gostava que alguém a acordasse com uma caneca de café, embora Therese notasse que ela nunca mandava Florence fazê-lo.

Florence estava na cozinha quando ela desceu, mas apenas começara a fazer café.

– Bom dia – disse Therese. – Você se importa se eu fizer o desjejum? – Florence não se importara nas duas outras vezes em que chegara e encontrara Therese fazendo as coisas.

– Pode continuar, senhorita – disse Florence. – Eu só vou fazer meus próprios ovos estrelados. A senhorita gosta de preparar as coisas para a sra. Aird, não é? – disse ela, em forma de afirmação.

Therese tirava dois ovos da geladeira.

– Sim – respondeu sorrindo. E botou um dos ovos na água, que começava a ferver. Sua resposta pareceu um tanto insípida, mas que outra resposta haveria?

Quando se virou depois de arrumar a bandeja do desjejum, percebeu que Florence pusera outro ovo na água. Therese tirou-o com os dedos.

– Ela só quer um ovo – disse Therese. – Esse aí é para minha omelete.

– É mesmo? Ela sempre comeu dois ovos.

– Sim... mas agora não – disse Therese.

– Não deveria controlar o cozimento do ovo, mesmo assim? – Florence deu-lhe um simpático sorriso profissional. – Ali está o temporizador de ovos, em cima do fogão.

Therese sacudiu a cabeça.

– Fica melhor quando eu adivinho – por enquanto, ela nunca errara o ovo de Carol. Carol gostava dele um pouquinho mais cozido do que o preparado pelo medidor. Therese olhou para Florence, que se concentrava agora nos dois ovos que fritava na frigideira. O café já estava quase todo coado. Em silêncio, Therese preparou a xícara para levar para Carol.

Mais tarde de manhã, Therese ajudou Carol a recolher as cadeiras brancas de ferro e o banco de balanço do gramado nos fundos da casa. Seria mais simples com a presença de Florence, disse Carol, mas Carol a mandara fazer compras, e teve então o súbito capricho de recolher a mobília. Foi ideia de Harge deixá-las lá fora durante todo o inverno, disse ela, mas ela achava que elas pareciam muito tristes. No fim só restou uma cadeira ao lado do chafariz redondo, uma cadeirinha decorada de metal branco com um traseiro estofado e quatro pés rendados. Therese olhou para ela e imaginou quem sentara ali.

– Eu gostaria que houvesse mais peças que se passassem ao ar livre – disse Therese.

– Em que você pensa primeiro quando começa a fazer um cenário?

– Na atmosfera da peça, acho. O que você quer dizer?

– Você pensa no tipo de peça que ela é, ou em algo que você gostaria de ver?

Um dos comentários do sr. Donohue passou raspando pela sua cabeça, com uma sensação vagamente desagradável. Carol estava em um estado de espírito argumentativo esta manhã.

– Acho que você resolveu me considerar uma amadora – disse Therese.

– Acho você meio subjetiva. Isso é meio amadorístico, não é?

– Nem sempre – mas ela percebeu o que Carol quis dizer.

– Você precisa saber muito para ser absolutamente subjetiva, não é? Nas coisas que me mostrou, acho você muito subjetiva, sem saber o suficiente.

Therese fechou os punhos dentro de seus bolsos. Ela esperara tanto que Carol gostasse de seu trabalho, incondicionalmente.

Ficara terrivelmente magoada por Carol não ter gostado nada dos poucos cenários que lhe mostrara. Carol não entendia nada daquilo, tecnicamente, mas era capaz de demolir um cenário com uma frase.

– Acho que ver o Oeste lhe fará bem. Quando é que você disse que precisava voltar? Meados de fevereiro?

– Bem, agora não... acabei de saber ontem.

– O que você quer dizer? Gorou? O trabalho da Filadélfia?

– Eles me ligaram. Querem alguém da Filadélfia.

– Ah, querida. Sinto muito.

– Ah, são os ossos do ofício – disse Therese. A mão de Carol estava na sua nuca, seu polegar a esfregar o posterior de sua orelha, do mesmo modo que ela poderia estar acariciando um cão.

– Você não ia me contar.

– Ia sim.

– Quando?

– Em algum ponto da viagem.

– Ficou muito decepcionada?

– Não – disse Therese categoricamente.

Elas esquentaram a última xícara de café, levaram-na até a cadeira branca no gramado e dividiram-na.

– Vamos almoçar fora em algum lugar? – perguntou-lhe Carol. – Vamos ao clube. Depois preciso fazer umas compras em Newark. Que tal um casaco? Gostaria de um casaco de tweed?

Therese estava sentada na beira do chafariz, com uma mão apertando a orelha que doía por causa do frio.

– Não preciso especialmente de um – disse ela.

– Mas eu gostaria especialmente de vê-la vestida em um.

Therese estava em cima, trocando de roupa, quando o telefone tocou. Ouviu Florence dizer:

– Ah, bom dia sr. Aird. Sim, vou chamá-la imediatamente – e Therese atravessou o quarto e fechou a porta. Inquieta, começou a arrumar as coisas, pendurou suas roupas no armário e alisou a cama que já fizera. Em seguida, Carol bateu na porta e enfiou a cabeça para dentro do quarto:

– Harge vai dar uma passadinha aqui dentro de poucos minutos. Não creio que vá ficar muito tempo.

Therese não queria vê-lo.

– Você gostaria que eu saísse para dar um passeio?

Carol sorriu.

– Não. Fique aqui em cima e leia um livro, se quiser.

Therese pegou o livro que comprara no dia anterior, o *Oxford Book of English Verse,* e tentou lê-lo, mas as palavras não se articulavam nem faziam sentido. Ela tinha uma sensação desagradável de estar se escondendo, por isso foi até a porta e abriu-a.

Carol estava acabando de sair de seu quarto e, por um instante, Therese percebeu o mesmo ar indeciso cruzar seu rosto, igual ao que Therese recordava da primeira vez que entrara na casa. Então ela disse:

– Desça.

O carro de Harge estava chegando enquanto elas entraram na sala de estar. Carol foi até a porta, e Therese ouviu-os trocarem cumprimentos, o de Carol apenas cordial, mas o de Harge muito alegre, e Carol entrou com uma longa caixa de flores nos braços.

– Harge, esta é a Srta. Belivet. Acho que já encontrou-a uma vez – disse Carol.

Os olhos de Harge se estreitaram um pouco, em seguida se abriram.

– Ah, sim. Como vai?

– Como vai?

Florence entrou, e Carol entregou-lhe a caixa de flores.

– Ponha-as em um lugar qualquer – disse Carol.

– Ah, aqui está aquele cachimbo. Eu bem que achei – Harge estendeu a mão por trás da hera em cima do consolo da lareira e surgiu com um cachimbo.

– Tudo bem em casa? – perguntou Carol, ao sentar na extremidade do sofá.

– Sim. Tudo bem – o sorriso tenso de Harge não punha seus dentes à mostra, porém seu rosto e a maneira rápida de virar a cabeça irradiavam cordialidade e presunção. Ele observou com um prazer de proprietário Florence trazer as flores, rosas vermelhas, num jarro, que botou na mesinha em frente ao sofá.

Therese desejou de repente ter trazido flores para Carol, em qualquer das poucas oportunidades passadas, e lembrou das flores que Dannie lhe trouxera um dia em que ele simplesmente aparecera no teatro. Ela olhou para Harge, e os olhos dele se desviaram dos seus, a testa pálida se erguendo ainda mais, os olhos fugindo por todos os cantos, como se procurasse pequenas mudanças na sala. Mas podia ser tudo fingimento, pensou Therese, aquele seu ar de saudável alegria. E se ele se importava em fingir, também devia se importar, de alguma maneira, em relação a Carol.

– Posso levar uma para Rindy? – perguntou Harge.

– É claro – Carol se levantou, e teria quebrado uma flor, se Harge não tivesse se adiantado e cortado o caule com um pequeno canivete, separando a flor. – São muito lindas. Obrigada, Harge.

Harge ergueu a flor até o nariz. E meio para Carol, meio para Therese, disse:

– É um belo dia. Vocês vão sair de carro?

– Sim, íamos – disse Carol. – Aliás, eu gostaria de fazer uma visita de tarde, na semana que vem. Talvez na terça.

Harge pensou por um instante.

– Está bem. Direi a ela.

– Vou falar com ela no telefone. Eu quis dizer para avisar sua família.

Harge balançou a cabeça uma vez, aquiescente, em seguida olhou para Therese.

– Sim, eu me lembro de você. Claro. Você estava aqui há umas três semanas. Antes do Natal.

– Sim. Num domingo – Therese se levantou. Ela queria deixá-los sozinhos. – Vou lá para cima. Até logo, sr. Aird.

Harge fez uma pequena mesura.

– Até logo.

Enquanto ela subia a escada, ouviu Harge dizer:

– Bem, muitas felicidades, Carol. É o que eu quero te desejar. Você não se importa?

O aniversário de Carol, pensou Therese. É claro que Carol não lhe teria dito.

Ela fechou a porta e olhou em volta do quarto, percebeu que estava procurando um sinal qualquer de que passara a noite ali. Não havia nenhum. Ela parou diante do espelho e olhou para si mesma durante um instante, franzindo a testa. Não estava tão pálida quanto há três semanas quando Harge a viu; ela não se sentia como a coisinha desgostosa e amedrontada que Harge conhecera então. Da gaveta de cima, tirou sua bolsa e pegou o batom. Em seguida ouviu Harge bater na porta, e então fechou a gaveta.

– Entre.

– Dá licença. Eu preciso pegar uma coisa – ele atravessou depressa o quarto, entrou no banheiro e voltou sorrindo com a navalha na mão. – Você estava no restaurante com Carol no domingo passado, não estava?

– Sim – respondeu Therese.

– Carol disse que você é cenógrafa.

– Sim.

Ele olhou do rosto dela para as mãos, até o chão, e subiu de novo.

– Espero que você estimule Carol a sair bastante – disse ele. – Você parece jovem e ativa. Faça ela dar umas caminhadas.

Em seguida ele saiu lepidamente, deixando atrás de si um ligeiro perfume de creme de barbear. Therese jogou seu batom em cima da cama e esfregou as mãos no lado do vestido. Ficou imaginando por que Harge se dera ao trabalho de dizer que estava cansado de saber que ela passava muito tempo com Carol.

– Therese! – chamou Carol de repente. – Desça!

Carol estava sentada no sofá. Harge fora embora. Ela olhou para Therese com um sorrisinho. Então Florence chegou e Carol disse:

– Florence, você pode levá-las para outro lugar qualquer. Ponha-as na sala de jantar.

– Sim, senhora.

Carol piscou o olho para Therese.

Therese sabia que ninguém usava a sala de jantar. Carol preferia comer em qualquer outro lugar.

– Por que não me disse que era seu aniversário? – perguntou-lhe Therese.

– Ah! – riu Carol. – Não é. É aniversário de casamento. Pegue seu casaco e vamos embora.

Ao saírem de ré pelo caminho, Carol disse:

– Se existe algo que não tolero, é a hipocrisia.

– O que ele disse?

– Nada de importante – sorriu Carol.

– Mas você disse que ele era um hipócrita.

– *Par excellence.*

– Fingindo todo aquele bom humor?

– Ah... apenas parcialmente quanto a isso.

– Ele falou alguma coisa sobre mim?

– Ele disse que você parecia uma boa menina. Isso é novidade? – Carol disparou o carro pela estrada estreita até a aldeia. – Disse que o divócio levará umas seis semanas a mais do que achávamos, devido a algumas formalidades. Isso é novidade. Ele acha que eu talvez ainda mude de ideia nesse meio tempo. Isso é hipocrisia. Acho que ele gosta de se enganar.

Será que a vida, as relações humanas eram sempre assim?, pensou Therese. Jamais terra firme sob os pés. Sempre como cascalho, que cede um pouco, faz barulho para que todo mundo ouça, de modo que até a gente fica de escuta também, à espera do passo áspero e sonoro do pé do intruso.

– Carol, eu nunca peguei aquele cheque, sabe – comentou de repente Therese. – Enfiei-o sob o pano na mesinha de cabeceira da minha cama.

– O que te fez pensar nisso?

– Não sei. Você quer que eu o rasgue? Comecei a fazê-lo naquela noite.

– Se você insiste – disse Carol.

Capítulo catorze

Therese olhou para a caixa grande de papelão.

– Não quero levá-la – suas mãos estavam ocupadas. – Posso deixar a sra. Osborne levar a comida e o restante pode ficar aqui.

– Traga-a – disse Carol, saindo pela porta. Ela carregou as últimas coisas miúdas, os livros e as jaquetas que Therese decidira levar na última hora.

Therese voltou lá em cima para pegar a caixa. Chegara há uma hora mais ou menos por mensageiro – uma porção de sanduíches embrulhados em papel-manteiga, uma garrafa de vinho de amora, um bolo, e uma caixa contendo o vestido branco que a sra. Semco lhe prometera. Richard não tinha nada a ver com a caixa, ela sabia, senão haveria um livro ou um bilhete adicional.

Um vestido refugado jazia ainda aberto no divã, um canto do tapete estava virado, mas Therese tinha impaciência de partir. Fechou a porta e desceu correndo a escada com a caixa, passando pelo apartamento dos Kelly, ambos no trabalho, e pela porta da sra. Osborne. Ela se despedira da sra. Osborne uma hora atrás, quando pagara o aluguel do mês seguinte.

Therese estava acabando de fechar a porta do carro, quando a sra. Osborne chamou-a da escada da frente.

– Telefone – gritou ela, e Therese saiu de má vontade, achando que fosse Richard.

Era Phil McElroy, ligando para saber da entrevista com Harkevy no dia anterior. Ela contara a Dannie na noite passada quando jantaram juntos. Harkevy não lhe prometera um trabalho, mas dissera para ela manter contato, e Therese sentiu que ele falou a sério. Ele permitiu que ela o visse nos bastidores do teatro em que ele supervisionava o cenário de *Winter Town*. Escolhera três das maquetes de papelão dela e as examinara com muito cuidado, descartando uma como meio entediante, enfatizando certo caráter impraticável na segunda, e gostando mais do cenário tipo vestíbulo que Therese começara na noite em que voltara de sua primeira visita à casa de Carol. Ele foi a primeira pessoa que demonstrou uma consideração meticulosa por seus cenários menos convencionais. Ela ligara imediatamente para Carol e contara-lhe sobre o encontro. Contou a Phil sobre a entrevista com Harkevy, mas não mencionou que o trabalho com Andronich gorara. Ela sabia que era porque não queria que Richard viesse a saber. Therese pediu a Phil que a informasse sobre a próxima peça para a qual Harkevy faria os cenários, porque ele disse que ainda não decidira entre duas peças. Havia mais chance dele contratá-la como assistente se escolhesse a peça inglesa sobre a qual falara no dia anterior.

– Não tenho nenhum endereço ainda para te dar – disse Therese. – Sei que vamos até Chicago.

Phil disse que talvez lhe mandasse uma carta para lá pelo correio normal.

– Era Richard? – perguntou Carol, quando ela voltou.

– Não. Phil McElroy.

– Então você não teve notícias de Richard?

– Não tenho tido nos últimos dias. Ele me mandou um telegrama esta manhã – Therese hesitou, em seguida tirou-o do bolso e leu-o: – "NÃO MUDEI, NEM VOCÊ. ME ESCREVA. EU TE AMO. RICHARD".

– Acho que você devia ligar para ele – disse Carol. – Ligue da minha casa.

Elas iam passar a noite na casa de Carol para partir cedinho na manhã seguinte.

– Você vai botar esse vestido esta noite? – perguntou Carol.

– Vou experimentar. Parece um vestido de noiva.

Therese botou o vestido logo antes do jantar. Ia até abaixo de sua panturrilha e a cintura era apertada por tiras longas e brancas, que na frente eram bordadas e costuradas. Ela desceu para mostrá-lo para Carol. Carol estava na sala de estar, escrevendo uma carta.

– Olhe – disse Therese a sorrir.

Carol olhou-a por um bom momento, em seguida se aproximou e examinou o bordado na cintura. – Isso é uma peça de museu. Você ficou adorável. Use-o esta noite, está bem?

– É tão complicado – ela não queria usá-lo, porque a fazia pensar em Richard.

– Que porcaria de estilo é esse, russo?

Therese deu uma risada. Ela gostava da maneira como Carol usava termos mais fortes, de maneira casual, quando ninguém podia ouvir.

– Será? – repetiu Carol.

Therese estava subindo.

– Será o quê?

– Onde você arranjou esse hábito de não responder? – perguntou Carol, com a voz tornada subitamente áspera pela raiva.

Os olhos de Carol faiscavam com a luz branca de raiva que Therese percebera na ocasião em que se recusara a tocar piano. E o que a irritava agora era algo igualmente insignificante.

– Desculpe, Carol. Acho que não ouvi.

– Pode ir – disse Carol, se afastando. – Pode ir tirá-lo.

Era Harge ainda, pensou Therese. Therese hesitou um instante, em seguida subiu. Desatou a cintura e as mangas, olhou para si mesma no espelho, em seguida voltou a atar tudo. Se Carol queria que ela o usasse, ela o faria.

Elas prepararam o jantar sozinhas, porque Florence já começara suas férias de três semanas. Abriram determinados vidros que Carol disse ter reservado e fizeram *stingers** na coqueteleira um pouco antes do jantar. Therese achou que o mau humor de Carol passara, mas quando ela começou a se servir de uma segunda dose de *stinger*, Carol disse abruptamente:

– Acho que você não devia repetir isso aí.

---

* Coquetel feito com licor de menta branca, conhaque e gelo. (N.E.)

177

E Therese obedeceu, com um sorriso. E o estado de espírito continuou. Nada que Therese dissesse ou fizesse era capaz de mudá-lo. Therese punha a culpa no vestido, que a inibia, por ser incapaz de pensar nas coisas certas para dizer. Levaram castanhas cozidas no conhaque e café para a varanda depois do jantar, mas se falaram ainda menos na semiescuridão. Therese sentia-se apenas sonolenta e meio deprimida.

Na manhã seguinte, Therese achou uma sacola de papel no degrau da porta dos fundos. Dentro havia um macaco de brinquedo com pelo branco e cinza. Mostrou-o para Carol.

– Olhe só – disse suavemente Carol, e sorriu. – Jacopo – ela pegou o macaco e esfregou o indicador na sua face branca, ligeiramente suja. – Abby e eu o levávamos pendurado atrás no carro – disse Carol.

– Foi Abby quem o trouxe? Na noite passada?

– Só pode ser – Carol foi até o carro com o macaco e uma valise.

Therese lembrava de ter acordado de um cochilo no banco de balanço, na noite anterior, no meio de um silêncio absoluto, e Carol ali sentada no escuro, olhando fixo diante de si. Carol devia ter ouvido o carro de Abby na noite passada. Therese ajudou Carol a arrumar as valises e a manta para aquecer as pernas, na traseira do carro.

– Por que ela não entrou? – perguntou Therese.

– Ah, Abby é assim – disse Carol sorrindo, com a timidez fugaz que sempre espantava Therese. – Por que você não liga para Richard?

Therese deu um suspiro.

– Agora não posso mais. A essa hora ele já saiu de casa – eram oito e trinta, e sua aula começava às nove.

– Ligue para a família dele, então. Não vai agradecer a caixa que eles te mandaram?

– Eu ia escrever uma carta.

– Ligue para eles agora e não terá de escrever a carta. Aliás, é muito mais simpático ligar.

A sra. Semco atendeu ao telefone. Therese elogiou o vestido e os dotes de costureira da sra. Semco e agradeceu-lhe pela comida toda e o vinho.

– Richard acabou de sair de casa – disse a sra. Semco. – Ele vai se sentir terrivelmente sozinho. Já anda se lastimando – mas ela riu, dando sua risada forte e aguda, uma risada que reverberaria pela casa, até mesmo pelo quarto vazio de Richard lá em cima. – Está tudo bem com você e com Richard? – perguntou a sra. Semco com ligeira desconfiança, embora Therese percebesse que ela ainda ria.

Therese respondeu que sim. E prometeu que escreveria. Depois, sentiu-se melhor por ter ligado.

Carol lhe perguntou se ela fechara a janela lá em cima, e Therese subiu de novo, porque não conseguia se lembrar. Não fechara a janela, nem fizera sua cama também, mas agora não havia tempo. Florence podia se ocupar da cama quando viesse na segunda para trancar a casa.

Carol estava no telefone quando Therese desceu. Ela olhou para Therese com um sorriso e ergueu o fone na direção dela. Therese sabia desde o primeiro tom de voz que era Rindy.

– ...na-ah-casa do sr. Byron. É uma fazenda. Você já foi lá, mãe?

– Fica onde, queridinha? – disse Carol.

– Na casa do sr. Byron. Ele tem cavalos. Mas do tipo que você não gosta.

– Ah. Por que não?

– Porque são pesados.

Therese tentou detectar alguma coisa na voz aguda, um tanto descansada, que lembrava a voz de Carol, mas não conseguiu.

– Alô – disse Rindy. – Mamãe?

– Estou aqui.

– Preciso me despedir agora. Papai está pronto pra sair – e ela tossiu.

– Você está com tosse? – perguntou Carol.

– Não.

– Então não tussa no telefone.

– Eu gostaria que você me levasse na viagem.
– Sim, mas não posso por causa de seu colégio. Mas a gente vai viajar neste verão.
– Você vai poder me ligar?
– Durante a viagem? Claro que sim. Todos os dias – Carol pegou o fone e se recostou com ele, mas ficou olhando para Therese durante aproximadamente um minuto em que ainda falou.
– Ela parece tão séria – disse Therese.
– Ela estava me contando sobre o grande dia que foi ontem. Harge deixou-a fazer gazeta.

Carol vira Rindy dois dias antes, lembrou-se Therese. Fora evidentemente uma visita agradável, pelo que Carol dissera a Therese no telefone, mas ela não mencionara nenhum detalhe, nem Therese lhe perguntara.

Quase na hora de partirem, Carol resolveu dar um último telefonema para Abby. Therese voltou para a cozinha, porque fazia frio demais para ficar sentada no carro.

– Eu não conheço nenhuma cidadezinha no Illinois – dizia Carol. – Por que Illinois?... Está bem, Rockford... Vou me lembrar, pensarei em Roquefort... Claro que cuidarei bem dele. Eu queria que você tivesse entrado, sua idiota... Bem, você está enganada, muito enganada.

Therese tomou um gole do resto do café que Carol não tomara, em cima da mesa da cozinha, bebendo no lugar onde havia uma mancha de batom.

– Não diga uma palavra – disse Carol, dando uma entonação cantada à frase. – A ninguém, ao que eu sei, nem mesmo a Florence... Bem, faça isso, querida. Agora, tchau.

Cinco minutos depois elas deixavam a cidade de Carol na autoestrada marcada de vermelho no mapa dobrável, a estrada que usariam até Chicago. O céu estava pesado. Therese olhou para a paisagem em volta, que já se tornara familiar agora, o arvoredo à esquerda pelo qual passava a estrada para Nova York, o mastro alto de bandeira à distância, que indicava o clube ao qual pertencia Carol.

Therese deixou uma pequena fenda aberta na sua janela. Fazia bastante frio, e o aquecedor lhe dava uma sensação agradável nos tornozelos. O relógio no painel marcava quinze para as dez, e ela pensou de repente nas pessoas trabalhando na Falkenberg's, presas ali às quinze para as dez da manhã, desta manhã, e amanhã de manhã, e depois, os ponteiros do relógio a controlar todos seus gestos. Mas os ponteiros do relógio no painel agora não significavam nada para ela e Carol. Dormiriam ou não dormiriam, dirigiriam ou não dirigiriam, quando quisessem. Ela pensou na sra. Robichek, vendendo suéteres naquele exato momento, no terceiro andar, dando início a mais um ano ali, seu quinto ano.

– Por que tão calada? – perguntou Carol. – Qual o problema?

– Nada – ela não queria falar. E no entanto sentia mil palavras atravessadas na garganta, e talvez só a distância, milhares de quilômetros, pudesse dar um jeito naquilo. Talvez fosse a própria liberdade que a deixasse sufocada.

Em algum lugar da Pensilvânia elas passaram por um trecho de sol desbotado, como um vazamento no céu, mas por volta do meio-dia começou a chover. Carol praguejou, mas o ruído da chuva era bom, a tamborilar irregularmente no teto e no para-brisa.

– Sabe o que esqueci? – disse Carol. – Uma capa de chuva. Terei de arranjar uma num lugar qualquer.

E de repente Therese lembrou que esquecera o livro que estava lendo. E havia uma carta para Carol dentro dele, uma folha que sobressaía de cada extremidade. Merda. Estava separado de seus outros livros, e por isso o esquecera na mesinha de cabeceira. Ela esperava que Florence não resolvesse dar uma olhada. Tentou lembrar se escrevera o nome de Carol na carta, mas não conseguia. E o cheque. Ela esquecera de rasgar também.

– Carol, você pegou aquele cheque?

– Aquele cheque que eu te dei? Você disse que ia rasgá-lo.

– Não rasguei. Ainda está debaixo do pano.

– Bem, não importa – disse Carol.

Quando pararam para botar gasolina, Therese tentou comprar cerveja preta, que Carol às vezes gostava, numa mercearia perto do posto, mas só tinham cerveja clara. Comprou uma lata, porque Carol não apreciava cerveja. Em seguida, entraram em uma pequena via fora da estrada principal e pararam, abriram a caixa de sanduíches que a mãe de Richard preparara. Havia também uma conserva de endro, queijo mussarela e dois ovos cozidos. Therese esquecera de pedir um abridor, por isso não conseguiu abrir a cerveja, mas tinha café na garrafa térmica. Ela pôs a lata de cerveja no chão, na traseira do carro.

– Caviar. Que simpático da parte deles – disse Carol, olhando dentro de um sanduíche. – Você gosta de caviar?

– Não, mas gostaria de gostar.

– Por quê?

Therese observou Carol dar uma pequena mordida no sanduíche, do qual tirara a fatia de cima, uma mordida no lugar onde havia a maior parte do caviar.

– Porque as pessoas, sempre que gostam de caviar, gostam mesmo – respondeu Therese.

Carol deu um sorriso e continuou a mordiscar lentamente.

– É um gosto adquirido. Gostos adquiridos são sempre melhores, e mais difíceis de a gente se livrar deles.

Therese pôs mais café na caneca que partilhavam. Ela estava adquirindo um gosto por café.

– Como fiquei nervosa na primeira vez que segurei esta caneca. Você me trouxe café naquele dia. Lembra?

– Lembro.

– Por que você botou creme naquele dia?

– Achei que você gostaria. Por que você estava tão nervosa?

Therese olhou para ela.

– Eu estava tão excitada por causa de você – disse ela, erguendo a caneca. Em seguida olhou para Carol de novo e notou uma súbita imobilidade, como um choque, no rosto dela. Therese já o notara umas duas ou três vezes antes, quando dissera algo para Carol sobre aquilo que sentia ou quando lhe fazia algum elogio excessivo. Therese não conseguia deduzir se ela ficava satisfeita ou contrariada. Ela observou Carol embrulhando o papel-manteiga em volta da outra metade de seu sanduíche.

Tinha um bolo, mas Carol não queria. Era o bolo marrom condimentado que Therese vira várias vezes na casa de Richard. Elas guardaram tudo na valise que continha as caixas de cigarros e a garrafa de uísque, com uma meticulosidade extrema que teria cansado Therese em qualquer outra pessoa que não fosse Carol.

– Você disse que Washington era seu estado natal? – perguntou Therese.

– Nasci lá e meu pai agora mora lá. Escrevi que talvez fosse lhe fazer uma visita se a gente chegasse a ir tão longe.

– Ele se parece com você?

– Se eu me pareço com ele, sim. Mais do que com minha mãe.

– Estranho pensar em você com uma família – disse Therese.

– Por quê?

– Porque só penso em você como você. *Sui generis.*

Carol sorriu, a cabeça dela se alteou ao dirigir.

– Está bem. Pode continuar.

– Irmãos e irmãs? – perguntou Therese.

– Uma irmã. Aposto que você quer saber tudo sobre ela também. Seu nome é Elaine, tem três filhos e mora na Virgínia. É mais velha que eu e não sei se você gostaria dela. Acharia ela entediante.

Sim. Therese era capaz de visualizá-la, como uma sombra de Carol, com todas as feições de Carol atenuadas e diluídas.

No final da tarde elas pararam em um restaurante de beira de estrada que tinha uma miniatura de aldeia holandesa na vitrine. Therese se encostou na barra de ferro em frente e ficou olhando. Havia um riozinho que saía de uma torneira em uma extremidade, que corria em um leito oval e tocava um moinho de vento. Pequenas figuras vestidas a caráter jaziam pela aldeia, pisando em pequenos gramados vivos. Ela pensou no trem elétrico da seção de brinquedos da Falkenberg's, e com que violência ele corria na pista oval aproximadamente do mesmo tamanho que o regato.

– Eu nunca te contei sobre o trem na Falkenberg's – comentou Therese para Carol. – Você o notou quando...

– Um trem elétrico? – interrompeu-a Carol.

Therese estivera sorrindo, mas algo apertou seu coração de repente. Era complicado demais para se abordar, e a conversa parou aí.

Carol pediu sopa para ambas. Estavam duras e congeladas, do carro.

— Eu me pergunto se você vai mesmo gostar desta viagem – disse Carol. – Prefere tanto coisas refletidas em um vidro, não é? Você tem uma ideia pronta a respeito de tudo. É o caso desse moinho. Para você, ele vale tanto quanto praticamente estar na Holanda. Duvido que você aprecie ver montanhas e gente de verdade.

Therese se sentiu tão esmagada como se Carol a acusasse de mentir. Sentiu também que Carol falara aquilo a sério, que tinha uma ideia formada sobre ela, desagradável. Gente de verdade? Ela pensou de repente na sra. Robichek. E que fugira dela porque ela era horrenda.

— Como é que você espera criar alguma coisa se todas as suas experiências são de segunda mão? – perguntou Carol, num tom suave e monocórdio, porém implacável.

Carol a fazia sentir-se como se não tivesse feito nada, não fosse nada, como um fiapo de fumaça. Carol vivera como um ser humano, casara, tivera uma filha.

O velho balconista veio em direção a elas. Mancava. Parou ao lado da mesa e cruzou os braços.

— Já foram à Holanda? – perguntou afavelmente.

Carol respondeu:

— Não, não fui. Aposto que você já foi. Foi você quem fez a aldeia na vitrine?

Ele confirmou com um gesto de cabeça.

— Levou cinco anos para ser feita.

Therese reparou nos dedos ossudos do homem, nos braços magros com veias roxas a serpentear logo abaixo da pele fina. Ela sabia melhor que Carol o trabalho que dera aquela aldeiazinha, mas não conseguia emitir nenhuma palavra.

O sujeito disse a Carol:

– Temos ótimas salsichas e presunto ao lado, se gostam dos produtos feitos na Pensilvânia. Criamos nossos próprios porcos, que matamos e curamos aqui mesmo.

Elas foram até a mercearia ao lado do restaurante, um caixotão pintado de branco. Lá dentro havia um cheiro delicioso de presunto defumado, misturado com cheiro de fumaça de lenha e de temperos.

– Vamos comprar algo que não seja preciso cozinhar – disse Carol, olhando para dentro do balcão refrigerado. – Queremos isso aqui – disse ela para o rapaz com um boné que cobria as orelhas.

Therese se lembrou de estar na delicatessen com a sra. Robichek, comprando fatias finas de salame e salsicha de fígado. Um aviso na parede anunciava que eles entregavam em qualquer lugar, ela pensou em mandar para a sra. Robichek uma daquelas grandes salsichas embrulhadas em pano, imaginou a satisfação no rosto dela ao abrir o pacote com suas mãos trêmulas e ver a salsicha. Mas afinal de contas deveria ela, pensou Therese, fazer um gesto motivado provavelmente pela pena, culpa, ou algum desvio moral de sua parte? Therese franziu a testa, debatendo-se num terreno sem rumo, imponderável, no qual sabia apenas ser impossível confiar nos próprios impulsos.

– Therese...

Therese se virou e a beleza de Carol atingiu-a em cheio, como um vislumbre da Vitória Alada da Samotrácia. Carol perguntou se deveriam comprar um presunto inteiro.

O rapaz empurrou todos os pacotes por cima do balcão e pegou a nota de vinte dólares de Carol, e Therese pensou na sra. Robichek naquela noite a entregar tremulamente uma nota de um dólar e uma moeda de vinte centavos.

– Viu mais alguma coisa? – perguntou Carol.

– Pensei em talvez mandar alguma coisa para alguém. Uma mulher que trabalha na loja. É pobre e uma vez me convidou para jantar.

Carol pegou o troco.

– Que mulher?
– Para dizer a verdade, não quero mandar nada – de repente deu vontade em Therese de ir embora.
Carol franziu a testa para ela através da fumaça de seu cigarro.
– Mande.
– Não quero. Vamos, Carol – era como o pesadelo de novo, quando ela não conseguia se manter afastada dela.
– Mande – repetiu Carol. – Feche a porta e mande alguma coisa para ela.
Therese fechou a porta e escolheu uma das salsichas de seis dólares, escrevendo em um cartão de presente: "Isto é da Pensilvânia. Espero que dure algumas manhãs de domingo. Com carinho, Therese Belivet".
Depois no carro, Carol perguntou sobre a sra. Robichek, e Therese respondeu como sempre fazia, sucintamente e com a total e involuntária sinceridade que depois a deprimia. A sra. Robichek e seu mundo eram tão diferentes do mundo de Carol que ela poderia estar descrevendo outra espécie de vida animal, algum bicho feio que habitasse outro planeta. Carol não fez nenhum comentário sobre o caso, apenas perguntas em cima de perguntas, enquanto dirigia. Só parou quando não havia mais nada para perguntar, mas a expressão tensa e pensativa no seu rosto, enquanto ouvia, perdurou mesmo depois de começarem a falar de outras coisas. Therese fechou as mãos por cima dos polegares. Por que deixava a sra. Robichek obcecá-la? E agora transmitira isso para Carol, sem poder jamais voltar atrás.
– Por favor, não fale mais nela, Carol. Prometa.

Capítulo quinze

Carol caminhou com passinhos curtos até o box do chuveiro, no canto, gemendo de frio. Suas unhas do pé estavam pintadas de vermelho, e seu pijama azul era grande demais.

– A culpa é sua, por ter aberto tanto a janela – disse Therese.

Carol fechou a cortina e Therese ouviu o som do chuveiro sendo aberto.

– Ah, divinamente quente! – disse Carol. – Melhor que a noite passada.

Era uma cabana de luxo, tapete grosso e paredes forradas de lambri, completa, desde sacolas plásticas para guardar sapatos até televisão.

Therese sentou-se na sua cama, de robe, e ficou examinando um mapa rodoviário, medindo-o com a mão. Mão e meia representava mais ou menos um dia de viagem, em tese, porque na prática não conseguiam.

– A gente talvez cruze todo o Ohio hoje – disse Therese. – Ohio. Famoso por seus rios, borracha e determinadas ferrovias. À nossa esquerda a célebre ponte levadiça de Chillicote, onde certa vez vinte huronianos massacraram cem... milicianos.

Therese riu.

– E onde Lewis e Clark acamparam uma vez – acrescentou Carol. – Acho que hoje vou botar minhas calças. Quer ver se estão naquela valise ali? Se não estiverem, terei de ir buscar no carro. Não as leves, as de gabardine azul-marinho.

Therese foi até a valise grande de Carol, no pé da cama. Estava cheia de suéteres, roupas de baixo e sapatos, mas não havia calças. Ela notou um tubo niquelado que saía de um suéter dobrado. Era pesado. Desdobrou-o e levou um susto que quase a fez deixá-lo cair. Era um revólver de cabo branco.

– Não? – perguntou Carol.

– Não – Therese embrulhou de novo o revólver e botou-o de volta, como o achara.

– Querida, esqueci minha toalha. Acho que está na cadeira.

Therese pegou-a e a levou para ela, mas devido a seu nervosismo, ao entregá-la nas mãos de Carol seus olhos desceram do rosto de Carol até seus seios desnudos e mais para baixo, e ela constatou o súbito espanto no olhar de Carol quando ela se virou. Therese fechou os olhos com força e caminhou lentamente para a cama, vendo diante de suas pálpebras fechadas a imagem do corpo desnudo de Carol.

Therese tomou um banho de chuveiro e, quando saiu, Carol estava em pé diante do espelho, quase vestida.

– Qual o problema? – perguntou Carol.

– Nada.

Carol virou-se para ela, penteando os cabelos ligeiramente escurecidos pela umidade. Seus lábios brilhavam com o batom recém passado, segurando um cigarro entre eles.

– Você já percebeu quantas vezes por dia me faz perguntar isso? – disse ela. – Não acha que é um pouco de falta de consideração?

Durante o café da manhã, Therese perguntou:

– Por que trouxe aquele revólver, Carol?

– Ah... então é isso que está te incomodando. A arma é de Harge, mais uma coisa que ele esqueceu – a voz de Carol era casual. – Achei melhor trazê-la do que deixá-la.

– Está carregada?

– Sim, está carregada. Harge tem uma licença, porque fomos vítimas de um assalto certa vez lá em casa.

– Sabe usá-la?

Carol sorriu para ela.

– Não sou nenhuma Annie Oakley.* Mas sei usá-la. Acho que isso te preocupa, não é? Espero não ter que usá-la.

Therese não falou mais nada sobre o assunto. Mas ficava perturbada toda vez que pensava nisso. Pensou na noite seguinte, quando um mensageiro do hotel largou a valise com força na calçada. Ficou pensando se uma arma poderia disparar com um baque assim.

Elas tinham tirado umas fotos em Ohio, e já que era possível revelá-las cedo na manhã seguinte, passaram uma longa tarde e uma noite em uma cidade chamada Defiance. Levaram a tarde toda passeando pelas ruas, olhando as vitrines, caminhando por ruas residenciais silenciosas, onde se viam luzes nas salas de estar e as casas pareciam tão seguras e confortáveis quanto ninhos de passarinhos. Therese teve medo de que Carol se entediasse com as caminhadas sem rumo, mas era Carol quem sugeria que fossem um quarteirão além, que subissem todo o morro para ver o que havia do outro lado. Carol falou dela mesma e de Harge. Therese tentou resumir numa palavra o que separara Carol de Harge, mas ela rejeitou imediatamente as palavras – tédio, mágoa, indiferença. Carol contou sobre a vez em que Harge levara Rindy em uma expedição de pesca e ficara dias sem se comunicar. Foi uma retaliação por Carol ter se recusado a passar as férias de Harge junto com ele na casa de verão de sua família, em Massachussetts. Era alguma coisa recíproca. E os incidentes não haviam sido o começo.

Carol botou duas fotos na carteira, uma de Rindy de culotes e chapéu-coco, que estava no início do filme, e outra de Therese com um cigarro na boca e os cabelos esvoaçando para trás ao vento. Havia uma foto de Carol toda encolhida no seu casaco que ela disse que mandaria para Abby, porque era muito ruim.

Chegaram a Chicago no final de uma tarde, incorporando-se ao seu caos cinzento atrás de um caminhão grande de uma distribuidora de carne. Therese chegou-se para perto do para-brisa. Ela não conseguia lembrar nada da cidade, da vez que viajara com seu pai. Carol parecia conhecer Chicago tão bem quanto Manhattan.

---

* Annie Oakley (1860-1926): famosa atiradora norte-americana. (N.E.)

Ela mostrou-lhe o célebre trevo e pararam um instante para ver os trens e o *rush* das cinco e meia da tarde. Não dava para comparar com a loucura de Nova York à mesma hora.

Na agência principal dos correios, Therese encontrou um cartão-postal de Dannie, nada da parte de Phil, e uma carta de Richard. Deu uma olhada na carta e viu que ela começava e terminava afetuosamente. Ela esperara exatamente isso, que Richard obtivesse o endereço da agência com Phil e lhe escrevesse uma carta carinhosa. Ela enfiou a carta no bolso antes de voltar para Carol.

– Alguma coisa? – perguntou Carol.

– Só um cartão-postal de Dannie. Terminaram as provas.

Carol ficou no Drake Hotel. Tinha um piso preto e branco, xadrez, um chafariz no vestíbulo, e Therese achou-o magnífico. No quarto, Carol tirou o casaco e se jogou em uma das camas.

– Conheço algumas pessoas aqui – disse ela, sonolenta. – Vamos procurar alguém?

Mas adormeceu antes de terem acabado de decidir.

Therese olhou pela janela para o lago orlado de luzes e para a linha irregular, desconhecida, de prédios altos contra o céu cinzento e imóvel. Parecia desfocado e monótono como um quadro de Pissarro, comparação que Carol não apreciaria, pensou. Ela se recostou no peitoril, fitando a cidade, observando as luzes dos carros ao longe, divididas em pontos e linhas ao passarem por trás das árvores. Estava feliz.

– Por que não pede uns coquetéis? – disse a voz de Carol às suas costas.

– O que gostaria?

– E você, gostaria de quê?

– Martínis.

Carol deu um assobio.

– *Double Gibbons* – interrompeu-a Carol, enquanto ela falava ao telefone. – E um prato de canapés. Aproveite e mande vir quatro martínis.

Therese leu a carta de Richard enquanto Carol tomava banho. A carta era toda carinhosa. Você não se parece nada com as demais garotas, escreveu. Ele esperara e continuaria a esperar, porque tinha certeza total de que poderiam ser felizes juntos. Queria que ela lhe escrevesse todo dia, mandasse ao menos um cartão-postal. Disse que passara uma tarde sentado relendo as três cartas que ela lhe mandara quando ele estivera em Kingston, Nova York, no verão passado. Havia um sentimentalismo na carta que não era nada típico de Richard, e o primeiro pensamento de Therese foi que ele fingia. Talvez para lhe dar um golpe depois. Sua segunda reação foi de aversão. Ela voltou à velha decisão de que não escrever, nem dizer mais nada, era o caminho mais curto para terminar com ele.

Os coquetéis chegaram, e Therese pagou, em vez de assinar a nota. Só conseguia pagar algumas contas escondida de Carol.

– Você não quer botar seu costume preto? – perguntou Therese quando Carol entrou.

Carol deu-lhe um olhar:

– Mergulhar lá no fundo dessa valise? – disse ela, se dirigindo à valise. – Tirá-lo, escová-lo, passar a ferro durante meia hora?

– Vamos ficar meia hora bebendo isso aqui.

– Seus poderes persuasórios são irresistíveis – Carol levou o conjunto para o banheiro e abriu a torneira.

Era o conjunto que ela usara no primeiro dia em que almoçaram juntas.

– Você percebeu que este foi o primeiro drinque que bebi desde que saímos de Nova York? – disse Carol. – Claro que não. Sabe por quê? Porque estou feliz.

– Você está bonita – disse Therese.

E Carol deu-lhe aquele sorriso autodepreciativo que Therese tanto amava e foi até a penteadeira. Lá, jogou um lenço de seda amarela em volta do pescoço e atou-o com um nó frouxo, começando a pentear o cabelo. A luz da lâmpada emoldurava sua figura como um quadro, e Therese teve a sensação de que tudo isso já acontecera antes. Lembrou de repente: a mulher na janela a pentear seus longos cabelos, lembrou até dos tijolos da parede, da textura do chuvisco enevoado daquela manhã.

– Que tal um perfume? – perguntou Carol, aproximando-se dela com o frasco. Ela tocou a testa de Therese com os dedos, na linha dos cabelos onde a beijara naquele dia.

– Você me lembra uma mulher que eu vi um dia – disse Therese –, em algum lugar perto de Lexington. Não você, a luz. Ela estava prendendo o cabelo para cima. – Therese parou, mas Carol ficou à espera de que ela continuasse. Carol estava sempre à espera, e ela nunca conseguia dizer aquilo que realmente queria dizer. – De manhã cedinho, quando eu estava a caminho do trabalho, e me lembro que começava a chover – prosseguiu ela aos tropeços –, eu a vi em uma janela – na verdade, ela não conseguia dar seguimento àquilo, contar como ficara ali durante três ou quatro minutos, desejando com uma intensidade que lhe drenava as energias, que ela conhecesse a mulher, que fosse bem recebida se fosse naquela casa bater à porta, desejando poder fazer isso em vez de ir para o trabalho na Pelican Press.

– Minha órfãzinha – disse Carol.

Therese sorriu. Não havia nenhuma farpa, nenhuma melancolia nessa palavra quando dita por Carol.

– Como é que é a sua mãe?

– Tinha cabelo preto – disse rápido Therese. – Não se parecia nada comigo – Therese sempre se via a falar da mãe no passado, embora ela estivesse viva naquele momento, em algum lugar de Connecticut.

– Acha mesmo que ela não quer te ver nunca mais? – Carol estava diante do espelho.

– Acho.

– E a família de seu pai? Você não disse que ele tinha um irmão?

– Nunca o conheci. Era algo como um geólogo, trabalhava para uma companhia de petróleo. Não sei onde ele está – era mais fácil falar sobre o tio que ela nunca conhecera.

– Como é o nome de sua mãe atualmente?

– Esther... sra. Nicolas Strully – o nome significava tanto para ela quanto qualquer outro da lista telefônica. Olhou para Carol, de repente arrependida de ter dito o nome. Carol poderia um dia... Foi atropelada por uma sensação de perda, de estar indefesa. Conhecia Carol tão pouco, afinal de contas.

Carol olhou para ela:

– Eu jamais mencionarei isto – disse ela –, jamais mencionarei de novo. Se este segundo drinque for te deixar melancólica, não beba. Não quero que você fique melancólica esta noite.

O restaurante onde jantaram também dava para o lago. O jantar foi um banquete com champanhe e conhaque no final. Foi a primeira vez na vida em que Therese ficou realmente um pouco bêbada, muito mais do que queria deixar transparecer para Carol. Sua impressão de Lakeshore Drive sempre haveria de ser a de uma larga avenida pontilhada de mansões, todas parecidas com a Casa Branca, em Washington. Na sua recordação havia a voz de Carol falando de uma casa aqui, outra acolá, que ela já frequentara, e a consciência perturbadora de que este fora, por um período, o mundo de Carol, como Rapallo, Paris e outros lugares que Therese não conhecia haviam sido, durante algum tempo, a moldura de tudo que Carol fizera.

Naquela noite, Carol se sentou na beirada da cama, fumando um cigarro, antes de acender a luz. Therese jazia na sua própria cama, observando-a sonolenta, tentando decifrar o significado do olhar perplexo e inquieto de Carol, que fitava algo no quarto por um instante e logo corria adiante. Pensaria em Harge ou em Rindy? Carol pedira para ser acordada às sete no dia seguinte, para poder telefonar para Rindy antes que ela fosse para o colégio. Therese lembrava da sua conversa telefônica em Defiance. Rindy brigara com alguma outra garotinha, e Carol passara quinze minutos elaborando o fato e tentando convencer Rindy a dar o primeiro passo e pedir desculpas. Therese ainda sentia o efeito da bebida. O formigar do champanhe que a fazia se aproximar dolorosamente de Carol. Se ela simplesmente pedisse, pensou, será que Carol deixaria que ela dormisse esta noite na mesma cama que ela? Mas queria mais do que isso; beijá-la, sentir a proximidade de seus corpos. Therese pensou nas duas garotas que vira no bar Palermo. Elas faziam isso, ela sabia, e mais. E haveria Carol de repeli-la de repente, enojada, se ela apenas quisesse tê-la em seus braços? E qualquer afeição que Carol porventura tivesse por ela agora desapareceria instantaneamente? A visualização da rejeição fria de Carol expulsava totalmente sua coragem. Mas ela voltou humilde, de rastros, com a pergunta se ela não podia simplesmente dormir na mesma cama que ela.

– Carol, você se importaria...

– Amanhã vamos aos currais dos matadouros – disse Carol ao mesmo tempo, e Therese rebentou numa gargalhada. – O que tem isso de tão engraçado? – perguntou Carol, apagando o cigarro, mas também sorrindo.

– É simplesmente muito engraçado – respondeu Therese, ainda rindo, livrando-se com a risada de toda a ânsia e intensidade daquela noite.

– Você está tendo um ataque de riso devido ao champanhe – disse Carol, puxando a corda do interruptor e apagando a luz.

No final da tarde seguinte, saíram de Chicago e foram na direção de Rockford. Carol disse que talvez houvesse uma carta de Abby lá, mas o provável era que não, porque Abby não era uma boa correspondente. Therese foi a um sapateiro costurar um mocassim e, quando voltou, Carol estava lendo a carta no carro.

– Qual a estrada que a gente pega para sair? – o rosto de Carol parecia mais feliz.

– A 20, rumo oeste.

Carol ligou o rádio e girou o dial até encontrar música.

– Qual será uma boa cidade para hoje à noite, no caminho para Minneapolis?

– Dubuque – disse Therese, consultando o mapa. – Ou Waterloo, que parece razoavelmente grande, mas fica a cerca de 330 quilômetros de distância.

– Quem sabe a gente consegue chegar.

Pegaram a autoestrada 20 em direção a Freeport e Galena, marcada no mapa como lar de Ulysses S. Grant.

– O que disse Abby?

– Nada demais. Só uma carta muito simpática.

Carol falou pouco no carro, ou mesmo na lanchonete onde pararam mais tarde para tomar um café. Carol se aproximou de uma vitrola automática que alimentou lentamente com moedas.

– Você gostaria que Abby tivesse vindo, não é? – perguntou Therese.

– Não – respondeu Carol.

– Ficou tão diferente desde que recebeu a carta dela.

Carol olhou para ela do outro lado da mesa:

– Querida, é apenas uma carta boba. Você pode até lê-la, se quiser – Carol estendeu a mão para pegar a bolsa, mas não tirou a carta.

Em alguma hora no final da tarde, Therese adormeceu no carro e acordou com as luzes de uma cidade na sua cara. Carol descansava os dois braços, cansada, no volante. Haviam parado em um sinal vermelho.

– É aqui que vamos passar a noite – disse Carol.

O sono de Therese ainda grudava nela ao atravessar o vestíbulo do hotel. Ela subiu em um elevador, com a consciência precisa de ter Carol a seu lado, como se ela estivesse em um sonho cujo tema e único protagonista fosse Carol. No quarto, tirou a valise do chão e a botou em uma cadeira, abriu-a e deixou-a ali e ficou ao lado da escrivaninha a observar Carol. Suas emoções, como se estivessem pendentes durante as horas passadas, agora a invadiam enquanto olhava Carol abrir a valise, tirando primeiro, como sempre fazia, o estojo de couro com seus artigos de toalete, deixando-o cair na cama. Ela olhava para as mãos de Carol, para a mecha de cabelo que caiu sobre o lenço atado em volta de sua cabeça, para o arranhão que ela sofrera dias atrás no dedão do seu mocassim.

– O que você está fazendo aí à toa? – perguntou Carol. – Vá para cama, sonolenta.

– Carol, eu te amo.

Carol se endireitou. Therese fitou-a com um olhar intenso e sonolento. Então Carol acabou de tirar o pijama da valise e abaixou a tampa. Ela foi até Therese e pôs as mãos nos ombros dela.

Apertou-os com força, como se estivesse extraindo uma promessa dela, ou talvez examinando-a para ver se o que ela dissera era verdade. Em seguida beijou Therese na boca, como se já tivessem se beijado milhares de vezes.
– Você não sabe que eu te amo? – disse Carol.
Carol levou o pijama para o banheiro e ficou um instante olhando a pia.
– Eu vou sair – disse Carol. – Mas volto logo.
Therese esperou ao lado da mesa na ausência de Carol, enquanto o tempo passava infinitamente ou talvez não passasse de todo, até que a porta se abriu e Carol entrou de novo. Pôs uma sacola de papel na mesa, e Therese percebeu que ela só saíra para comprar uma caixa de leite, tal como Carol ou ela mesma faziam com frequência à noite.
– Posso dormir com você? – perguntou Therese.
– Você viu a cama?
Era uma cama de casal. Elas ficaram sentadas de pijama, bebendo leite e dividindo uma laranja que Carol não conseguiu acabar por causa do sono. Em seguida Therese botou a caixa de leite no chão e olhou para Carol, que já dormia, de barriga para baixo, com um braço para cima, como sempre fazia quando adormecia. Therese apagou a luz. Então Carol enfiou o braço sob seu pescoço, e seus corpos se tocaram em toda sua extensão, se encaixando como se algo houvesse previamente organizado aquilo. A felicidade era como uma trepadeira verde a se espalhar por ela, estendendo finas gavinhas, dando flores através de sua carne. Ela teve a visão de uma flor branca desbotada, tremeluzindo como se vista na escuridão, ou através da água. Por que as pessoas falavam em céu?, pensou ela.
– Vá dormir – disse Carol.
Therese esperava que ela não fosse. Mas quando sentiu a mão de Carol mexer no seu ombro, percebeu que dormira. Amanhecia agora. Os dedos de Carol apertaram seu cabelo, Carol beijou-a na boca, e o prazer mergulhou de novo em Therese como se fosse apenas a continuação do momento em que Carol enfiara o braço

sob seu pescoço na noite anterior. Eu te amo, queria repetir Therese, e em seguida as palavras foram apagadas pelo tremendo prazer que se espalhava em ondas dos lábios de Carol para seu pescoço, seus ombros, que disparou de repente por todo o seu corpo. Seus braços seguravam Carol com força, e ela estava ciente da presença de Carol, e de mais nada, da mão de Carol que deslizava pelas suas costelas, do cabelo de Carol que roçava seus seios desnudos, e em seguida seu corpo também pareceu sumir em círculos crescentes que se alargavam mais e mais, para além de onde podiam chegar os pensamentos. Enquanto milhares de instantes e recordações, palavras, a primeira querida, a segunda vez que Carol a encontrara na loja, mil recordações do rosto de Carol, de sua voz, de instantes de raiva e de risos, lampejavam como a cauda de um cometa através de seu cérebro. E agora era a distância azul-clara e o espaço, um espaço em expansão no qual ela fugiu de repente como uma longa seta. A seta pareceu atravessar um abismo absurdamente largo com facilidade, pareceu desenvolver uma parábola contínua no espaço, não chegando a parar. Então ela percebeu que ainda estava agarrada a Carol, que tremia violentamente, e que a seta era ela mesma. Distinguiu os cabelos claros de Carol na frente de seus olhos, e agora a cabeça de Carol estava encostada na dela. E não precisava perguntar se aquilo estava certo, não era da conta de ninguém, porque aquilo não poderia ser mais certo e perfeito. Ela apertou Carol com mais força de encontro a seu corpo, e sentiu a boca de Carol contra sua própria boca a sorrir. Therese ficou imóvel, olhando para ela, para a cara de Carol a apenas centímetros de distância, para seus olhos cinzentos tranquilos como ela jamais os vira, como se retivessem parte do espaço do qual ela acabara de emergir. E parecia estranho que ainda fosse o rosto de Carol, com as sardas, a sobrancelha loura recurvada que ela conhecia, a boca agora tão calma quanto os olhos, como Therese a vira muitas vezes antes.

– Meu anjo – disse Carol. – Surgido do espaço.

Therese olhou para cima, para os cantos do quarto, muito mais claros agora, para a cômoda com a fachada arredondada e os puxadores de gavetas em forma de escudo, para o espelho sem moldura de extremidades bisotadas, para as cortinas de padronagem verde que caíam retas nas janelas e para os cumes cinzas de dois prédios que apareciam logo acima do peitoril. Ela se lembraria para sempre de cada detalhe deste quarto.

– Que cidade é esta? – perguntou ela.

Carol riu.

– Esta? Esta é Waterloo – ela estendeu a mão para apanhar um cigarro. – Não é incrível?

Sorrindo, Therese se apoiou em um cotovelo. Carol enfiou um cigarro entre os lábios.

– Há umas duas Waterloos em cada estado – disse Therese.

Capítulo dezesseis

Therese saiu para comprar jornais enquanto Carol se vestia. Entrou no elevador e se virou exatamente no meio dele. Sentia-se um pouco estranha, como se tudo tivesse se deslocado e as distâncias já não fossem exatamente as mesmas, o equilíbrio não fosse exatamente o mesmo. Atravessou o vestíbulo até a banca de jornais no canto.

– O *Courier* e o *Tribune* – disse ao sujeito, pegando-os, e até mesmo pronunciar as palavras era tão estranho quanto os nomes dos jornais que comprou.

– Oito centavos – disse o homem, e Therese olhou para o troco que ele lhe dera, constatando que a diferença entre oito centavos e 25 ainda permanecia a mesma.

Ela perambulou pelo vestíbulo, olhou pelo vidro da barbearia onde dois homens faziam a barba. Um preto engraxava sapatos. Alguém alto, com um charuto e chapéu de abas largas, passou andando por ela. Este vestíbulo ela também haveria de lembrar para sempre, as pessoas, o trabalho de marcenaria antiquado na base do balcão da recepção e o sujeito de sobretudo preto que olhou para ela por cima de seu jornal, se afundou na poltrona e continuou lendo ao lado da coluna de mármore cor de creme.

Quando Therese abriu a porta do quarto, a visão de Carol trespassou-a como uma lança. Ela se deteve um momento com a mão na maçaneta.

Carol olhou para ela do banheiro, segurando o pente suspenso sobre a cabeça. Olhou-a de cima a baixo.

– Não faça isso em público – disse Carol.

Therese jogou os jornais na cama e foi até ela. Carol pegou-a de repente em seus braços. Ficaram se segurando como se jamais quisessem se separar. Therese tremeu, e havia lágrimas em seus olhos. Era difícil encontrar as palavras, presa no abraço de Carol, em um contato maior que o do beijo.

– Por que você esperou tanto? – perguntou Therese.

– Porque... achei que não haveria segunda vez, que eu não ia querer. Mas não é verdade.

Therese pensou em Abby, e foi como um raio fino de amargura que caiu entre elas. Carol soltou-a.

– E havia algo mais... ter você em volta a me lembrar, conhecendo você e sabendo que seria tão fácil. Me desculpe. Não era justo.

Therese trincou os dentes com força. Observou Carol se afastar lentamente até o outro lado do quarto, viu o espaço aumentar e se lembrou da primeira vez que a vira se afastar tão lentamente na loja, para sempre, pensara então. Carol também amara Abby, e se condenava por isso. Tal como faria um dia por tê-la amado, imaginou Therese. Agora Therese compreendia por que as semanas de dezembro e janeiro haviam sido repletas de raiva e indecisão, de censuras alternadas com mimos. Mas compreendia também que, não importa o que Carol formulasse em palavras, não havia mais indecisões nem barreiras no momento. Não havia tampouco Abby, depois desta manhã, a despeito do que acontecera entre Carol e Abby no passado.

– Era? – perguntou Carol.

– Você me deixou tão feliz desde que te conheci – disse Therese.

– Não te acho capaz de julgar.

– Sou capaz sim, esta manhã.

Carol não respondeu. Apenas o atrito da tranca da porta veio como resposta. Carol trancara-a, e elas estavam sozinhas. Therese foi em sua direção, direto para seus braços.

– Eu te amo – disse Therese, só para ouvir as palavras. – Eu te amo, te amo.

Mas Carol parecia não prestar propositalmente quase nenhuma atenção a ela naquele dia. Havia era mais arrogância no ângulo de seu cigarro, na maneira como deu ré no carro para se afastar do meio-fio, praguejando, sem ser exatamente de brincadeira.

– Aqui ó, se vou botar 25 centavos num parquímetro, com um campo bem à vista – mas quando Therese flagrou-a olhando para ela, os olhos de Carol estavam sorridentes. Carol brincava com ela, apoiando-se no seu ombro diante de uma máquina de vender cigarros, encostando no seu pé debaixo das mesas. Aquilo deixava Therese lânguida e tensa ao mesmo tempo. Ela pensou nas pessoas que vira se dando as mãos no cinema, por que não ela e Carol? E no entanto, quando ela apenas pegou no braço de Carol quando escolhiam uma caixa de bombons em uma loja de doces, Carol murmurou:

– Não faça isso.

Therese mandou uma caixa de bombons para a sra. Robichek da loja de doces em Minneapolis e também uma caixa para os Kelly. Mandou uma caixa exageradamente grande para a mãe de Richard, uma caixa dupla com separações de madeira que ela sabia que a sra. Semco usaria depois na sua costura.

– Você já fez isso com Abby? – perguntou abruptamente Therese, no final da tarde, no carro.

Os olhos de Carol compreenderam de repente e ela piscou.

– Que perguntas que você faz – disse ela. – É claro.

Claro. Ela já sabia.

– E agora...?

– Therese...

Ela perguntou rigidamente:

– Foi praticamente a mesma coisa que comigo?

Carol sorriu:

– Não, querida.

– Não acha mais agradável do que dormir com homens?

Seu sorriso foi divertido.

– Não necessariamente. Depende. Quem você conheceu além de Richard?

– Ninguém.
– Bem, não acha que devia experimentar mais alguns?

Therese ficou muda por um instante, mas tentou ser natural, tamborilando com os dedos no livro em seu colo.

– Quero dizer, em alguma outra ocasião, querida. Você tem uma porção de anos pela frente.

Therese não disse nada. Ela não conseguia imaginar que jamais pudesse se separar de Carol. Isso era outra pergunta que surgira na sua cabeça desde o início, que agora martelava seu cérebro com uma dolorosa insistência a pedir resposta. Haveria Carol de querer deixá-la um dia?

– Quero dizer, a escolha de quem vai dormir com você depende tanto do hábito – prosseguiu Carol. – E você é jovem demais para tomar grandes decisões. Ou criar hábitos.

– Será que você é apenas um hábito? – perguntou ela, sorrindo, mas percebendo a mágoa na própria voz. – Você quer dizer que não passa disso?

– Therese... será que é hora de ficar tão melancólica?

– Não estou sendo melancólica – protestou ela, mas pisando novamente em uma fina camada de gelo, cheia de incertezas. Ou o problema era que sempre queria um pouquinho mais do que tinha, não importa quanto tivesse? Ela disse impulsivamente: – Abby também te ama, não é?

Carol se espantou um pouco, e largou o garfo.

– Abby me amou praticamente durante toda a vida – tanto quanto você.

Therese fitou-a.

– Um dia vou te contar. Seja lá o que aconteceu, é coisa passada. Meses e meses atrás – disse ela, tão baixo que Therese mal pôde ouvir.

– Só meses.
– Sim.
– Me conte agora.
– Não é o lugar nem a hora.
– Não existe nunca a hora – disse Therese. – Você não disse que nunca há uma hora certa?

– Eu disse isso? Sobre o quê?

Mas nenhuma delas disse nada durante um instante, porque uma nova lufada de vento arremessou a chuva como um milhão de balas contra o capô e o para-brisa, e por um momento elas não poderiam ouvir mais nada. Não havia trovoadas, como se o trovão, em algum lugar lá em cima, se abstivesse de competir com aquele outro deus da chuva. Elas esperaram ao abrigo inadequado de um morro ao lado da estrada.

– Talvez eu te conte o meio – disse Carol –, porque é tão engraçado e irônico. Foi no inverno passado, quando tínhamos a loja de móveis. Mas não posso começar sem te contar a primeira parte, e isso foi quando éramos crianças. Nossas famílias moravam perto em New Jersey, de modo que a gente se via durante as férias. Abby sempre teve uma ligeira paixonite por mim, eu achava, até mesmo quando tínhamos seis ou oito anos. Então ela me escreveu umas duas cartas quando tinha catorze anos e estava longe, no colégio. E a essa altura eu já ouvira falar de garotas que preferiam garotas. Mas os livros também diziam que isso desaparece depois dessa idade. – Ela fazia pausas entre as frases, como se omitisse frases no meio.

– Você foi colega de colégio dela?

– Nunca. Meu pai me mandou para um outro colégio, fora da cidade. Então Abby foi para a Europa, quando tinha dezesseis anos, e eu não estava em casa quando ela voltou. Eu a vi uma vez numa festa mais ou menos na época em que me casei. Ela parecia muito diferente então, não mais como uma menina meio masculinizada. Em seguida Harge e eu fomos morar em outra cidade, e eu não a vi mais – na verdade durante anos, até bem depois que Rindy nasceu. Às vezes ela vinha ao centro hípico onde Harge e eu costumávamos montar a cavalo. Algumas vezes cavalgamos juntos. Depois começamos a jogar tênis nas tardes de sábado, quando Harge geralmente jogava golfe. Sempre nos divertimos juntas. A antiga paixonite de Abby por mim nunca me veio à mente – éramos ambas tão mais velhas e tanta coisa acontecera. Eu tive uma ideia de abrir uma loja, porque queria conviver menos com Harge.

Achei que estávamos ficando entediados um com o outro e isso ajudaria. Por isso perguntei a Abby se ela não queria ser sócia, e começamos a loja de móveis. Depois de algumas semanas, para meu espanto, descobri uma atração por ela – disse Carol na mesma voz baixa. – Eu não conseguia compreender aquilo e fiquei um pouco com medo – me lembrando da antiga Abby e percebendo que ela talvez sentisse a mesma coisa, ou que ambas pudéssemos sentir. Por isso, tentei não deixar que Abby percebesse, e acho que consegui. Mas finalmente – e eis a parte engraçada – houve uma noite na casa de Abby no inverno passado. As estradas estavam cheias de neve naquela noite, e a mãe de Abby insistiu que ficássemos juntas no quarto de Abby, simplesmente porque a cama do quarto em que me hospedara antes estava sem lençóis, e era muito tarde. Abby disse que arrumaria a cama, ambas protestamos, mas a mãe de Abby insistiu – Carol sorriu um pouco e olhou para Therese, mas Therese sentiu que Carol sequer a enxergava. – Por isso fiquei com Abby. Nada teria acontecido se não fosse aquela noite, tenho certeza. Se não fosse pela mãe de Abby, daí a ironia, porque ela não ficou sabendo nada a respeito. Mas a coisa aconteceu, e eu me senti bastante igual a você, acho eu, tão feliz quanto você – Carol desembuchou o final, com a mesma voz, e de certo modo sem demonstrar emoção nenhuma.

Therese fitou-a, sem saber se era ciúme, raiva ou espanto que de repente estava confundindo tudo.

– E depois disso? – perguntou.

– Depois disso fiquei sabendo que eu estava apaixonada por Abby. Não sei por que não pôr logo os pingos nos is e dizer amor de verdade, já que todos os seus sintomas estavam presentes. Mas só durou dois meses, como uma doença que surgiu e se foi. – Então Carol disse em um tom de voz diferente: – Querida, não tem nada a ver com você e agora acabou. Eu percebi que você queria saber, mas não vi nenhum motivo para te contar antes. Tamanha é a desimportância disso.

– Mas se você sentia a mesma coisa por ela...

– Durante dois meses? – disse Carol. – Quando você tem um marido e uma filha, sabe, é um pouco diferente.

Diferente dela, quis dizer Carol, porque ela não tinha nenhuma dessas responsabilidades.

– É? Dá para simplesmente começar e acabar?

– Quando não se tem chance nenhuma – respondeu Carol.

A chuva estiava, mas só a ponto de poder ser agora percebida como chuva e não como um lençol sólido prateado.

– Não acredito.

– Você está em um estado que mal dá para conversar.

– Por que você é tão cínica?

– Cínica? Eu?

Therese não sentia bastante segurança para responder. O que era amar alguém, o que era exatamente o amor e por que acabava ou não acabava? Essas eram as verdadeiras perguntas, e quem saberia respondê-las?

– Está estiando – disse Carol. – Que tal a gente seguir em frente e procurar um bom conhaque em um canto qualquer? Ou será que este estado proíbe as bebidas alcoólicas?

Elas prosseguiram até a próxima cidade e encontraram um bar deserto no maior hotel. O conhaque estava delicioso, e elas pediram mais dois.

– É conhaque francês – disse Carol. – Um dia desses nós vamos à França.

Therese girou o copo bojudo entre os dedos. Ouvia-se o tique-taque de um relógio no final do bar. Um trem apitou à distância. E Carol deu um pigarro. Sons comuns, no entanto o momento não era comum. Nenhum momento fora comum desde aquela manhã em Waterloo. Therese fitou a luz marrom brilhante no copo de conhaque e de repente não teve dúvida de que um dia ela e Carol iriam à França. Em seguida, do sol marrom tremeluzente no copo, surgiu o rosto de Harge, a boca, o nariz, os olhos.

– Harge sabe sobre Abby, não sabe? – perguntou Therese.

– Sim. Ele me perguntou sobre ela uns meses atrás, e eu lhe contei toda a verdade do começo ao fim.

– Você contou... – ela pensou em Richard, imaginou como seria a reação dele. – É por isso que vocês estão se divorciando?

— Não. Não tem nada a ver com o divórcio. É outra ironia que eu tenha contado a Harge depois de tudo acabado. Uma tentativa equivocada de ser franca, quando Harge e eu já não tínhamos nada a preservar. Já tínhamos falado em divórcio. Por favor, não me faça recordar meus erros! – Carol franziu a testa.

— Quer dizer... ele certamente deve ter ficado com ciúme.

— Sim. Porque, independente de como optei por contar a coisa, acho que ficou claro que amei mais Abby durante certo tempo do que jamais o amei. Em determinada época, mesmo com a existência de Rindy, eu teria abandonado tudo para fugir com ela. Não sei como isso não aconteceu.

— E levado Rindy com vocês?

— Não sei. Só sei que o fato de Rindy existir me impediu de deixar Harge naquela ocasião.

— Você se arrepende?

Carol sacudiu lentamente a cabeça.

— Não. Não teria durado. Não durou, e talvez eu soubesse que não ia durar. Com o fracasso de meu casamento, eu estava com medo demais, fraca demais... – ela parou.

— Está com medo agora?

Carol ficou muda.

— Carol...

— Não estou com medo – disse ela obstinadamente, erguendo a cabeça.

Therese olhou para o perfil de seu rosto na luz fraca. E agora, queria ela perguntar, o que vai acontecer com Rindy? Mas ela sabia que Carol estava à beira de ficar repentinamente impaciente, de dar-lhe uma resposta qualquer, ou na verdade resposta alguma. Fica para outra vez, pensou Therese, não neste instante. Seria capaz de destruir tudo, até mesmo a solidez do corpo de Carol a seu lado, e a curva do corpo de Carol no suéter preto parecia a única coisa sólida do mundo. Therese passou o polegar pelo lado do corpo de Carol, da axila até a cintura.

— Lembro que Harge ficou especialmente aborrecido com uma viagem que fiz com Abby a Connecticut. Abby e eu fomos lá comprar umas coisas para a loja. Era só uma viagem de dois dias, mas ele disse: "Pelas minhas costas. Você precisou fugir". – repetiu Carol com amargura. Havia mais autorrecriminação na sua voz do que uma imitação de Harge.

– Ele ainda fala nisso?

– Não. Será algo de que valha a pena falar? Algo do que se orgulhar?

– É algo de que se envergonhar?

– É. Você sabe disso, não sabe? – perguntou Carol na sua voz distinta e firme. – Aos olhos do mundo é uma aberração.

A maneira como ela disse aquilo fez com que Therese não conseguisse chegar a sorrir.

– Você não acredita nisso.

– Gente como a família de Harge.

– Eles não são todo mundo.

– Já bastam. E você precisa viver no mundo. Você, quero dizer, e ainda não quero afirmar nada agora sobre quem você resolve amar – ela olhou para Therese e finalmente Therese notou um sorriso que nascia lentamente no seu olhar, trazendo com ele Carol. – Quero dizer responsabilidades no mundo em que vivem outras pessoas e que talvez não seja o seu. Neste exato momento não é mesmo, e é por isso que em Nova York eu fui exatamente a pessoa errada para você conhecer, porque eu te mimo e te impeço de amadurecer.

– Por que não para?

– Tentarei. O problema é que gosto de te mimar.

– Você é exatamente a pessoa certa para eu conhecer – disse Therese.

– Sou?

Na rua, Therese disse:

– Acho que Harge também não gostaria de saber que estamos fazendo uma viagem, não é?

– Ele não vai saber.

– Você ainda quer ir a Washington?

– Com certeza, se você tiver tempo. Pode se ausentar durante fevereiro inteiro?

Therese confirmou com a cabeça.

– A não ser que eu tenha alguma notícia em Salt Lake City. Eu disse a Phil para me escrever para lá. Mas é uma chance mínima – provavelmente Phil sequer escreverá, pensou ela. Mas se houvesse a mínima chance de um trabalho em Nova York, ela devia voltar. – Você prosseguiria até Washington sem mim?

Carol olhou para ela.

– Para dizer a verdade, não – disse, com um pequeno sorriso.

O quarto do hotel delas estava tão superaquecido quando voltaram aquela noite que precisaram abrir bem as janelas durante um tempo. Carol se recostou no peitoril da janela, praguejando contra o calor para diversão de Therese, que ela chamou de salamandra por conseguir tolerá-lo. Então Carol perguntou abruptamente:

– O que Richard disse ontem?

Therese nem sabia que Carol estava a par da última carta. Aquela que ele prometera, na carta de Chicago, mandar para Minneapolis e Seattle.

– Nada de mais – disse Therese. – Apenas uma carta de uma página. Ele ainda quer que eu escreva para ele. E eu não pretendo fazê-lo.

Ela jogara a carta fora, mas se lembrava dela:

Não tive notícias suas e estou começando a me dar conta do incrível amálgama de contradições que você é. Você é sensível, e não obstante tão insensível, imaginativa, e não obstante tão pouco imaginativa... Se você for abandonada por sua amiga caprichosa me informe que eu irei aí te buscar. Isso não vai durar, Terry. Conheço um pouco essas coisas. Vi Dannie, e ele quis saber notícias suas, o que você estava fazendo. Como se sentiria se eu lhe contasse? Eu não disse nada, por causa de você, porque acho que um dia você vai corar de vergonha. Ainda te amo, confesso. Vou aí me juntar a você – e te mostrar como é a América de verdade –, se você ainda me preza o suficiente para me escrever e dizer isto...

Era ofensivo a Carol, e Therese a rasgara. Therese sentou na cama, abraçando os joelhos, agarrando os pulsos por dentro das mangas do robe. Carol exagerara com a ventilação, e fazia frio no quarto. Os ventos de Minnesota haviam tomado posse do quarto, capturando a fumaça do cigarro de Carol e reduzindo-a a um nada. Therese observou Carol a escovar tranquilamente os dentes na pia.

– Você fala sério sobre não escrever para ele? É sua decisão? – perguntou Carol.

– Sim.

Therese ficou olhando Carol sacudir a água de sua escova de dentes e se afastar da pia, secando o rosto com uma toalha. Nada a respeito de Richard era tão importante quanto a maneira como Carol secava o rosto com uma toalha.

– Não vamos falar mais nada – disse Carol.

Ela sabia que Carol não diria mais nada. Sabia que Carol andara empurrando-a em direção a ele até este instante. Agora parecia que tudo fora talvez em benefício deste instante, quando Carol se virou e veio andando para ela e seu coração deu um gigantesco passo a frente.

Elas seguiram rumo ao Oeste, passando por Sleepy Eye, Tracy e Pipestone, às vezes pegando uma estrada indireta por mero capricho. O Oeste se descortinou como um tapete mágico, pontilhado pelas nítidas e densas unidades constituídas pela casa de fazenda, armazém, silo, que elas podiam enxergar a meia hora de distância antes de emparelhar com elas. Pararam uma vez em uma casa de fazenda para perguntar se podiam comprar gasolina suficiente para rodarem até o próximo posto. A casa cheirava a ricota fresca. Seus passos ressoavam cavos e solitários nas tábuas sólidas e marrons do piso, e Therese pensou em um ardente ataque de patriotismo – *América*. Havia o retrato de um galo na parede, feito de retalhos coloridos de pano costurados sobre um fundo preto, de uma beleza digna de um museu. O fazendeiro avisou-as sobre gelo na pista bem a oeste, por isso elas pegaram outra estrada para o sul.

Descobriram um circo mambembe naquela noite ao lado dos trilhos de uma ferrovia em uma cidade chamada Sioux Falls. Os artistas não eram muito bons. Therese e Carol sentaram-se em caixotes de laranja na primeira fila. Um dos acrobatas convidou-as a irem até a tenda dos artistas depois do espetáculo e insistiu em dar a Carol uma dúzia dos cartazes do circo, porque ela gostara deles. Carol mandou alguns para Abby, outros para Rindy, e mandou também para Rindy um camaleão verde em uma caixa de cerâmica. Foi uma noite que Therese jamais esqueceria, e, ao contrário da maioria das noites deste tipo, essa ficou marcada como inesquecível mesmo antes de acabar. Foi por causa do saco de pipocas que elas dividiram e do beijo que Carol lhe deu atrás de uma divisória qualquer na tenda dos artistas. Foi por causa do encanto especial de Carol – embora Carol encarasse com tanta naturalidade seus momentos de diversão – que parecia existir no mundo todo em torno delas, foi porque tudo funcionou perfeitamente, sem decepções ou problemas, exatamente como elas desejavam.

Therese se afastou do circo andando de cabeça baixa, perdida nos seus pensamentos.

– Duvido que eu volte a querer criar qualquer coisa de novo – disse ela.

– Por quê?

– Quero dizer... o que eu buscava fazer, senão isto? Estou feliz.

Carol pegou seu braço e apertou-o, enfiou o polegar com tanta força nele que Therese gritou. Carol olhou para uma placa de rua e disse:

– Fifth com Nebrasca. Acho que vamos por aqui.

– O que acontecerá quando voltarmos para Nova York? Não poderá mais ser a mesma coisa, poderá?

– Sim – disse Carol. – Até você se cansar de mim.

Therese riu. Ela ouviu o estalido macio da extremidade do lenço de Carol ao vento.

– A gente pode não morar juntas, mas será igual.

Não podiam morar juntas com Rindy, Therese sabia. Era inútil sonhar com isso. Porém já mais que bastava o fato de Carol ter prometido em palavras que seria igual.

Perto da fronteira de Nebrasca com Wyoming, pararam para jantar em um grande restaurante construído como uma cabana em uma floresta perene. Eram quase as únicas pessoas na grande sala de jantar, escolheram uma mesa perto da lareira. Abriram o mapa rodoviário e resolveram ir direto para Salt Lake City. Talvez ficassem lá alguns dias, disse Carol, porque era um lugar interessante e ela estava cansada de dirigir.

– Lusk – disse Therese, olhando o mapa. – Que nome sexy.

Carol recuou a cabeça, rindo:

– Onde fica?

– Na estrada.

Carol ergueu seu copo de vinho e disse:

– Château Neuf-du-Pape em Nebrasca. Vamos brindar a quê?

– A nós.

Foi algo como a manhã de Waterloo, pensou Therese, um tempo demasiadamente impecável e perfeito para parecer de verdade, embora fosse de verdade, e não apenas um conjunto de acessórios em uma peça – seus copos de conhaque no console da lareira, a fileira de chifres de veados acima, o isqueiro de Carol, o próprio fogo. Mas havia instantes em que ela se sentia atriz, se lembrava de vez em quando de sua identidade com espanto, como se andasse representando nesses últimos dias o papel de outra pessoa, alguém fabulosa e excessivamente sortuda. Olhou os galhos de pinheiro presos nas pranchas em cima, o homem e a mulher conversando inaudivelmente em uma mesa encostada na parede, o sujeito sozinho na sua mesa, fumando lentamente um cigarro. Ela pensou no homem sentado com o jornal no hotel em Waterloo. Não tinha ele os mesmos olhos desbotados e os longos sulcos de cada lado da boca? Ou seria apenas devido ao fato desse lampejo de consciência ser tão semelhante ao outro?

Passaram a noite em Lusk, a 145 quilômetros de distância.

Capítulo dezessete

– Sra. H. F. Aird? – o recepcionista olhou para Carol depois de ela ter assinado o livro de registro. – A senhora é a sra. Carol Aird?
– Sim.
– Mensagem para a senhora. – Ele se virou e pegou-a em um escaninho. – Telegrama.
– Obrigada – Carol olhou para Therese erguendo um pouco as sobrancelhas antes de abri-lo. Leu-o, de testa franzida, em seguida virou para o atendente: – Onde fica o Belvedere Hotel?
O recepcionista deu-lhe as instruções.
– Preciso pegar outro telegrama – disse Carol para Therese. – Quer esperar aqui enquanto vou pegá-lo?
– De quem?
– Abby.
– Está bem. Más notícias?
O cenho franzido ainda perdurava no seu olhar.
– Não sei até lê-lo. Abby diz apenas que tem um telegrama para mim no Belvedere.
– Mando subir as malas?
– Olhe... espere um pouco. O carro está estacionado.
– Por que não posso ir com você?
– Claro, se você quiser. Vamos a pé. Fica a poucos quarteirões.
Carol andava rápido. O frio estava agudo. Therese olhou à sua volta, para a cidade plana, de aparência organizada, e lembrou de Carol a dizer que Salt Lake City era a cidade mais limpa dos Estados Unidos. Quando o Belvedere ficou à vista, Carol de repente olhou para ela e disse:

– Abby provavelmente teve um surto e resolveu pegar um avião para nos encontrar aqui.

No Belvedere, Therese comprou um jornal, enquanto Carol ia até a recepção. Quando Therese se virou, ela acabava de baixar o telegrama, depois de lê-lo. Havia uma expressão espantada no seu rosto. Veio devagar na direção de Therese, que teve um lampejo mental de que Abby morrera, de que esta segunda mensagem era dos pais de Abby.

– Qual o problema? – perguntou Therese.

– Nada. Ainda não sei – Carol olhou em volta e bateu com o telegrama em seus dedos. – Preciso dar um telefonema. Talvez leve dez minutos – Ela consultou o relógio.

Eram quinze para as duas. O atendente do hotel disse que provavelmente conseguiria se comunicar com New Jersey em aproximadamente vinte minutos. Nesse meio tempo, Carol queria um drinque. Encontraram um bar no hotel.

– O que é? Abby está doente?

Carol sorriu.

– Não. Eu te conto depois.

– É Rindy?

– Não! – Carol terminou seu conhaque.

Therese ficou andando para cima e para baixo no vestíbulo enquanto Carol estava na cabine telefônica. Viu Carol balançar a cabeça várias vezes, viu-a atrapalhada para acender um cigarro, mas quando Therese chegou lá para acendê-lo, Carol já o acendera e fez um gesto para que ela se afastasse. Carol falou por três ou quatro minutos, em seguida saiu e pagou a conta.

– O que é, Carol?

Carol ficou um instante olhando pela porta do hotel.

– Agora vamos para o Temple Square Hotel – disse ela.

Lá pegaram outro telegrama. Carol abriu-o, deu uma olhada e rasgou-o, enquanto caminhavam até a porta.

– Acho melhor a gente não ficar aqui esta noite – disse Carol. – Vamos voltar para o carro.

Voltaram para o hotel em que Carol recebera o primeiro telegrama. Therese não disse nada para ela, mas sentiu que algo acontecera que significava que Carol precisava voltar para o Leste imediatamente. Carol disse ao recepcionista para cancelar a reserva do quarto delas.

– Eu gostaria de deixar um endereço para remeter qualquer outra correspondência – disse ela. – É o Brown Palace, Denver.

– Está certo.

– Muito obrigada. Isso vale pelo menos para a próxima semana.

No carro, Carol disse:

– Qual a próxima cidade em direção ao oeste?

– Oeste? – Therese consultou o mapa. – Wendover. É aquele trecho. Duzentos e oito quilômetros.

– Deus do céu! – disse subitamente Carol. Ela parou totalmente o carro, pegou o mapa e olhou-o.

– Que tal Denver? – perguntou Therese.

– Não quero ir para Denver – Carol dobrou o mapa e deu partida no carro. – Olha, vamos conseguir de qualquer maneira. Acenda um cigarro para mim, por favor, querida. E fique de olho no próximo lugar onde poderemos comer.

Ainda não haviam almoçado e já passava das três. Elas haviam falado desse trecho na noite anterior, a rodovia reta que ia para oeste a partir de Salt Lake City, atravessando o Great Salt Lake Desert. Tinham bastante gasolina, notou Therese, e provavelmente o lugar não era totalmente deserto, mas Carol estava cansada. Vinha dirigindo desde às seis da manhã. Carol dirigia depressa. De vez em quando punha o pé embaixo e o deixava ficar lá por um bom tempo antes de aliviar o pedal. Therese olhava-a, apreensiva. Sentiu que fugiam de alguma coisa.

– Alguém atrás de nós? – perguntou Carol.

– Não – no assento entre elas, Therese podia ver um pedaço do telegrama saindo da bolsa de Carol. "Entenda isso. Jacopo." Era tudo que ela conseguia ler. Ela lembrou que Jacopo era o nome do macaquinho na traseira do carro.

Elas chegaram a uma lanchonete de um posto de gasolina, isolado como uma verruga na paisagem plana. Talvez fossem as únicas pessoas a pararem ali há dias. Carol olhou para ela do outro lado da mesa forrada com um oleado branco e se recostou na cadeira dura. Antes que pudesse falar, chegou um velho de avental vindo da cozinha nos fundos e disse que só havia presunto, ovos e café. Então Carol acendeu um cigarro e se inclinou para frente, olhando para a mesa.

– Sabe o que está acontecendo? – disse ela. – Harge pôs um detetive para nos seguir desde Chicago.

– Um detetive? Para quê?

– Não consegue adivinhar? – disse Carol, quase num cochicho.

Therese mordeu a língua. Sim, podia adivinhar. Harge descobrira que elas estavam viajando juntas.

– Abby te disse?

– Abby descobriu – os dedos de Carol escorregaram pelo cigarro e a ponta queimou-a. Quando tirou o cigarro da boca, seus lábios começaram a sangrar.

Therese olhou em volta. O lugar estava vazio.

– Nos seguindo? – perguntou ela. – *Colado* na gente?

– Talvez ele esteja em Salt Lake City agora. Verificando todos os hotéis. É um negócio extremamente sujo, querida. Eu sinto muito, muito, muito. – Carol se recostou inquieta na cadeira. – Talvez seja melhor botá-la num trem e te mandar para casa.

– Está bem... se você acha que essa é a melhor solução.

– Não é preciso que você se imiscua nisso. Deixe que eles me sigam até o Alasca, se quiserem. Eu não sei o que obtiveram até agora. Não acho que seja muito.

Therese sentava-se rigidamente na beira da cadeira.

– O que ele faz... toma notas sobre a gente?

O velho voltou trazendo copos d'água para elas.

Carol confirmou com a cabeça.

– Tem também o negócio do gravador – disse ela, quando o sujeito se afastou. – Não tenho certeza se chegarão a esse ponto. Não tenho certeza se Harge faria isso – o canto de sua boca tremeu. Ela fixou a vista em um ponto do oleado branco, gasto. – Fico pensando se tiveram tempo para colocar um gravador em Chicago. Foi o único lugar em que ficamos mais de dez horas. Eu até espero que eles tenham feito. É tão irônico. Lembra de Chicago?

– Claro – ela tentou manter sua voz sob controle, mas era fingimento, como fingir autocontrole quando algo que você amava jaz morto diante de seus olhos. Elas teriam que se separar aqui. – E Waterloo? – ela pensou de repente no sujeito no vestíbulo.

– A gente chegou lá tarde. Não teria sido fácil.

– Carol, eu vi alguém... não tenho certeza, mas acho que o vi duas vezes.

– Onde?

– No vestíbulo em Waterloo, da primeira vez. De manhã. Então achei que vi o mesmo sujeito naquele restaurante com a lareira – na noite anterior, o restaurante com a lareira.

Carol fez com que ela contasse tudo sobre ambas as vezes e descrevesse cabalmente o sujeito. Ele era difícil de se descrever. Mas agora ela varria seu cérebro para extrair o mínimo detalhe possível, até a cor de seus sapatos. E era estranho e um tanto amedontrador desenterrar o que provavelmente não passava de uma parte de sua imaginação e associá-la a uma situação que era real. Achou que talvez estivesse até mentindo para Carol, à medida que notava o olhar de Carol se tornar cada vez mais intenso.

– O que você acha? – perguntou Therese.

Carol deu um suspiro.

– O que pode alguém pensar? Vamos ficar de olho nele pela terceira vez.

Therese olhou para seu prato. Era impossível comer.

– É a respeito de Rindy, não é?

– Sim – ela largou o garfo sem ter dado a primeira mordida e estendeu a mão para pegar um cigarro. – Harge quer a guarda total. Talvez, com isso, ache que pode consegui-la.

– Só porque estamos viajando juntas?

– É.

– Eu preciso te deixar.

– Ele que se dane – disse baixinho Carol, relanceando para um canto da sala.

Therese ficou esperando. Mas o que havia para esperar?

– Posso pegar um ônibus de algum lugar aqui e depois pegar um trem.

– Você quer ir? – perguntou Carol.

– Claro que não. Só que acho melhor.

– Está com medo?

– Com medo? Não – ela sentiu o olhar de Carol medindo-a tão gravemente como naquele momento em Waterloo, quando ela lhe dissera que a amava.

– Então você não vai porra nenhuma. Quero você comigo.

– Fala sério?

– Sim. Coma seus ovos. Pare de ser boba. – E Carol chegou a sorrir um pouco. – Vamos a Reno conforme planejamos?

– A qualquer lugar.

– E vamos sem pressa.

Alguns instantes depois, quando estavam na estrada, Therese repetiu:

– Eu ainda não tenho certeza se era o mesmo sujeito na segunda vez, sabe.

– Acho que você tem certeza – disse Carol. Em seguida, parou o carro de repente na longa estrada reta. Ficou sentada um instante em silêncio, olhando pela estrada abaixo. Em seguida olhou para Therese:

– Não dá para ir a Reno. É um pouco cômico demais. Conheço um lugar maravilhoso logo ao sul de Denver.

– Denver?

– Denver – disse Carol com firmeza, dando ré e fazendo uma volta com o carro.

Capítulo Dezoito

De manhã, ficaram nos braços uma da outra bem depois do sol ter entrado no quarto. O sol as esquentava pela janela do hotel na pequenina cidade cujo nome nem haviam notado. O chão lá fora estava coberto de neve.
— Vai ter neve em Estes Park — disse Carol.
— O que é Estes Park?
— Você vai gostar. Não parece Yellowstone. Fica aberto o ano todo.
— Carol, você não está preocupada, está?
Carol puxou-a para perto dela:
— Será que me comporto como se estivesse preocupada?
Therese não se preocupava. O pânico inicial sumira. Ela estava atenta, mas não do modo como ficara na tarde anterior, logo depois de Salt Lake City. Carol a queria junto dela, e seja lá o que for que acontecesse, elas enfrentariam sem fugir. Como era possível ter medo e estar apaixonada, pensou Therese. As duas coisas não combinavam. Como era possível ter medo, quando as duas ficavam todo dia mais fortes juntas? E toda noite. Cada noite era diferente, e cada manhã. Possuíam, juntas, um milagre.

A estrada de entrada em Estes Park era em declive. Os monturos de neve se acumulavam cada vez mais altos de ambos os lados dela, e então começaram as luzes, amarradas em arcos ao longo dos pinheiros, por cima da estrada. Era uma aldeia de casas, lojas e hotéis marrons feitos de toras de madeira. Havia música, e as pessoas andavam nas ruas iluminadas de cabeça erguida, como se estivessem encantadas.

– Gostei – disse Therese.

– Isso não quer dizer que você não tenha de vigiar o nosso homenzinho.

Levaram o som portátil para o quarto e tocaram uns discos que haviam acabado de comprar e outros antigos, de New Jersey. Therese tocou *Easy Living* algumas vezes, e Carol ficou sentada do outro lado do quarto, olhando-a, sentada no braço de uma poltrona com os braços cruzados.

– Que chatice eu te proporciono, não é?

– Ah, Carol... – Therese tentou sorrir. Era apenas um estado de espírito passageiro de Carol, apenas um instante. Mas fez Therese se sentir indefesa.

Carol olhou em volta, para a janela.

– E por que a gente não foi para a Europa para começo de conversa? Suíça. Ou pelo menos por que não viemos para cá de avião?

– Eu não gostaria nada – Therese olhou para a camisa de camurça amarela que Carol lhe comprara, pendurada no encosto da cadeira. Carol mandara uma verde para Rindy. Comprara uns brincos de prata, alguns livros, e uma garrafa de Triple Sec. Meia hora antes elas estavam felizes, caminhando juntas pelas ruas. – Foi o último uísque que você tomou lá embaixo – disse Therese.

– Uísque de milho deprime.

– É?

– Pior que conhaque.

– Vou te levar para o lugar mais bonito que conheço nesta região de Sun Valley – disse ela.

– Qual o problema com Sun Valley? – ela sabia que Carol gostava de esquiar.

– Sun Valley não é um lugar cem por cento certo – disse misteriosamente Carol –, este lugar é perto de Colorado Springs.

Em Denver, Carol parou e vendeu sua aliança de diamantes, em uma joalheria. Therese se sentiu meio perturbada por aquilo, mas Carol disse que o anel não significava nada para ela e que, aliás, ela detestava brilhantes. E era mais rápido do que telegrafar ao seu banco para mandar dinheiro. Carol queria parar em um hotel alguns quilômetros na vizinhança de Colorado Springs, onde já estivera, mas mudou de opinião logo que chegaram. Era demasiadamente parecido com um reduto turístico, disse ela, por isso foram para um hotel que dava as costas para a cidade e ficava de frente para as montanhas.

O quarto delas era comprido, da porta até as janelas quadradas que iam até o chão e se abriam sobre o jardim e, além, sobre as montanhas brancas e vermelhas. Havia toques de branco no jardim, estranhas piramidezinhas de pedra, um banco ou cadeira branca, sendo que o jardim parecia tolo em comparação com a magnífica paisagem à sua volta, a extensão plana que se erguia e formava montanhas sobre montanhas, enchendo o horizonte como um meio mundo. O mobiliário do quarto era louro como o cabelo de Carol, e havia uma estante de uma elegância ao gosto dela, cheia de alguns livros bons entre os ruins, e Therese sabia que jamais conseguiria ler nenhum deles enquanto estivessem ali. Um quadro de uma mulher com um grande chapéu preto, com um lenço vermelho no pescoço, pendia da parede acima da estante, e na parede ao lado da porta havia uma manta de couro marrom, não um couro de verdade, mas algo que alguém recortara de camurça marrom. Acima dela uma lamparina de lata com uma vela. Carol também alugou o quarto ao lado, que tinha uma porta de comunicação, apesar de elas não o usarem, nem sequer botarem suas malas nele. Planejaram ficar uma semana, ou mais, se gostassem.

Na manhã do segundo dia, Therese voltou de um passeio de inspeção pelo terreno do hotel e encontrou Carol parada ao lado da mesinha de cabeceira. Carol só lhe deu um olhar de relance e foi até a penteadeira, que olhou por baixo, e em seguida até o longo armário embutido atrás de uma seção de parede.

– Caso encerrado – disse Carol. – Agora vamos esquecer isso.

Therese sabia o que Carol estava procurando.

– Eu não pensei nisso – disse ela. – Sinto que a gente conseguiu despistá-lo.

— Só que ele provavelmente já chegou a Denver a essa altura — disse Carol tranquilamente. Ela sorriu, mas torcendo ligeiramente a boca. — E provavelmente dará uma chegada até aqui.

Era verdade, claro. Havia até uma remota possibilidade de o detetive tê-las visto passando de volta por Salt Lake City e as seguido. Se ele não as encontrasse em Salt Lake City, poderia indagar nos hotéis. Ela sabia que fora por isso que Carol deixara o endereço de Denver, já que na verdade não tencionavam ir a Denver. Therese se jogou na poltrona e olhou para Carol. Carol se deu ao trabalho de procurar um gravador, mas sua atitude era de arrogância. Ela até atraíra mais confusão vindo aqui. E a explicação, a solução desses fatos contraditórios não se encontrava em nenhum lugar a não ser na própria Carol, indecisa, no seu passo lento e inquieto, enquanto ia agora até a porta e se virava, na pose displicente da cabeça, na linha nervosa das sobrancelhas, que ora registravam irritação, ora serenidade. Therese olhou para o grande quarto, para o teto alto, para a grande cama simples e quadrada, quarto que, a despeito de toda sua modernidade, respirava um ar curiosamente antigo por sua amplitude, que ela associava ao Oeste americano, como os arreios exageradamente grandes que ela vira na baia lá embaixo. Uma espécie de limpeza, também. E no entanto, Carol procurava um gravador. Therese a observava, vindo de volta em sua direção, ainda de pijama e robe. Ela teve um ímpeto de ir até Carol e apertá-la em seus braços, arrastá-la para a cama, e o fato de não fazê-lo deixou-a tensa e alerta, encheu-a de uma exaltação reprimida, porém temerária.

Carol soprou fumaça para cima.

— Eu não estou ligando porcaria nenhuma. Espero que os jornais descubram e esfreguem o nariz de Harge na sua própria sujeira. Espero que ele gaste cinquenta mil dólares. Você quer fazer aquele passeio para estropiar a língua inglesa esta tarde? Já perguntou à sra. French?

Tinham conhecido a sra. French na noite anterior no salão de jogos do hotel. Ela não tinha carro, e Carol perguntara se ela gostaria de dar um passeio de carro com elas hoje.

– Eu perguntei a ela – disse Therese. – Ela disse que estaria pronta logo depois do almoço.

– Use sua camisa de camurça – Carol pegou o rosto de Therese entre as mãos, apertou suas faces e beijou-a. – Ponha-a agora.

Era uma viagem de seis, sete horas até a mina de ouro de Cripple Creek, passando pelo desfiladeiro de Ute e descendo uma montanha. A sra. French foi com elas, falando o tempo inteiro. Era uma mulher com cerca de setenta anos, com um sotaque de Maryland e um aparelho auditivo, pronta para sair do carro e escalar qualquer coisa, embora precisasse de ajuda a cada metro do percurso. Therese se sentia muito ansiosa em relação a ela, embora não gostasse nem de tocá-la. Achava que se a sra. French caísse, se quebraria em um milhão de pedaços. Carol e a sra. French conversavam sobre o estado de Washington, que a sra. French conhecia bem, já que lá vivia durante os últimos anos com um de seus filhos. Carol fez algumas perguntas, e a sra. French lhe contou tudo sobre os dez anos de viagens que vivia fazendo desde a morte do marido e sobre seus dois filhos, o de Washington e o outro, que morava no Havaí e trabalhava para uma companhia de processamento de abacaxis. Era evidente que a sra. French adorava Carol, e elas ainda veriam muito mais a sra. French. Eram quase onze horas quando voltaram para o hotel. Carol convidou a sra. French para cear com elas no bar, mas ela disse que estava cansada demais para qualquer coisa além de seus flocos de aveia e leite quente, que comeria no quarto.

– Que bom – disse Therese depois que ela se foi. – Prefiro ficar sozinha com você.

– Verdade, srta. Belivet? O que quer dizer? – perguntou Carol ao abrir a porta do bar. – É melhor você se sentar e me contar tudinho a respeito.

Mas não ficaram sozinhas no bar por mais de cinco minutos. Dois homens, um chamado Dave e o outro cujo nome Therese nem sabia nem queria saber, se aproximaram e as convidaram a se juntar a eles. Eram os dois que tinham vindo, no salão de jogos, convidar Carol e ela para jogar *gin rummy*, na noite passada. Carol declinara então. Agora disse:

– Claro, sentem-se – Carol e Dave começaram uma conversa que parecia muito interessante, mas Therese estava sentada em uma posição em que não podia participar direito. E o sujeito ao lado de Therese queria falar de outra coisa, um passeio a cavalo que ele acabara de fazer em volta de Steamboat Springs. Depois da ceia, Therese ficou esperando um sinal de Carol para irem embora, mas Carol estava ainda absorta na conversa. Therese já lera sobre o prazer especial que as pessoas têm ao ver que a pessoa que amam também exerce atração sobre outras. Ela simplesmente não era assim. Carol olhava para ela de vez em quando e lhe dava uma piscadela. Assim Therese ficou ali sentada durante uma hora e meia e conseguiu ser educada, porque sabia que Carol assim o desejava.

As pessoas que vinham juntar-se a elas no bar e às vezes na sala de jantar não a aborreciam tanto quanto a sra. French, que ia com elas fazer algum passeio de carro, quase todo dia. Então uma mágoa irritada, da qual Therese na verdade se envergonhava, se avolumava nela porque alguém a impedia de estar sozinha com Carol.

– Querida, você já pensou que um dia você também terá 71 anos?

– Não – respondeu Therese.

Mas havia outros dias em que saíam a passeio nas montanhas sozinhas, pegando qualquer estrada à vista. Uma vez toparam com uma cidadezinha de que gostaram e passaram a noite ali, sem pijamas ou escovas de dente, sem passado nem futuro, e a noite tornou-se mais uma daquelas ilhas no tempo, suspensa em algum canto do coração ou da memória, preservada e absoluta. Ou talvez não fosse nada a não ser felicidade, pensou Therese, uma felicidade total que deve ser bastante rara, tão rara que poucas pessoas já a conheceram. Mas se fosse apenas felicidade, então tinha extrapolado seus limites e se tornado outra coisa, uma espécie de pressão excessiva, de modo que o peso de uma xícara de café na sua mão, a velocidade de um gato a atravessar o jardim embaixo, a colisão silenciosa de duas nuvens parecia quase intolerável. E tal como ela não compreendera há um mês o fenômeno da felicidade súbita, não compreendia seu atual estado, que parecia uma sequela. Frequentemente, era mais doloroso que agradável, por isso ela temia sofrer de alguma deficiência grave e singular. Às vezes tinha medo, como se estivesse andando com a coluna quebrada. Se sentia alguma vez o ímpeto de contar a Carol, as palavras se dissolviam antes de ela começar, de medo e de sua habitual desconfiança das próprias reações, da ansiedade de que suas reações não fossem iguais às de ninguém, e de que portanto nem Carol fosse capaz de compreendê-las.

Nas manhãs, elas geralmente iam de carro a um lugar qualquer nas montanhas e abandonavam o carro para poder subir um morro. Dirigiam sem rumo pelas estradas em zigue-zague que pareciam linhas de giz unindo pico de montanha a pico de montanha. À distância podiam-se ver nuvens em volta dos picos que se projetavam acima delas, de modo que parecia que elas voavam pelo espaço, um pouco mais próximas do céu do que da terra. O ponto predileto de Therese era na rodovia acima de Cripple Creek, onde a estrada se agarrava na beirada de um gigantesco abismo. Centenas de metros abaixo jazia o pequenino emaranhado da cidade de mineração abandonada. Lá o cérebro e o olho trapaceavam entre si, pois era impossível manter uma noção consistente da proporção lá embaixo, impossível compará-la a qualquer escala humana. Sua própria mão erguida diante dela podia parecer liliputiana ou curiosamente grande. E a cidade ocupava apenas uma fração dessa enorme cavidade na terra, como uma experiência singular, um fato comum singular, assentado em um determinado território imensurável da mente. O olho, nadando no espaço, voltava a descansar no ponto que parecia uma caixa de fósforos atropelada por um carro, na confusão artificial da cidadezinha.

Therese vivia em busca do sujeito com os sulcos de cada lado da boca, mas Carol jamais. Carol sequer o mencionara a partir do segundo dia delas em Colorado Springs, e agora dez dias haviam se passado. Devido ao fato de o restaurante do hotel ser famoso, toda noite havia gente nova na grande sala de jantar, e Therese sempre dava olhadas em volta, na verdade sem esperança de vê-lo, mas como uma espécie de precaução tornada hábito. Carol, no entanto, não prestava atenção a ninguém, exceto a Walter, o garçom, que sempre vinha perguntar que coquetel queriam naquela noite. Muita gente olhava para Carol, entretanto, porque ela era geralmente a mulher mais atraente na sala. E Therese se sentia tão encantada de estar com ela, tão orgulhosa dela, que não olhava para mais ninguém, a não ser para Carol. Então, enquanto consultava o cardápio, Carol apertava lentamente o pé de Therese sob a mesa, para fazê-la sorrir.

– Que acha da Islândia no verão? – talvez perguntasse Carol, porque faziam questão de falar sobre viagens, se houvesse um silêncio logo que sentavam.

– Será que você precisa escolher lugares tão frios? Quando é que eu vou trabalhar?

– Não seja para baixo. Vamos convidar a sra. French? Acha que ela se importará se a gente andar de mãos dadas?

Uma manhã houve três cartas – de Rindy, Abby e Dannie. Era a segunda carta que Carol recebia da parte de Abby, que não dera mais notícias antes, e Therese notou que Carol abrira primeiro a carta de Rindy. Dannie escreveu que ele ainda esperava o resultado de duas entrevistas de trabalho. E relatou que Harkevy faria os cenários para uma peça inglesa chamada *The Faint Heart,* em março.

– Escuta só isso – disse Carol. – "Você viu algum tatu no Colorado? Pode me mandar um, porque o camaleão se perdeu. Papai e eu procuramos pela casa toda por ele. Mas se você me mandar o tatu ele será muito grande para se perder." Parágrafo seguinte. " Tirei noventa em inglês, mas só setenta em matemática. Eu detesto matemática. Detesto a professora. Bem, preciso acabar. Beijo para você, para Abby. Rindy. Beijosssss. P.S. Obrigada pela camisa de couro. Papai comprou para mim uma bicicleta tamanho normal que ele disse que eu era pequena demais no Natal. Não sou pequena demais. É uma bicicleta linda." Ponto final. Que adianta? Harge consegue sempre me superar – Carol largou a carta e pegou a de Abby.

– Por que Rindy disse " beijos pra você e pra Abby?" – perguntou Therese. – Ela pensa que você está com Abby?

– Não – o abridor de carta de madeira de Carol parara no meio do envelope de Abby. – Acho que ela pensa que eu escrevo para ela – respondeu, acabando de cortar o envelope.

– Quero dizer, Harge não teria contado a ela, teria?

– Não, querida – disse Carol, absorta na leitura da carta de Abby.

Therese levantou-se e atravessou o quarto, ficando junto à janela, olhando as montanhas. Ela devia escrever para Harkevy esta tarde, pensou, perguntando se haveria a oportunidade de um trabalho de assistente no seu grupo em março. Começou a redigir a carta na sua cabeça. As montanhas devolviam seu olhar como majestosos leões vermelhos olhando para seus focinhos. Ouviu Carol rir duas vezes, mas ela não leu nenhuma parte da carta.

– Nenhuma notícia? – perguntou Therese quando ela acabou.

– Nenhuma notícia.

Carol ensinou-a a dirigir nas estradas em volta do sopé das montanhas, onde quase nunca passava um carro. Therese aprendeu mais rápido do que jamais aprendera alguma coisa, e depois de uns dois dias, Carol deixou-a dirigir em Colorado Springs. Em Denver, fez um exame e tirou sua carteira. Carol disse que ela poderia dividir a direção na volta para Nova York, se quisesse.

Ele estava sentado uma noite sozinho em uma mesa atrás e à esquerda de Carol. Therese engasgou-se com nada e pousou o garfo. Seu coração começou a bater como se fosse escapar do peito a marteladas. Como é que ela chegara ao meio da refeição sem vê-lo? Levantou os olhos para o rosto de Carol e viu Carol observando-a, decifrando-a com os olhos cinzentos que não estavam exatamente tão tranquilos quanto um momento atrás. Carol parara no meio de dizer alguma coisa.

– Tome um cigarro – disse Carol, oferecendo-lhe um e acendendo-o para ela. – Ele não sabe que você é capaz de reconhecê-lo, sabe?

– Não.

– Bem, não deixe que ele descubra – Carol sorriu para ela, acendeu seu próprio cigarro e olhou na direção oposta à do detetive. – Fique calma – acrescentou no mesmo tom.

Era tão fácil dizer, fácil ter pensado que ela seria capaz de olhá-lo da próxima vez que o visse, mas o que adiantava tentar quando era como ser atingida na cara por uma bala de canhão?

– Não tem Alasca assado esta noite? – disse Carol, consultando o cardápio. – É de doer o coração. Sabe o que vamos pedir? – Ela chamou o garçom: – Walter!

Walter veio sorrindo, solícito para servi-las, tal como fazia toda noite.

– Sim, senhora.

– Dois Remy Martins, por favor – disse Carol.

O conhaque foi de pouca ajuda, se é que foi. O detetive não olhou uma única vez para elas. Ele lia um livro que encostou no porta-guardanapo de metal, e mesmo agora Therese teve uma dúvida tão forte quanto no café nas cercanias de Salt Lake City, uma incerteza de certo modo mais horrível do que saber positivamente que ele era o detetive.

– Precisamos passar por ele, Carol? – perguntou Therese. Havia uma porta às suas costas, que dava para o bar.

– Sim, essa é a maneira de sairmos – as sobrancelhas de Carol se ergueram junto com seu sorriso, exatamente como em qualquer outra noite. – Ele não pode fazer nada conosco. Você espera que ele puxe uma arma?

Therese seguiu-a, passando a trinta centímetros do sujeito cuja cabeça se abaixara em direção ao livro. À sua frente, ela viu a figura elegante de Carol a cumprimentar a sra. French, sentada sozinha em uma mesa.

– Por que não veio ficar com a gente? – disse Carol, e Therese se lembrou que as duas mulheres com quem a sra. French normalmente sentava tinham ido embora hoje.

Carol chegou a ficar ali alguns momentos em pé, conversando com a sra. French, e Therese admirou-a, mas não era capaz de ficar, por isso prosseguiu para esperar por Carol junto aos elevadores.

Lá em cima, Carol achou o pequeno instrumento fixado em um canto sob a mesinha de cabeceira. Carol pegou a tesoura e, usando ambas as mãos, cortou o fio que desaparecia sob o tapete.

– Será que o pessoal do hotel deixou-o entrar aqui, você acha? – perguntou Therese, horrorizada.

– Ele provavelmente tinha uma chave falsa – Carol arrancou a coisa da mesa e deixou-a cair no tapete, uma caixinha preta com um fio sobrando. – Olha só, parece um rato – disse ela. – Um retrato de Harge – seu rosto corara de repente.

– Para onde vai?

– Para algum quarto onde gravam. Provavelmente do outro lado do corredor. *Agradeça* a esses pisos metidos a besta, todo atapetados!

Carol chutou o gravador para o meio do quarto.

Therese olhou para a caixinha retangular e pensou nela a beber as palavras delas na noite passada. – Há quanto tempo deve estar aí?

– Há quanto tempo você acha que ele poderia estar aqui sem que você o notasse?

– Desde ontem, na pior das hipóteses – mas na mesma hora que falou, sabia que podia estar errada. Ela não poderia ter visto todos os rostos no hotel.

E Carol sacudia a cabeça.

– Ele levaria quase duas semanas para nos rastrear de Salt Lake City até aqui? Não, apenas resolveu jantar conosco esta noite – Carol afastou-se da estante com um copo de conhaque na mão. A cor deixara seu rosto. Chegou até a sorrir um pouco para Therese. – Que sujeito desastrado, não é? – ela se sentou na cama, enfiou um travesseiro atrás das costas e se recostou. – Bem, a gente já está aqui há bastante tempo, não?

– Quando você quer ir embora?

– Talvez amanhã. A gente arruma as coisas de manhã e sai depois do almoço. O que acha?

Mais tarde, foram até o carro e deram um passeio rumo ao oeste, na escuridão. Não vamos avançar mais em direção ao oeste, pensou

Therese. Ela não conseguia eliminar o pânico que dançava bem no seu âmago, que ela achava que vinha de algo que acontecera antes, algo que acontecera havia muito tempo, e não agora, não por causa disso. Ela estava inquieta, mas Carol não. Carol não fingia apenas tranquilidade, realmente não tinha medo. Ela disse, o que pode ele fazer, afinal de contas, mas simplesmente não queria ser espionada.

– Tem outra coisa – disse Carol. – Procure descobrir qual o seu carro.

Naquela noite, debruçadas sobre o mapa rodoviário, conversando sobre o itinerário do dia seguinte, falando casualmente como faria um casal de estranhos, Therese pensou que esta noite não seria com certeza igual à noite anterior. Mas quando se deram boa noite com um beijo na cama, Therese sentiu a súbita soltura delas, aquela reação impetuosa em ambas, como se seus corpos fossem feitos de substâncias que, quando combinadas, criavam inevitavelmente o desejo.

Capítulo dezenove

Therese não conseguiu descobrir qual o carro dele, porque os carros ficavam trancados em garagens separadas, e, embora ela tivesse uma vista das garagens do solário, ela não o viu sair naquela manhã. Tampouco o viram durante o almoço.

A sra. French insistiu para que fossem até seu quarto tomar um aperitivo quando soube que iam embora.

– Você deve ser nômade – disse para Carol. – Puxa, eu nem peguei seu endereço ainda!

Therese lembrou que haviam prometido trocar bulbos de flores. Ela recordou uma longa conversa no carro sobre bulbos que cimentara sua amizade. Carol teve uma incrível paciência até o fim. A gente jamais poderia adivinhar, ao ver Carol sentada no sofá da sra. French com o copinho que a sra. French vivia enchendo, que ela tinha tanta pressa em partir. A sra. French beijou ambas na face quando se despediram.

De Denver, pegaram uma rodovia para o norte na direção de Wyoming. Pararam para tomar café no tipo de lugar de que elas sempre gostaram, um restaurante comum, com um balcão e uma vitrola automática. Puseram moedas na vitrola, mas não era a mesma coisa que antes. Therese sabia que não seria igual durante o resto da viagem, embora Carol ainda falasse em ir para Washington a essa altura, e talvez até o Canadá. Therese percebia que a meta de Carol era Nova York.

Passaram sua primeira noite em um acampamento de turistas construído como um círculo de cabanas indígenas. Enquanto se despiam, Carol foi procurar no teto, onde os dois postes da cabana se encontravam, e disse, entediada:

– O trabalho a que alguns idiotas se dão – que por algum motivo Therese achou histericamente engraçado. Ela riu até Carol ficar cansada daquilo e ameaçar obrigá-la a beber uma caneca de conhaque se ela não parasse. E Therese ainda sorria, em pé ao lado da janela com um copo de conhaque na mão, à espera que Carol saísse do chuveiro, quando viu um carro encostar ao lado da grande cabana da administração. Depois de um instante, o homem que entrara no escritório saiu e olhou em volta das áreas escuras no interior do círculo de cabanas e seu passo vigilante chamou a atenção. De repente teve certeza, sem ver seu rosto, nem seu vulto nitidamente, que era ele o detetive.

– Carol! – chamou ela.

Carol abriu a cortina do chuveiro e olhou para ela, parando de se enxugar.

– É...

– Não sei, mas acho que sim – disse Therese, vendo a raiva se expandir lentamente no rosto de Carol, enrijecendo-o, abalando Therese e impondo-lhe determinada gravidade, como se acabasse de se dar conta de um insulto, a ela mesma ou a Carol.

– Deus do céu! – disse Carol, atirando a toalha no chão. Fechou seu robe e atou o cinto. – Sim... o que ele está fazendo?

– Acho que ele vai ficar aqui – Therese permaneceu meio recuada, na beira da janela. – Seu carro ainda está defronte à recepção, de todo modo. Se desligarmos a luz, serei capaz de enxergar muito melhor.

Carol deu um gemido.

– Ah, não. Eu não sou capaz disso. Isso me entedia – disse ela demonstrando o máximo de tédio e repugnância.

E Therese sorriu, de lado, refreando mais um impulso louco de rir, porque Carol teria ficado furiosa se ela risse. Em seguida, viu o carro avançar e sumir sob a porta da garagem de uma cabana do outro lado do círculo.

– Sim, ele vai ficar. É um sedã preto de duas portas.

Carol sentou-se na cama com um suspiro. Sorriu para Therese, um rápido sorriso de cansaço e tédio, de resignação, desamparo e raiva.

– Tome seu banho e se vista de novo.

– Mas eu não sei se é ele mesmo.

– Isso é exatamente a merda, querida.

Therese tomou banho e deitou-se vestida ao lado de Carol. Carol apagara a luz. Fumava um cigarro depois do outro no escuro, sem dizer nada, até que finalmente tocou no braço dela e disse:

– Vamos embora – eram três e meia quando elas partiram do acampamento turístico. Haviam pagado sua conta adiantado. Não havia nenhuma luz acesa em lugar algum e, a não ser que o detetive as observasse de luz apagada, ninguém as vira.

– O que você quer fazer, dormir de novo em outro canto? – perguntou-lhe Carol.

– Não. Você quer?

– Não. Vamos ver qual a distância que a gente consegue abrir – e ela pôs o pé no acelerador. A estrada era lisa e desimpedida até onde alcançava a luz dos faróis.

Quando raiava a aurora, um policial as parou por excesso de velocidade, e Carol teve de pagar uma multa de vinte dólares em uma cidade chamada Central City, Nebrasca. Atrasaram-se cinquenta quilômetros ao ter de seguir o policial até a pequenina cidade, mas Carol suportou tudo sem uma palavra, de uma maneira nada típica, ao contrário da vez em que ela discutira e convencera um policial a não prendê-la por excesso de velocidade, ainda por cima um tira de New Jersey.

– Que coisa irritante – disse Carol, quando voltaram para o carro, e foi tudo que disse durante horas.

Therese se ofereceu, mas Carol disse que queria dirigir. E a planície de Nebrasca se estendia diante delas, amarela com os restolhos das plantações de aveia, manchada de marrom pelas pedras e terra nua, enganosamente quentes no sol branco de inverno. Como avançavam agora um pouco mais devagar, Therese teve uma sensação de pânico de estar imóvel, como se a terra corresse sob elas e elas permanecessem paradas. Ela observava a estrada atrás de si em busca de outra patrulha, do carro do detetive e da coisa disforme e sem nome que lhe dava a sensação de estarem sendo perseguidas desde Colorado Springs. Ela observava a terra e o céu em busca dos fatos insignificantes a que sua mente teimava em emprestar significado, o abutre que se inclinava lentamente no céu, o rumo que tomava um emaranhado de mato que saltava ao vento sobre um campo cheio de sulcos, e se havia ou não havia fumaça saindo de uma chaminé. Por volta das oito horas, um sono irresistível fez pesar suas pálpebras e nublar sua cabeça, de modo que ela mal se espantou ao ver um carro atrás delas semelhante ao carro que ela procurava, um sedã de duas portas, de cor escura.

– Tem um carro parecido atrás da gente – disse. – Com uma placa amarela.

Carol não disse nada por um instante, mas olhou no espelho e exalou ar por seus lábios comprimidos.

– Duvido. Se for, ele é um sujeito mais competente do que eu pensei – ela diminuiu a marcha. – Se eu deixá-lo passar, você acha que é capaz de reconhecê-lo?

– Sim – não seria ela capaz de reconhecer a imagem mais imperfeita dele a essa altura?

Carol diminuiu até quase parar e pegou o mapa rodoviário para consultar. O outro carro se aproximou, era ele dentro, e passou.

– É – disse Therese. O homem não olhara para ela.

Carol botou o pé no acelerador.

– Você tem certeza, tem?

– Positivo – Therese viu o velocímetro chegar a 105 e subir ainda. – O que você vai fazer?

– Falar com ele.

Carol foi aliviando a velocidade à medida que encurtavam a distância. Elas emparelharam com o carro do detetive, e ele se virou para olhar para elas, sem mexer a boca larga e reta, com os olhos como dois pontos redondos e cinzentos, inexpressivos como a boca. Carol fez sinal com a mão, para cima e para baixo. O carro do sujeito diminuiu a velocidade.

– Abaixe sua janela – disse Carol para Therese.

O carro do detetive encostou no acostamento arenoso da estrada e parou.

Carol parou seu carro com as rodas traseiras na estrada e falou pela janela de Therese.

– Você gosta da companhia da gente ou o quê? – perguntou ela.

O sujeito saiu do carro e fechou a porta. Uns três metros de chão separavam os carros, o detetive atravessou metade da distância e ficou em pé ali. Seus olhinhos mortos tinham bordas escuras em volta das íris cinzentas, como os olhos fixos e vazios de uma boneca. Ele não era jovem. Seu rosto parecia gasto pelo clima que atravessara, e a sombra de sua barba aprofundava os sulcos vergados de cada lado da boca.

– Estou fazendo meu trabalho, sra. Aird – disse ele.

– Isso é bastante óbvio. É um trabalho sujo, não é?

O detetive bateu um cigarro na unha do polegar e acendeu-o entre as lufadas de vento, com uma lentidão que lembrava uma atuação teatral.

– Pelo menos, está quase terminado.

– Então por que não nos deixa em paz? – disse Carol, com a voz tão tensa quanto o braço que a sustentava contra o volante.

– Porque tenho ordens para segui-las nessa viagem. Mas se a senhora estiver voltando para Nova York, eu não preciso mais. Eu lhe aconselho a voltar, sra. Aird. Vai voltar agora?

– Não, não vou não.

– Porque eu tenho uma informação da qual eu diria que é do seu interesse voltar e cuidar.

– Obrigada – disse cinicamente Carol. – Muito obrigada por me contar. Não está nos meus planos voltar já. Mas posso lhe dar nosso itinerário, para que possa nos deixar em paz e recuperar seu sono perdido.

O detetive olhou para ela com um sorriso falso e sem sentido, em nada parecido com o de uma pessoa, mas como uma máquina em que se deu corda e apontou para determinado rumo.

– Acho que a senhora voltará para Nova York. Estou lhe dando um bom conselho. Sua filha está em jogo. A senhora sabe disso, não sabe?

– Minha filha é propriedade minha!

Um sulco se contraiu na face dele.

– Um ser humano não é propriedade de ninguém, sra. Aird.

Carol levantou a voz.

– Vai grudar na gente pelo resto do caminho?

– A senhora vai para Nova York?

– Não.

– Acho que irá – disse o detetive, virando-se devagar e indo para seu carro.

Carol deu partida. Ela pegou a mão de Therese e apertou-a por um momento para se confortar, e então o carro disparou adiante. Therese sentou-se empertigada, com os cotovelos nos joelhos e mãos comprimindo a testa, entregue a uma vergonha e a um assombro como jamais sentira, e que ela reprimira diante do detetive.

– Carol!

Carol chorava, em silêncio. Therese olhava para a curva descendente de seus lábios, que não lembrava nada Carol, e sim a careta contorcida de uma menininha chorando. Olhou incrédula para a lágrima que rolou pela maçã do rosto de Carol.

– Me dê um cigarro – disse Carol.

Quando Therese entregou-o, ela já havia secado a lágrima e tudo passara. Carol dirigiu por um minuto devagar, fumando o cigarro.

– Passe para trás e pegue a arma – disse Carol.

Therese ficou um momento sem ação.

Carol olhou para ela.

– Por favor?

Therese, de calças, pulou com agilidade o encosto do banco e arrastou a valise azul-marinho para cima do assento. Abriu os trincos e tirou o suéter com a arma.

– Me dê ela aqui – disse calmamente Carol. – Quero que ela fique no bolso de dentro – esticou o braço por cima de seu ombro,

Therese colocou o cabo branco da arma na sua mão e deslizou de volta para o assento dianteiro.

O detetive ainda as seguia, a quase um quilômetro de distância, atrás da camionete com grade que entrara na rodovia a partir de uma estrada de terra. Carol segurava a mão de Therese e dirigia com sua mão esquerda. Therese olhou para os dedos ligeiramente sardentos, cujas pontas frias e fortes se cravavam na palma de sua mão.

— Vou falar de novo com ele — disse Carol, e apertou firme o acelerador. — Se você quiser saltar, eu deixarei você no próximo posto de gasolina ou em algum lugar e voltarei para pegar você.

— Não quero abandonar você — disse Therese. Carol ia exigir os registros do detetive, e Therese viu uma imagem de Carol ferida, dele sacando a arma com a velocidade de um perito e atirando antes de Carol sequer conseguir puxar o gatilho. Mas essas coisas não aconteciam, não haveriam de acontecer, pensou ela, comprimindo os dentes. Ela amassou a mão de Carol entre seus dedos.

— Está bem. E não se preocupe. Só quero falar com ele — ela deu um golpe de direção e entrou em uma estrada menor que saía da rodovia, à esquerda. A estrada subia entre campos inclinados, virando e passando entre uma mata. Carol dirigia rápido, embora a estrada fosse ruim. — Ele está vindo, não está?

— Sim.

Havia uma sede de fazenda situada nos morros ondulantes, e em seguida nada além de um terreno cheio de mato pedregoso e a estrada que não parava de ser engolida pelas curvas diante dela. Onde a estrada corria agarrada a um morro em aclive, Carol fez uma curva e parou o carro desleixadamente, meio na estrada.

Enfiou a mão no bolso lateral e tirou a arma. Abriu algo nela, e Therese viu as balas lá dentro. Em seguida Carol olhou pelo para-brisa e deixou suas mãos com a arma caírem no colo.

— Melhor não, melhor não — disse rapidamente, enfiando a arma de volta no bolso do lado. Em seguida avançou o carro e endireitou-o ao lado do barranco. — Fique no carro — disse ela a Therese, e saltou.

Therese ouviu o carro do detetive. Carol caminhou lentamente em direção ao ruído, então o carro do detetive fez a curva, sem pressa, porém seus freios rangeram, e Carol passou para o lado da estrada. Therese abriu ligeiramente a porta e se apoiou na base da janela.

O sujeito saltou de seu carro.

– Agora o que é? – disse ele, alteando sua voz no vento.

– O que você acha? – Carol se aproximou um pouco mais dele. – Eu gostaria de ter tudo que você conseguiu a meu respeito, fitas gravadas e o que mais for.

As sobrancelhas do detetive mal se ergueram sobre os pontos desbotados de seus olhos. Ele se encostou no para-choque dianteiro do carro, com um sorriso debochado na sua boca larga e fina. Olhou para Therese e de volta para Carol. – Tudo já foi enviado. Não tenho nada senão algumas anotações. Sobre horas e lugares.

– Está bem. Eu gostaria de ficar com elas.

– Você quer dizer que quer comprá-las?

– Eu não disse isso, eu disse que gostaria de tê-las. Você prefere vendê-las?

– Eu não sou dessas pessoas que se vendem – disse ele.

– E para que você está fazendo isso, aliás, se não por dinheiro? – perguntou Carol, impaciente. – Por que não ganhar mais um pouquinho? Quanto você quer pelo que tem?

Ele cruzou os braços:

– Eu já disse que tudo foi despachado. Você estaria jogando seu dinheiro fora.

– Acho que você ainda não despachou as fitas gravadas de Colorado Springs – disse Carol.

– Não? – perguntou ele sarcasticamente.

– Não. Eu te pagarei o que você pedir por elas.

Ele olhou Carol de cima a baixo, olhou para Therese, e novamente sua boca se alargou.

– Pegue as fitas, gravações, seja o que forem – disse Carol, e o sujeito se mexeu.

Ele contornou seu carro até a mala, e Therese ouviu o tilintar de suas chaves ao abri-la. Therese saiu do carro, incapaz de ficar mais tempo ali sentada. Caminhou até poucos metros de Carol e parou. O detetive estava pegando algo em uma grande valise. Quando ele se aprumou, a tampa levantada da mala derrubou seu chapéu. Ele pisou na aba para segurá-lo contra a ação do vento. Agora segurava uma coisa na mão, demasiadamente pequena para se distinguir.

– Tem duas – disse ele. – Acho que valem quinhentos. Valeriam mais, se não houvesse outras em Nova York.

– É um ótimo vendedor. Não acredito em você – disse Carol.

– Por quê? Lá em Nova York eles têm pressa de recebê-las – ele apanhou o chapéu e fechou a mala. – Mas já têm bastante agora. Eu disse à senhora que era melhor voltar para Nova York, sra. Aird – ele apagou o cigarro na terra, torcendo o bico do sapato diante de si. – A senhora vai voltar agora para Nova York?

– Eu não mudo de opinião – disse Carol.

O detetive deu de ombros:

– Eu não estou de lado nenhum. O quanto antes a senhora voltar para Nova York, o mais rápido a gente fica quite.

– A gente pode quitar tudo agora mesmo. Depois de me dar essas coisas aí, você pode se mandar e continuar indo sempre na mesma direção.

O detetive estendera lentamente a mão fechada em punho, como em uma brincadeira de adivinhar, em que poderia não conter nada.

– Está disposta a me dar quinhentos por isso aqui? – perguntou ele.

Carol olhou para a mão dele, em seguida abriu sua bolsa de pendurar no ombro. Tirou a carteira e depois seu talão de cheques.

– Prefiro em espécie – disse ele.

– Não tenho.

Ele deu de ombros de novo:

– Está bem, aceito cheque.

Carol preencheu-o, descansando no para-lama do carro dele.

Agora, enquanto ele se inclinava, a olhar para Carol, Therese pôde ver o pequeno objeto preto na sua mão. Therese se aproximou mais. O sujeito estava ensinando como se escrevia seu nome. Quando Carol lhe deu o cheque, ele deixou cair as duas caixinhas pretas na mão dela.

– Há quanto tempo você vem fazendo isso? – perguntou Carol.
– Reproduza-as e verá.
– Eu não vim aqui para brincar! – disse Carol, e sua voz falhou. Ele sorriu, dobrando o cheque:
– Não diga que eu não lhe avisei. O que obteve de mim não é tudo. Há muita coisa em Nova York.

Carol ajustou a bolsa e se virou de volta para seu carro, sem nem sequer olhar para Therese. Em seguida parou e encarou de novo o detetive:

– Se eles já têm tudo que precisam, você pode desistir agora, não pode? Será que pode me prometer isso?

Ele estava em pé com a mão na porta de seu carro, olhando-a:

– Eu ainda estou trabalhando no caso, sra. Aird. Ainda trabalho para meu escritório. A não ser que a senhora queira tomar um avião e ir para casa agora. Ou para algum outro lugar. Me despiste. Vou ter que dizer alguma coisa no escritório pelo fato de não ter os últimos dias de Colorado Springs, alguma coisa mais extravagante que isto aqui.

– Ah, deixe que eles inventem algo extravagante!

O sorriso do detetive deixou à mostra um pouco de seus dentes. Voltou para seu carro. Engatou a marcha, pôs a cabeça para fora para ver atrás e deu ré fazendo uma curva rápida. Afastou-se em direção à rodovia.

O ruído do motor diminuiu depressa. Carol andou lentamente até o carro, entrou e ficou olhando pelo para-brisa para o barranco seco a alguns metros de distância. Sua cara estava lívida como se ela tivesse desmaiado.

Therese estava a seu lado. Ela pôs seu braço em volta do ombro de Carol. Apertou a ombreira do casaco e se sentiu tão inútil quanto qualquer estranha.

– Ah, acho que em grande parte é um blefe – disse Carol de repente.

Mas com isso o rosto de Carol ficou cinza, toda a energia parecia ter deixado sua voz.

Carol abriu a mão e olhou para as duas caixinhas redondas.

– Aqui é um lugar tão bom quanto qualquer outro – saiu do carro, e Therese seguiu-a. Carol abriu uma caixa e tirou uma fita enroscada que parecia de celulóide. – Mínima, não é? Deve queimar. Vamos queimá-la.

Therese riscou o fósforo ao abrigo do carro. A fita queimou depressa, Therese deixou-a cair no chão, e o vento apagou-a. Carol disse para ela não se preocupar, podiam jogar ambas dentro de um rio.

– Que horas são? – perguntou Carol.

– Vinte para o meio-dia – voltou para o carro; Carol deu partida imediatamente, descendo a estrada de volta para a rodovia.

– Vou ligar para Abby em Omaha, e depois para meu advogado.

Therese consultou o mapa rodoviário. Omaha era a próxima cidade grande, se elas se desviassem ligeiramente rumo ao Sul. Carol parecia cansada, Therese sentia sua raiva ainda por apaziguar no silêncio que ela guardava. O carro pulou sobre uma vala, e Therese ouviu o baque e o clangor da lata de cerveja que rolara em algum canto debaixo do assento dianteiro, a cerveja que elas não conseguiram abrir naquele primeiro dia. Ela estava com fome, há horas que estava nauseada de fome.

– Que tal se eu dirigir?

– Está bem – respondeu Carol, cansada, relaxando como se tivesse se rendido. Ela diminuiu rápido a marcha do carro.

Therese passou por cima dela, até o volante:

– E que tal pararmos para tomar café?

– Eu não consigo comer.

– E uma bebida?

– Vamos fazer isso em Omaha.

Therese levou o velocímetro a 105 e o manteve um pouco abaixo de cento e dez. Era a Highway 30. Em seguida veio a 275 para entrar em Omaha, e a estrada não era de primeira.

– Você não acredita nele sobre as fitas gravadas em Nova York, acredita?

– Não fale nisso, estou farta!

Therese apertou o volante, em seguida relaxou deliberadamente. Sentiu um enorme pesar pairando sobre elas, adiante delas, que só agora começava a revelar sua fímbria, e para o qual elas se dirigiam. Lembrou-se da cara do detetive e da expressão pouco decifrável que ela agora percebia ser de malícia. Era malícia o que ela percebera no seu sorriso, apesar de ele se dizer imparcial, ela era capaz de sentir nele, de fato, um desejo pessoal de separá-las, porque ele sabia que elas estavam juntas. Só agora ela percebera o que já intuíra antes, que o mundo inteiro estava pronto para ser seu inimigo, e de repente o que havia entre ela e Carol não pareceu mais amor ou felicidade e sim algo monstruoso, que as mantinha agarradas pelos punhos.

– Estou pensando naquele cheque – disse Carol.

Aquilo caiu como outra pedra dentro dela.

– Você acha que eles vão revistar a casa? – perguntou Therese.

– Talvez. Apenas talvez.

– Não creio que o acharão. Está bem debaixo do pano – mas havia a carta no livro. Um orgulho curioso enlevou seu espírito por um momento e se dissipou. Era uma bela carta, e ela preferia que a achassem, de preferência ao cheque, embora ambos tivessem provavelmente o mesmo peso incriminatório, e eles poderiam transformar tanto um quanto o outro em algo sujo. A carta que ela nunca entregara e o cheque que ela nunca descontara. Era provável que achassem a carta, com certeza. Therese não conseguia se forçar a falar da carta com Carol, não se sabe se por simples covardia ou por um desejo de poupar Carol mais um pouco agora, ela não sabia. Viu uma ponte adiante.

– Olha um rio – disse ela. – Que tal aqui?

– Serve – Carol lhe entregou as caixinhas. Ela repusera as fitas meio queimadas nas caixas.

Therese saltou e jogou-as sobre a amurada de metal, sem olhar. Ela viu o rapaz de macacão que se aproximava da cabeceira oposta da ponte e odiou o antagonismo absurdo que havia nela contra ele.

Carol telefonou de um hotel em Omaha. Abby não estava em casa, Carol deixou recado que ligaria às seis horas da tarde, quando

Abby era esperada. Carol disse que não adiantava ligar para seu advogado agora, porque ele devia ter saído para almoçar até depois das duas horas, hora local. Carol queria se lavar e tomar um drinque.

Tomaram *Old Fashioneds* no bar do hotel, em um silêncio total. Therese pediu um segundo, quando Carol o fez, mas esta disse que ela deveria comer alguma coisa em vez daquilo. O garçom disse a Carol que não serviam comida no bar.

— Ela quer algo para comer — disse Carol com firmeza.

— A sala de jantar fica do outro lado do vestíbulo, senhora, e tem um café...

— Carol, eu posso esperar — disse Therese.

— Por favor, me traga o cardápio. Ela prefere comer aqui — dise Carol, olhando de relance para o *barman*.

O *barman* hesitou, em seguida disse:

— Sim, senhora — e saiu para pegar o cardápio.

Enquanto Therese comia ovos mexidos com salsichas, Carol tomou seu terceiro drinque. Finalmente, disse em um tom de voz de quem não tinha atenuante:

— Querida, será que posso pedir que você me perdoe?

O tom magoou Therese mais que a pergunta.

— Eu te amo, Carol.

— Mas você percebe o que isso significa?

— Sim — mas aquele instante de derrota no carro, pensou ela, aquilo fora apenas um instante, do mesmo modo que desta vez era apenas uma situação. — Não vejo por que isso significaria a mesma coisa para sempre. Não vejo como isso é capaz de destruir coisa alguma — disse ela determinadamente.

Carol tirou a mão do rosto, se recostou e então, apesar do cansaço, se parecia com o que Therese sempre lembrava dela — olhos que podiam ser carinhosos e duros ao mesmo tempo a julgá--la, lábios vermelhos inteligentes, fortes e macios, embora o lábio superior tremesse quase um nada agora.

— Você não vê? — perguntou Therese, e percebeu de repente que era uma pergunta da magnitude da que Carol lhe fizera silenciosamente no quarto em Waterloo. Na verdade, a mesma pergunta.

– Não, acho que você tem razão – disse Carol. – Você me fez perceber isso.

Carol foi telefonar. Eram três horas. Therese recebeu a conta e depois ficou sentada ali, pensando quando aquilo acabaria, se Carol receberia uma palavra de esperança de seu advogado ou de Abby ou se a coisa ia piorar antes de melhorar. Carol ficou ausente cerca de meia hora.

– Meu advogado ainda não ouviu falar de nada – disse ela. – E eu não disse nada para ele. Não consigo. Terei de fazê-lo por escrito.

– Achei que você faria.

– Ah, achou – disse Carol com seu primeiro sorriso naquele dia. – O que você acha da gente alugar um quarto aqui? Não estou a fim de viajar mais.

Carol mandou que levassem seu almoço para o quarto. Ambas deitaram para dar um cochilo, mas quando Therese acordou, às quinze para as cinco, Carol não estava. Therese olhou em volta do quarto, notando as luvas pretas de Carol na penteadeira e seus mocassins, juntos, ao lado da poltrona. Therese deu um suspiro trêmulo, sem ter conseguido descansar ao dormir. Abriu a janela e olhou para baixo. Era no sétimo ou oitavo andar, ela não conseguia lembrar. Um bonde arrastou-se diante da fachada do hotel, as pessoas na calçada se moviam em todas as direções, com pernas de cada lado, e passou-lhe pela cabeça pular. Olhou para o triste e pequeno horizonte dos prédios cinzentos e fechou os olhos para ele. Então se virou e Carol estava no quarto, junto à porta, olhando para ela.

– Onde esteve? – perguntou Therese.

– Escrevendo aquela porcaria de carta.

Carol atravessou o quarto e apertou Therese em seus braços. Therese sentiu as unhas de Carol na parte de trás de sua jaqueta.

Quando Carol foi telefonar, Therese saiu do quarto e deslizou pelo corredor em direção aos elevadores. Desceu até o vestíbulo e sentou-se ali lendo um artigo sobre gorgulhos na *Corngrower Gazette*, pensando se Abby sabia aquilo tudo sobre os gorgulhos do milho. Olhou para o relógio e, depois de vinte e cinco minutos, voltou a subir.

Carol estava deitada na cama, fumando um cigarro. Therese esperou que ela falasse.

– Querida, preciso ir a Nova York – disse Carol.

Therese tivera certeza daquilo. Aproximou-se do pé da cama.

– O que mais Abby disse?

– Ela esteve com aquele sujeito, Bob Haversham, de novo – Carol se ergueu em um cotovelo. – Mas ele certamente não sabe tanto quanto eu sei a essa altura. Ninguém parece saber nada, a não ser que uma encrenca vem aí. Nada demais pode acontecer até que eu chegue lá. Mas eu preciso estar lá.

– Claro – Bob Haversham era o amigo de Abby que trabalhava na empresa de Harge em Newark, que não era amigo íntimo nem de Abby nem de Harge, apenas um elo, um elo frágil entre os dois, a única pessoa que talvez soubesse um pouco o que Harge estava fazendo, se fosse capaz de reconhecer um detetive ou ouvir algum trecho de conversa telefônica na sala de Harge. Não valia praticamente nada, intuiu Therese.

– Abby vai pegar o cheque – disse Carol, sentando-se na cama, pegando os mocassins.

– Ela tem uma chave?

– Eu gostaria que tivesse. Precisa pegá-la com Florence. Mas isso não tem problema. Eu disse a ela para dizer a Florence que eu queria que ela me mandasse algumas coisas.

– Você pode pedir que ela pegue a carta também? Deixei uma carta para você dentro de um livro no meu quarto. Desculpe não ter te dito antes. Eu não sabia que você ia pedir a Abby para ir lá.

Carol deu-lhe um olhar de cenho franzido:

– Alguma coisa mais?

– Não. Desculpe por não ter dito antes.

Carol deu um suspiro e se levantou:

– Ah, não vamos nos preocupar mais. Eu duvido que eles se deem ao trabalho de vasculhar a casa, mas falarei com Abby sobre a carta, assim mesmo. Onde está?

– No *Oxford Book of English Verse*. Acho que deixei em cima da cômoda – ela observou Carol olhar em volta do quarto, olhando para tudo quanto é lugar menos para ela.

– Não quero passar a noite aqui, pensando bem – disse Carol.

Meia hora depois elas já estavam no carro indo para o leste. Carol queria alcançar Des Moines naquela noite. Depois de um silêncio de mais de hora, Carol parou o carro de repente na beira da estrada, inclinou a cabeça e disse:

– Merda!

Ela podia ver as olheiras de Carol no brilho do farol dos carros que passavam. Carol não dormira nada a noite anterior.

– Vamos voltar para aquela última cidade – disse Therese –, ainda faltam uns cento e vinte quilômetros para Des Moines.

– Você quer ir para o Arizona? – perguntou-lhe Carol, como se bastasse dar meia-volta.

– Ah, Carol, para que falar disso? – um sentimento de desesperança dominou-a subitamente. Suas mãos tremiam ao acender um cigarro. Ela deu o cigarro para Carol.

– Porque eu quero falar. Você pode passar mais três semanas fora?

– Claro – claro, claro. O que mais importava senão estar com Carol, em qualquer hora, em qualquer lugar? Havia o espetáculo de Harkevy em março. Harkevy talvez a recomendasse para algum trabalho em outro lugar, mas o trabalho era incerto, e Carol não.

– Eu não devo ficar mais de uma semana em Nova York, no máximo, porque o divórcio está todo acertado, conforme disse hoje Fred, o meu advogado. Então, por que a gente não tira mais umas semanas no Arizona? Ou no Novo México? Não quero ficar de bobeira em Nova York pelo resto do inverno – Carol dirigia devagar. Seus olhos estavam diferentes agora. Voltaram a ter vida, como sua voz.

– É claro que eu gostaria. Em qualquer lugar.

– Está bem. Vamos embora. Vamos para Des Moines. Que tal você dirigir um pouco?

Trocaram de lugar. Foi um pouco antes da meia-noite que chegaram a Des Moines e encontraram um quarto de hotel.

– Por que você tem de voltar para Nova York? – perguntou-lhe Carol. – Você podia ficar com o carro e me aguardar em algum lugar como Tucson ou Santa Fé, e eu podia voltar de avião.
– E te abandonar? – Therese se virou do espelho, onde escovava o cabelo.
Carol sorriu:
– O que você quer dizer com me abandonar?
Aquilo pegara Therese de surpresa, e ela agora distinguia uma expressão no rosto de Carol, apesar desta olhar fixamente para ela, o que a fez se sentir excluída, como se Carol a tivesse varrido para algum canto secundário de sua mente a fim de criar espaço para algo mais importante.
– Apenas te abandonar agora, foi o que quis dizer – disse Therese, voltando para o espelho. – Sim, talvez seja uma boa ideia. É mais rápido para você.
– Achei que você talvez preferisse ficar em algum lugar no Oeste. A não ser que você queira fazer algo em Nova York durante esses poucos dias – a voz de Carol soou indiferente.
– Não quero – ela temia os dias gelados em Manhattan, quando Carol estaria demasiadamente ocupada para vê-la. E pensou no detetive. Se Carol fosse de avião, ela não se sentiria assombrada pela perseguição dele. Ela tentou imaginar, Carol chegando sozinha no Leste para enfrentar algo que ela ainda não conhecia, algo para o qual era impossível se preparar. Imaginou-se em Santa Fé, à espera de um telefonema, à espera de uma carta de Carol. Mas ficar a três mil quilômetros de Carol, isso não era tão fácil de imaginar. – Só uma semana, Carol? – perguntou ela, passando o pente de novo pelo seu repartido, jogando os cabelos longos e finos para um lado. Ela engordara, mas seu rosto estava mais fino, percebeu de repente, e isso lhe agradou. Parecia mais velha.
No espelho, viu Carol surgir por trás, não houve reação a não ser de prazer diante dos braços de Carol envolvendo-a, o que tornava impossível pensar, e Therese fugiu com uma torção do corpo, mais abrupta do que ela tencionara, ficando no canto da penteadeira a olhar para Carol, espantada por um instante pelo caráter ilusório daquilo que

elas falavam, espaço, tempo, o metro e pouco que as separava no momento e os três mil quilômetros. Deu outra escovada no cabelo.

– Mais ou menos uma semana?

– Foi o que eu disse – respondeu Carol, com um sorriso nos olhos, mas Therese escutou na resposta a mesma dureza de sua pergunta, como se estivessem se desafiando. – Se você se importa em ficar com o carro, posso mandar levá-lo para o Leste.

– Eu não me importo em ficar com ele.

– E não se preocupe com o detetive. Vou telegrafar para Harge dizendo que estou a caminho.

– Eu não me preocupo com isso – como é que Carol podia ser tão fria, pensou Therese, pensando em tudo menos na separação delas? Pôs a escova na penteadeira.

– Therese, você acha que vai ser divertido para mim?

E Therese pensou nos detetives, no divórcio, na hostilidade, em tudo que Carol teria de enfrentar. Carol tocou a face dela, apertou ambas as palmas com força contra as faces dela, de modo que sua boca abriu como a de um peixe e Therese foi obrigada a sorrir. Therese ficou ao lado da penteadeira, observando-a, olhando para cada movimento de suas mãos, de seus pés, enquanto ela despia as meias e enfiava seus mocassins de novo. Não existiam mais palavras, pensou ela, deste ponto em diante. O que mais precisavam explicar ou perguntar ou prometer em palavras? Elas sequer precisavam ver os olhos uma da outra. Therese observou-a pegar o telefone, e em seguida ela se deitou de barriga para baixo na cama, enquanto Carol fazia sua reserva para o avião do dia seguinte, um bilhete de ida para o dia seguinte às onze horas.

– Para onde você acha que vai? – perguntou-lhe Carol.

– Não sei. Talvez eu vá para Sioux Falls.

– Dakota do Sul? – Carol sorriu para ela. – Você não prefere Santa Fé? É mais quente.

– Eu vou esperar para ver com você.

– Colorado Springs, não?

– Não! – Therese riu e se levantou. Levou sua escova de dentes para o banheiro. – Eu talvez até arranje um emprego por uma semana.

– Que tipo de emprego?

– Qualquer tipo. Somente para evitar ficar pensando em você, sabe.

– Eu quero que você pense em mim. Não será um emprego numa loja de departamentos.

– Não – Therese ficou ao lado da porta do banheiro, olhando Carol despir sua combinação e botar seu robe.

– Você não está preocupada com dinheiro de novo, está?

Therese enfiou as mãos nos bolsos de seu robe e cruzou os pés.

– Se ficar dura, pouco estou ligando. Começarei a me preocupar quando ele estiver acabando.

– Eu vou te dar uns duzentos para o carro, amanhã – Carol puxou o nariz de Therese ao passar. – E não vá você usar esse carro para apanhar desconhecidos – Carol entrou no banheiro e ligou o chuveiro.

Therese entrou depois dela.

– Achei que era eu quem estava usando este banheiro.

– Eu estou usando, mas deixo você entrar.

– Ah, obrigada – Therese despiu seu robe enquanto Carol também o fazia.

– Sim? – disse Carol.

– Sim? – Therese entrou no chuveiro.

– Mas que audácia – Carol também entrou debaixo do chuveiro, torcendo o braço de Therese para trás, mas Therese apenas deu risinhos.

Therese queria abraçá-la, beijá-la, mas seu braço livre se estendeu, convulso, arrastando a cabeça de Carol contra a dela, debaixo do jorro d'água, e houve o terrível ruído de um pé que escorregava.

– Pare com isso, a gente vai cair! – gritou Carol. – Pelo amor de Deus, será que duas pessoas não podem tomar uma chuveirada em paz?

Capítulo vinte

Em Sioux Falls, Therese estacionou o carro defronte ao hotel onde ficaram antes, o Warrior Hotel. Eram nove e meia da noite. Carol chegara em casa cerca de uma hora antes, pensou Therese. Ligaria para Carol à meia-noite.

Ela alugou um quarto, mandou que levassem suas malas para cima, em seguida foi dar um passeio pela rua principal. Havia um cinema, e ocorreu-lhe que nunca vira um filme com Carol. Entrou. Mas não tinha ânimo para assistir ao filme, embora houvesse nele uma mulher cuja voz lembrava a de Carol, bem diferente das vozes monótonas e anasaladas que ouvia em todo canto a seu redor. Pensou em Carol, a mais de mil e trezentos quilômetros de distância no momento, pensou em dormir sozinha aquela noite, e se levantou e foi perambular de novo na rua. Havia a loja onde Carol comprara lenços de papel e pasta de dente uma manhã. E a esquina onde Carol olhara para cima e lera o nome das ruas – Fifth e Nebrasca. Ela comprou um maço de cigarros na mesma loja, andou de volta para o hotel e sentou-se no vestíbulo, saboreando o primeiro cigarro desde que ela se separara de Carol, saboreando a situação esquecida de estar sozinha. Era apenas um estado material. Na verdade, não se sentia sozinha em absoluto. Leu uns jornais durante um tempo, em seguida pegou na bolsa as cartas de Dannie e Phil que haviam chegado nos últimos dias de Colorado Springs e deu uma olhada nelas:

...Vi Richard duas noites atrás no Palermo totalmente sozinho [dizia a carta de Phil]. Perguntei sobre você e ele disse que

não estava te escrevendo. Concluo que houve uma pequena ruptura, mas não o pressionei para obter informação. Ele não estava disposto a falar. E nossa amizade não é mais grande coisa ultimamente, como você sabe... Andei enchendo sua bola para um anjo chamado Francis Puckett, que está disposto a investir cinquenta mil se determinada peça vier da França em abril. Manterei você informada, já que não existe nem produtor ainda... Dannie manda beijos, com certeza. Dentro em breve ele vai partir para algum lugar, está com cara de, e terei de procurar novas acomodações hibernais ou então encontrar alguém para dividir o quarto... Recebeu os recortes que te mandei de Small Rain?

Carinhosamente, Phil

A pequena carta de Dannie era:

Cara Therese,
Há uma chance de eu ir para a Costa Oeste no final do mês para trabalhar na Califórnia. Preciso decidir entre isso (trabalho de laboratório) e uma oferta numa empresa química em Maryland. Mas se eu pudesse te ver no Colorado ou em algum outro lugar durante um tempo, eu partiria um pouco antes. Provavelmente ficarei com o emprego na Califórnia, já que acho que tem uma perspectiva melhor. Assim, você pode me informar onde estará? Não importa. Há inúmeras maneiras de se chegar à Califórnia. Se sua amiga não se importar, seria bom passar uns dias com você em algum lugar. De todo modo estarei em Nova York até 28 de fevereiro.

Beijos,
Dannie

Ela ainda não lhe respondera. Mandaria amanhã um endereço para ele, tão logo encontrasse um quarto em algum lugar da cidade. Mas quanto ao próximo destino, teria de conversar com Carol sobre isso. E quando seria Carol capaz de dizer? Ela pensava sobre o que Carol já podia ter encontrado hoje à noite em

New Jersey, e a coragem de Therese sumiu sombriamente. Ela pegou um jornal e leu a data. Quinze de fevereiro. Vinte e nove dias desde que deixara Nova York com Carol. Seria possível tão poucos dias?

No quarto, pediu uma ligação para Carol, tomou banho e vestiu seu pijama. Então o telefone tocou.

– A-*lô* – disse Carol, como se estivesse esperando há muito tempo. – Como é o nome desse hotel?

– O Warrior. Mas não vou ficar aqui.

– Você não pegou nenhum estranho na estrada, pegou?

Therese riu. A voz lenta de Carol a trespassava como se ela a tocasse.

– Quais as novas? – perguntou Therese.

– Hoje à noite? Nada. A casa está gelada, e Florence só vai conseguir chegar depois de amanhã. Abby está aqui. Quer dizer uma palavra a ela?

– Não com ela aí com você.

– Não-ão. Lá em cima no quarto verde com a porta fechada.

– Eu realmente *não quero* falar com ela agora.

Carol queria saber tudo que ela fizera, as condições das estradas, se ela estava com o pijama azul ou o amarelo.

– Terei uma dificuldade danada de dormir hoje à noite sem você.

– Sim – imediatamente, do nada, Therese sentiu as lágrimas fazerem pressão atrás de seus olhos.

– Você não diz mais nada a não ser sim?

– Eu te amo.

Carol deu um assovio. Em seguida um silêncio.

– Abby pegou o cheque, querida, mas não a carta. Ela não recebeu meu telegrama, mas não existe carta, em todo caso.

– Você achou o livro?

– Achamos o livro, mas não há nada nele.

Therese especulou se a carta não poderia estar no seu próprio apartamento, afinal de contas. Mas ela tinha uma imagem da carta no livro, marcando um lugar.

– Você acha que alguém fez uma busca na casa?

– Não, percebo por várias coisas. Não se preocupe com isso. Está bem?

Um momento depois, Therese se enfiou na cama e apagou a luz. Carol pedira que ela telefonasse no dia seguinte à noite também. Durante um momento o som da voz de Carol permaneceu nos seus ouvidos. Depois, uma melancolia começou a se infiltrar nela. Estava deitada de costas com os braços retos a seu lado, com a sensação de espaço vazio em toda sua volta, como se estivesse pronta para ser sepultada, então adormeceu.

Na manhã seguinte, Therese achou um quarto de que gostou em uma casa em uma das ruas que subia o morro, um grande quarto da frente com uma janela de sacada cheia de plantas e cortinas brancas. Havia uma cama de dossel e uma tapeçaria oval no chão. A mulher disse que eram sete dólares por semana, mas Therese disse que não tinha certeza se ficaria uma semana, por isso era melhor alugar por dia.

– Vai ser o mesmo preço – disse a mulher. – De onde você é?

– Nova York.

– Vai morar aqui?

– Não. Estou esperando uma pessoa.

– Homem ou mulher?

Therese sorriu.

– Uma mulher – disse ela. – Tem alguma vaga nas garagens nos fundos? Estou de carro.

A mulher disse que havia duas vagas e que ela não cobrava mais pela garagem se as pessoas estivessem hospedadas ali. Ela não era velha, mas mancava um pouco e tinha uma aparência frágil. Seu nome era sra. Elizabeth Cooper. Alugava quartos há quinze anos, disse, e dois dos três primeiros hóspedes ainda estavam ali.

No mesmo dia, Therese conheceu Dutch Huber e sua mulher, que tocavam a lanchonete perto da biblioteca pública. Era um sujeito magricela de cerca de cinquenta anos e pequenos e curiosos olhos azuis. Sua mulher, Edna, era gorda e cuidava da cozinha, e falava bem menos do que ele. Dutch já trabalhara um tempo em Nova York anos atrás. Ele lhe fazia perguntas sobre partes da cidade que ela desconhecia totalmente, enquanto ela mencionava lugares de que Dutch nunca ouvira falar ou esquecera, e de certo modo a conversa lenta e arrastada fez ambos rirem. Dutch perguntou se ela queria ir com ele e a mulher às corridas de moto que ocorreriam a alguns quilômetros fora da cidade, no sábado, e Therese disse que sim.

Ela comprou papelão e cola e se pôs a trabalhar na primeira das maquetes que tencionava mostrar a Harkevy quando voltasse para Nova York. Quase a aprontara quando saiu às onze e meia para telefonar para Carol, do Warrior.

Carol não estava, e ninguém atendia. Tentou até uma hora da madrugada, em seguida voltou para a casa da sra. Cooper.

Therese conseguiu falar com ela na manhã seguinte por volta das dez e meia. Carol disse que discutira tudo com seu advogado no dia anterior, mas não havia nada que ela ou o advogado pudessem fazer antes de saber a próxima jogada de Harge. Carol foi um pouco breve com ela, porque tinha um compromisso para almoço e precisava escrever uma carta antes. Pela primeira vez pareceu ansiosa quanto às providências de Harge. Ela tentara falar duas vezes com ele, sem conseguir. Mas era seu jeito brusco que perturbava Therese mais do que tudo.

– Você não mudou de ideia quanto a nada – disse Therese.

– Claro que não, querida. Vou dar uma festa amanhã à noite. Sentirei sua falta.

Therese tropeçou na soleira da porta do hotel ao sair e sentiu a primeira onda surda da solidão se abater sobre ela. O que estaria fazendo amanhã à noite? Lendo na biblioteca até que ela fechasse, às nove? Trabalhando em outra maquete? Rememorou os nomes das pessoas que Carol disse que viriam à festa – Max e Clara Tibett, o casal que tinha uma estufa em uma estrada qualquer perto da casa de Carol e que Therese conhecera uma vez, a amiga de Carol, Tessie, que Therese nunca conhecera, e Stanley McVeigh, o sujeito com quem Carol estava na noite em que foram a Chinatown. Carol não mencionara Abby.

E Carol não a mandara ligar no dia seguinte.

Ela continuou a caminhar, e o último instante em que vira Carol voltou como se estivesse diante de seus olhos de novo. Carol a acenar da porta do avião no aeroporto de Des Moines, Carol já pequenina e distante, porque Therese tinha de ficar afastada atrás da cerca de arame que atravessava o campo. A escada tinha sido retirada, mas Therese pensara que faltavam ainda alguns segundos antes de fecharem a porta, e então Carol aparecera de novo, tempo suficiente para ficar parada um segundo na porta e fazer um gesto de mandar um beijo. Mas fora tremendamente importante aquela volta dela.

Therese foi de carro à corrida de motos no sábado e levou Dutch e Edna com ela, porque o carro de Carol era maior. Depois eles a convidaram para jantar na casa deles, mas não aceitou. Não houvera nenhuma carta de Carol naquele dia, e ela esperava pelo menos um bilhete. Domingo a deprimia, e nem mesmo o passeio de carro que fez subindo o rio Sioux até Dell Rapids mudou o cenário dentro de sua cabeça.

Na segunda de manhã, ficou na biblioteca lendo peças. Em seguida, por volta das duas, quando o movimento do meio-dia diminuía na lanchonete de Dutch, foi lá tomar chá e conversou um pouco com ele enquanto tocava as canções que costumava tocar com Carol na vitrola automática. Ela disse a Dutch que o carro pertencia à amiga que estava esperando. E aos poucos, as perguntas intermitentes de Dutch a levaram a dizer que Carol morava em New Jersey, que provavelmente viria de avião e que queria ir para o Novo México.

– Carol quer? – disse Dutch, virando-se para ela enquanto polia um copo.

Então um estranho ressentimento cresceu em Therese porque ele pronunciara o nome dela, e ela tomou a resolução de jamais falar de Carol de novo, para ninguém na cidade.

Na terça veio a carta de Carol, um bilhete curto, mas dizendo que Fred estava mais otimista sobre tudo, parece que não haveria mais nada além do divórcio para se preocupar e ela provavelmente partiria no dia 24 de fevereiro. Therese começou a sorrir ao ler. Ela queria sair e comemorar com alguém, mas não havia ninguém, de modo que só lhe restava dar um passeio a pé, tomar um drinque solitário no Warrior e pensar em Carol com um intervalo de cinco dias. Não havia ninguém com quem gostaria de estar, com a possível exceção de Dannie. Ou Stella Overton. Stella era alegre, e, embora não pudesse lhe contar nada sobre Carol – a quem poderia ela contar? –, seria bom vê-la agora. Pensara em mandar um cartão-postal para Stella alguns dias atrás, mas não mandara ainda.

Escreveu para Carol tarde naquela noite.

As notícias são maravilhosas. Comemorei com um único daiquiri no Warrior. Não que eu seja conservadora, mas você sabia que um drinque bate igual a três quando você está sozinha?... Eu gosto desta cidade porque tudo nela me faz lembrar você. Sei que você não gosta dela mais do que de qualquer outra cidade, mas não é essa a questão. Quero dizer, você está presente até o ponto em que eu consigo tolerar sua presença, estando você ausente...

Carol escreveu:

Eu nunca gostei de Florence. Digo isso como um preâmbulo. Parece que Florence achou o bilhete que você escreveu para mim e vendeu-o para Harge – a um determinado preço. Ela também é responsável por Harge saber para onde nós (ou pelo menos eu) íamos, não tenho dúvida. Não sei o que eu deixei pela casa ou o que ela pode ter entreouvido, eu achei que eu era bem silenciosa, mas se Harge se deu ao trabalho de suborná-la, e tenho certeza de que o fez, não há como dizer. Eles nos localizaram em Chicago, de qualquer modo. Querida, eu não fazia ideia da dimensão que essa coisa havia tomado. Para que você tenha uma ideia do clima – ninguém me diz nada, as coisas são simplesmente descobertas. Se alguém detém as informações, esse alguém é Harge. Falei com ele ao telefone e ele se recusa a me dizer qualquer coisa, o que é obviamente calculado para me aterrorizar e me fazer ceder todo o terreno antes da briga sequer começar. Eles não me conhecem, nenhum deles, se acham que farei isso. A briga é evidentemente em relação a Rindy, sim, querida, infelizmente haverá briga, e não poderei partir no dia 24. Pelo menos isso Harge me disse quando falou da carta esta manhã no telefone. Acho que a carta talvez seja sua melhor arma (o negócio da gravação só funcionou em Colorado S., até onde eu posso imaginar), daí ele ter me informado a respeito dela. Mas sou capaz de imaginar que tipo de carta ela é, escrita antes mesmo da gente partir, e há um limite para o que até mesmo Harge possa interpretar nela. Harge está apenas ameaçando – através da estranha forma de manter silêncio – na esperança de que eu recue totalmente em relação a Rindy. Não farei isso, de modo que haverá algum tipo de confronto, espero que não diante do tribunal. Não obstante, Fred está pronto para tudo. Ele é maravilhoso, a única pessoa que me diz a verdade, mas infelizmente também é quem sabe menos.

Você me pergunta se sinto falta de você. Penso na sua voz, nas suas mãos e nos seus olhos quando me olha diretamente. Lembro da sua coragem, de que eu não desconfiava, e isso me dá coragem. Me liga, querida? Não quero te ligar se o telefone fica no vestíbulo. Me ligue a cobrar de preferência por volta das sete da noite, que é às seis no seu horário.

E Therese estava prestes a ligar para ela naquele dia quando chegou um telegrama:

NÃO LIGUE DURANTE ALGUM TEMPO. EXPLICO MAIS TARDE. TODO MEU CARINHO, QUERIDA. CAROL.

A sra. Cooper observou-a a lê-lo no vestíbulo.
– É de sua amiga? – perguntou.
– É.
– Espero que não tenha acontecido nada – a sra. Cooper tinha uma maneira de vigiar as pessoas, e Therese ergueu a cabeça de propósito.
– Não, ela vem – disse Therese. – Mas teve que adiar sua vinda.

Capítulo vinte e um

Albert Kennedy, Bert para os íntimos, morava em um quarto nos fundos da casa e tinha sido um dos primeiros inquilinos da sra. Cooper. Tinha 45 anos, nascera em São Francisco e era mais parecido com um nova-iorquino do que qualquer outra pessoa que Therese conhecera na cidade, o que já bastava para que ela se inclinasse a evitá-lo. Frequentemente convidava Therese para ir ao cinema, mas ela só fora uma vez. Estava inquieta e preferia perambular sozinha, na maior parte do tempo, apenas observando e pensando, porque os dias eram frios e ventosos demais para desenhar ao ar livre. E as cenas que ela gostara de início perderam a graça por excesso de observação, excesso de espera. Therese ia quase todas as noites à biblioteca, sentava-se em uma das longas mesas, consultava meia dúzia de livros, e em seguida fazia um caminho sinuoso para casa.

Voltava para casa só para sair de novo depois de algum tempo, andando contra o vento irregular ou deixando que ele a empurrasse por ruas abaixo que de outro modo não teria descido. Nas janelas iluminadas, pôde ver uma garota sentada diante de um piano, em outra um sujeito que ria, em mais outra uma mulher costurando. Então lembrou que não podia sequer ligar para Carol, admitiu consigo mesma que sequer sabia o que Carol estaria fazendo naquele momento e sentiu-se mais vazia que o vento. Carol não lhe contava tudo nas suas cartas, sentia ela, não lhe contava o pior.

Na biblioteca, olhava livros com fotos da Europa, chafarizes de mármore na Sicília, ruínas gregas ao sol, e ficava imaginando se ela e Carol chegariam de fato a ir lá. Ainda havia tanta coisa que não tinham feito. Havia a primeira viagem para o outro lado do Atlântico. Havia simplesmente as manhãs, manhãs em qualquer lugar, quando podia levantar a cabeça do travesseiro e ver o rosto de Carol e saber que o dia lhes pertencia e nada podia separá-las.

E havia aquela coisa bonita, que deixava pasmo tanto o olho quanto o coração, na vitrine antiga do antiquário em uma rua onde ela nunca estivera antes. Therese fitava-a, sentindo saciar alguma sede antiga e inominável dentro de si. A maior parte da superfície de porcelana era pintada de pequenos losangos de esmalte colorido, azul-real, vermelho-escuro e verde, filetados de dourado vivo, tão luzidios quanto uma estampa de seda, mesmo sob sua camada de poeira. Na borda havia uma alça de ouro para o dedo. Era um pequeno castiçal. Quem o fizera, ficou ela imaginando, e para quem?

Voltou na manhã seguinte e comprou-o para dar a Carol.

Chegara uma carta de Richard naquela manhã, remetida de Colorado Springs. Therese sentou-se em um dos bancos de pedra na rua da biblioteca e abriu-a. Estava escrita em papel de correspondência comercial: Companhia Semco de Gás Engarrafado. Cozinha – Aquece – Faz Gelo. O nome de Richard encimava o papel na qualidade de gerente-geral da sucursal de Port Jefferson.

Cara Therese,

Devo agradecer a Dannie por me dizer onde você está. Você pode achar que esta carta é desnecessária e talvez seja para você. Talvez você ainda esteja mergulhada na névoa em que estava quando conversamos naquela noite na lanchonete. Mas sinto necessário deixar clara uma coisa, é que não me sinto mais como me sentia até duas semanas atrás, e a última carta que te escrevi não passou de uma última tentativa espasmódica, que eu sabia inútil quando escrevi, sabia que você não ia responder, nem eu queria que respondesse. Sei que já não te amava então, e agora o que sinto por você é o que senti desde o princípio – náusea. É o seu apego a essa mulher com a exclusão de todo mundo, essa relação que certamente a essa altura já se tornou sórdida e patológica, que me enoja. Sei que ela não vai durar, conforme disse desde o início. Só é de lamentar que você mesma há de ficar enojada mais tarde, na medida do desperdício que está sendo sua vida atual com ela. É uma coisa sem alicerce, infantil, como viver de flores-de-lótus ou de algum doce enjoativo em vez de viver do pão e da carne da vida. Penso muitas vezes nas perguntas que você me fez no dia em que soltávamos pipa. Eu gostaria de ter agido então antes que fosse tarde demais, porque então eu te amava o suficiente para tentar te resgatar. Agora não.

As pessoas ainda me perguntam sobre você. O que você espera que eu diga a elas? Pretendo contar-lhes a verdade. Só assim consigo livrar-me dela – não aguento mais carregá-la comigo. Mandei algumas coisas suas que estavam lá em casa para seu apartamento. A mais ligeira recordação ou contato com você me deprime, me faz não querer tocá-la nem nada que diga respeito a você. Mas eu estou falando coisas com sentido e você provavelmente não compreende uma só palavra. Exceto talvez que eu não quero ter mais nada a ver com você.

Richard

Ela visualizou os lábios finos de Richard tensionados em linha reta, como devem ter ficado quando escreveu a carta, linha que mesmo assim não impedia a pequena e esticada curvatura no lábio superior de aparecer – viu sua cara nitidamente por um momento, que em seguida sumiu com um pequeno abalo que pareceu tão amortecido e distante dela quanto o clamor da carta de Richard. Therese se levantou, repôs a carta no envelope e começou a andar. Esperava que ele conseguisse se purgar dela. Mas só era capaz de imaginá-lo contando aos outros sobre ela, com aquela curiosa atitude de participação emocionada que ela vira em Nova York antes de partir. Imaginou Richard contando a Phil, em uma noite qualquer no bar Palermo, imaginou-o contando aos Kelly. Ela pouco estava ligando, dissesse ele o que dissesse.

Pensou no que Carol estaria fazendo agora, às dez horas, onze em New Jersey. Ouvindo as acusações de algum estranho? Pensando nela, será que haveria tempo para isso?

Era um belo dia, frio e quase sem vento, claro de sol. Ela podia pegar o carro e dar um passeio em algum canto. Não o usava há três dias. De repente percebeu que não queria. O dia em que o tirara da garagem e dera 140 na estrada reta para Dell Rapids, exultante depois de uma carta de Carol, parecia estar muito distante.

O sr. Bowen, outro dos inquilinos, estava na varanda da frente quando ela voltou para a casa da sra. Cooper. Estava sentado ao sol com as pernas embrulhadas em um cobertor e o boné caído sobre os olhos, como se dormisse, mas falou alto:

– Olá! Como vai minha garota?

Ela parou e conversou um pouco com ele, perguntou-lhe sobre seu reumatismo, tentando ser tão delicada quanto Carol sempre fora com a sra. French. Encontraram um motivo para rir, e ela ainda sorria quando foi para seu quarto. Então a visão do gerânio pôs fim à coisa.

Ela regou o gerânio e botou-o na extremidade do peitoril da janela, onde receberia sol por mais tempo. As pontas das folhas menores chegavam a estar amarronzadas. Carol comprara-o para ela logo antes de pegar o avião em Des Moines. O vaso de hera já morrera – o sujeito da loja avisara-as que era delicada, mas Carol a quis assim mesmo – e Therese duvidava que o gerânio sobrevivesse. Porém a coleção variada de plantas da sra. Cooper vicejava na janela de sacada.

"Eu ando e ando em volta da cidade", escreveu ela a Carol, "mas queria poder continuar andando numa só direção – leste – e finalmente chegar a você. Quando poderá vir, Carol? Ou devo ir até aí? Eu realmente não aguento ficar tanto tempo separada de você..."

Ela recebeu a resposta na manhã seguinte. Um cheque esvoaçante escapou da carta de Carol e veio pousar no chão do vestíbulo da sra. Cooper. Era de duzentos e cinquenta dólares. Na carta – os volteios das letras estavam mais soltos e leves, as barras dos Ts cobriam as palavras inteiras – Carol dizia ser impossível vir dentro das próximas duas semanas, e mesmo depois. O cheque era para ela tomar um avião para Nova York e mandar o carro para o Leste.

"Eu prefiro que você venha de avião. Venha agora, não espere." Era o último parágrafo.

Carol escrevera a carta com pressa, provavelmente arranjara um tempinho para escrevê-la, mas também havia uma frieza nela que chocou Therese. Ela saiu e foi andando meio tonta até a esquina, onde mesmo assim botou a carta que escrevera na noite anterior na caixa do correio, uma carta pesada com três selos de via áerea. Talvez visse Carol dentro de doze horas. Essa ideia não a reconfortou nada. Será que deveria partir esta manhã? Esta tarde? O que fizeram com Carol? Ela pensou se Carol ficaria furiosa se ela lhe telefonasse, se isso precipitaria alguma crise que levasse à derrocada total, caso o fizesse?

Já estava sentada em uma mesa em um canto qualquer, com café e suco de laranja diante de si, quando notou a outra carta que tinha na mão. Mal dava para se identificar a caligrafia rabiscada no canto superior esquerdo. Era da sra. R. Robichek.

Cara Therese,

Muito obrigada pela salsicha deliciosa que chegou no mês passado. Você é um doce de garota, e me sinto feliz com a oportunidade de te agradecer muitas vezes. Foi muito carinhoso de sua parte ter lembrado de mim durante uma viagem tão longa. Gostei dos bonitos cartões-postais, especialmente do grandão de Sioux Falls. Como é a Dakota do Sul? Tem montanhas e caubóis? Nunca tive a oportunidade de viajar, a não ser para a Pensilvânia. Você é uma garota de sorte, tão jovem, bonita e bondosa. Eu ainda trabalho. A loja continua igual. Tudo igual só que mais frio. Por favor, me visite quando voltar. Eu faço um jantar gostoso para você, não da delicatessen. Obrigada pela salsicha de novo. Eu me sustentei com ela por muitos dias, realmente algo especial e bonito. Com meus melhores votos, sinceramente

Ruby Robichek

Therese levantou do banquinho, deixou algum dinheiro no balcão e saiu correndo. Correu o tempo todo até o Warrior Hotel, pediu a ligação e esperou, com o fone no ouvido, até ouvir o telefone tocar na casa de Carol. Ninguém atendeu. Tocou vinte vezes e ninguém atendeu. Pensou em ligar para o advogado de Carol, Fred Haymes. Resolveu que não devia. Também não queria ligar para Abby.

Nesse dia choveu, e Therese ficou deitada na cama, no quarto, fitando o teto, esperando até as três horas, quando pretendia telefonar de novo. A sra. Cooper lhe trouxe o almoço em uma bandeja por volta do meio-dia. Achou que ela estivesse doente. Therese não conseguia comer, entretanto, e não sabia o que fazer com a comida.

Ela ainda tentava pegar Carol em casa às cinco horas. Finalmente a campainha parou e houve uma confusão na linha, duas telefonistas disputando a ligação, e as primeiras palavras que Therese ouviu de Carol foram:

– Sim, que diabo!

Therese sorriu e a dor abandonou seus braços.

– Alô? – disse Carol bruscamente.

– Alô? – a ligação estava ruim. – Recebi a carta, a do cheque. O que houve, Carol?... Quê?

A voz de Carol, parecendo incomodada, repetia entre os estalos da estática:

– *Acho que esta linha está grampeada, Therese...* Você está bem? Vem para casa? Não posso falar muito tempo agora.

Therese franziu a testa, carecendo de palavras:

– Sim, acho que posso partir hoje – em seguida desabafou: – O que é, Carol? Eu não consigo aguentar isso, não saber de nada!

– *Therese!* – Carol prolongou o nome por cima das palavras de Therese, como se as tivesse deletando. – Você quer voltar para casa para eu poder falar com você?

Therese achou ter ouvido um suspiro de impaciência da parte de Carol:

– Mas eu preciso saber agora. Dá para você me ver mesmo quando eu voltar?

– Força, Therese.

Era essa a maneira delas falarem entre si? Eram essas as palavras que usavam?

– Mas você pode?

– Eu não sei – respondeu Carol.

Um frio subiu pelo seu braço, até os dedos que seguravam o telefone. Sentiu que Carol a odiava. Porque fora sua culpa, seu erro idiota a respeito da carta que Florence achara. Algo acontecera, e talvez Carol não pudesse nem mesmo quisesse vê-la de novo.

– O negócio do tribunal já começou?

– Acabou. Eu te escrevi a respeito disso. Não posso falar mais. Até logo, Therese – Carol esperou pela resposta dela. – Eu preciso me despedir.

Therese repôs o fone lentamente no gancho.

Ela ficou no vestíbulo do hotel, olhando para as figuras borradas em torno do balcão principal. Tirou a carta de Carol do bolso e leu-a de novo, mas a voz de Carol estava mais próxima, dizendo impacientemente:

– Você quer vir para casa para eu poder falar com você? – tirou o cheque e olhou de novo para ele, de cabeça para baixo, e rasgou-o lentamente. Deixou cair os pedaços numa escarradeira de bronze.

Mas as lágrimas só vieram quando voltou para casa e reviu seu quarto, as camas unidas, a pilha de cartas de Carol na mesa. Não conseguiria ficar ali nem mais uma noite.

Iria para um hotel passar a noite e, se a carta que Carol mencionara não chegasse na manhã seguinte, partiria de qualquer maneira.

Therese baixou sua valise do armário e abriu-a na cama. O canto dobrado de um lenço se projetava de um dos bolsos. Therese pegou-o e levou-o ao nariz, lembrando da manhã em Des Moines quando Carol o pusera ali, com o toque de perfume e o comentário zombeteiro dela por tê-lo posto ali, do qual Therese rira. Therese ficou em pé, com uma mão no encosto de uma cadeira e a outra fechada em punho a se erguer e se abaixar sem objetivo, e o que sentia era tão confuso quanto a mesa e as cartas que entrevia, de testa franzida, diante dela. Em seguida, estendeu a mão para pegar a carta encostada nos livros atrás da mesa. Não a vira antes, embora estivesse bem à vista. Therese rasgou o envelope. Era a carta que Carol mencionara. Era uma longa carta, com tinta azul-clara em certas páginas e azul-escura em outras e palavras riscadas. Leu a primeira página, em seguida voltou a lê-la.

Segunda-feira
Minha querida,

Eu nem sequer irei ao tribunal. Esta manhã tive uma amostra do que Harge pretende fazer contra mim. Sim, eles têm algumas conversas gravadas – a saber, Waterloo, e seria inútil tentar enfrentar um tribunal diante disso. Eu teria vergonha, estranhamente não por mim mesma, mas por minha filha, sem dizer do desgosto de te obrigar a comparecer. Tudo foi muito simples esta manhã – eu simplesmente me rendi. O importante agora é o que eu pretendo fazer no futuro, disseram os advogados. Disso depende se verei de novo minha filha, porque agora Harge obtém com facilidade a guarda completa dela. A questão era se eu ia parar de te ver (e outras como você, disseram eles!). Não era colocado assim tão claramente. Havia uma dúzia de rostos abrindo a boca e falando como os juízes do Juízo Final – me lembrando das minhas responsabilidades, da minha posição social e do meu futuro. (Qual o futuro que prepararam para mim? Será que vão investigá-lo dentro de seis meses?) – Eu disse que ia parar de te ver. Eu não sei se você vai compreender, Therese, já que é tão jovem e nem sequer teve uma mãe que te amasse desesperadamente. Por essa promessa, me darão a maravilhosa recompensa, o privilégio de ver minha filha algumas semanas por ano.
Horas depois:
Abby está aqui. A gente está falando de você – ela te manda seu carinho do mesmo modo que eu mando o meu. Abby me lembra das coisas que já sei – que você é muito jovem e me adora.

Abby não acha que eu devia mandar esta carta para você, mas te contar quando você viesse. A gente teve uma discussão e tanto sobre isso. Eu lhe digo que ela não te conhece tão bem quanto eu, e acho agora que, de certa maneira, ela não me conhece tão bem quanto você, e essa maneira diz respeito às emoções. Não estou muito feliz hoje, meu doce. Estou bebendo meus uísques de centeio, e você me diria que eles me deprimem, eu sei. Mas eu não estava preparada para estes dias, depois daquelas semanas com você. Foram semanas felizes – você sabia disso mais do que eu. Embora tudo o que passamos não tenha sido mais do que um começo. Eu quis tentar te dizer nesta carta que você nem chegou a saber do restante e talvez nunca venha a saber e não esteja talhada para isso – quero dizer, destinada a isso. Nós nunca brigamos, nunca voltamos deixando de saber que não havia nada que quiséssemos no céu ou no inferno a não ser ficar juntas. Será que você gostava tanto assim de mim, não sei. Mas isso tudo faz parte da coisa e o que passamos foi apenas um começo. E foi tão pouco tempo. Por isso terá deitado raízes mais curtas em você. Você diz que me ama do jeito que eu sou, mesmo quando reclamo. Eu digo que te amo para sempre, a pessoa que você é, e a pessoa que há de ser. Eu diria isso no tribunal se significasse alguma coisa para aquelas pessoas ou tivesse a possibilidade de mudar algo, porque não é dessas palavras que tenho medo. Quero dizer, querida, que vou te mandar esta carta e acho que você entenderá o motivo, o motivo por que eu disse aos advogados ontem que eu não te veria mais e o motivo por que tive de dizer-lhes isso, e eu estaria te subestimando se achasse que você seria incapaz de compreender, se achasse que você haveria de preferir mais delongas.

Ela parou de ler e se levantou, foi andando devagar até a escrivaninha. Sim, ela compreendia por que Carol mandara a carta. Porque Carol amava mais sua filha do que a ela. E devido a isso, os advogados puderam manipulá-la, obrigá-la a fazer exatamente o que queriam. Therese não conseguia imaginar Carol sob coerção. E no entanto, ali estava isso. A carta era uma rendição. Therese sabia que nenhuma situação cujo pivô fosse ela teria arrancado isso de Carol. Por um instante, teve a percepção extraordinária de que Carol dedicara apenas uma fração de si mesma a ela, Therese, e de repente todo aquele mundo do mês passado se rompeu e, como uma tremenda mentira, quase desmoronou. No instante seguinte, Therese já não acreditava. No entanto, restava o fato, Carol escolhera a filha. Ela fitou o envelope de Richard na mesa e sentiu todas as palavras que quisera dizer, que nunca dissera a ele, se avolumarem em uma enxurrada dentro dela. Que direito tinha ele de falar sobre quem ela amava ou como amava? O que conhecia ele sobre ela? O que jamais conhecera?

...exagerado e ao mesmo tempo minimizado [ela seguiu lendo outra página da carta de Carol]. *Mas entre o prazer de um beijo e daquilo que um homem e uma mulher fazem na cama, me parece haver apenas a diferença de grau. Um beijo, por exemplo, não deve ser minimizado, nem seu valor julgado por outro. Eu fico pensando se esses homens valorizam seu prazer em termos procriativos ou não, ou se os consideram mais agradáveis no primeiro caso. É uma questão de prazer, afinal de contas, e de que vale discutir o prazer de uma casquinha de sorvete em comparação ao de um jogo de futebol – ou de um quarteto de Beethoven ao da Mona Lisa. Deixo isso para os filósofos. Mas a atitude deles era a de que eu devia ser uma demente ou cega (além de haver uma espécie de desencanto, achei, pelo fato de uma mulher bastante atraente ser presumivelmente indisponível aos homens). Alguém trouxe a "estética" para o debate, é claro que contra mim. Eu perguntei se eles realmente queriam discutir isso – o que provocou a única risada em todo o espetáculo. Porém a questão mais importante não foi mencionada nem pensada por ninguém – que o ajuste entre dois homens ou duas mulheres pode ser absoluto e perfeito, de um modo que jamais pode ser entre a mulher e o homem, e que talvez certas pessoas desejam exatamente isto, enquanto outras desejem aquela coisa mais incerta e movediça que acontece entre os homens e as mulheres. Foi dito ontem, ou pelo menos insinuado, que meu rumo atual me levaria às profundezas*

da depravação e da degradação humana. Sim, eu me rebaixei bastante desde que eles te tiraram de mim. É verdade, se eu tivesse de continuar assim, espionada, atacada, jamais possuindo alguém por um tempo suficiente, de modo que o conhecimento de outra pessoa acaba se tornando algo superficial – isso sim é uma degeneração. Ou viver ao contrário do que se é, isso sim é degradante por definição.

Querida, eu extravaso tudo isso para você [as linhas seguintes estavam riscadas]. Você há de sem dúvida lidar com seu futuro muito melhor que eu. Deixe que eu seja um mau exemplo para você. Se você ficou magoada agora, além do que acha possível suportar, e se isso te faz – agora ou um dia – me odiar, e foi o que eu disse a Abby, então não lamentarei. Talvez eu tenha sido aquela pessoa que você foi fadada a conhecer, como você diz, e a única, e você pode superar isso tudo. Mas se você não o fizer, por causa de toda a miséria e tristeza do momento, eu sei que o que você disse naquela tarde está certo – não precisava ser assim. Eu quero conversar com você uma vez depois de sua volta, se você quiser, a não ser que se sinta incapaz disso.

Suas plantas ainda vicejam na varanda dos fundos. Eu as rego todo dia...

Therese não conseguiu prosseguir na leitura. Do outro lado da porta, ouviu passos que desciam lentamente a escada, caminhando com mais segurança pelo corredor. Os passos findos, ela abriu a porta e ficou ali um momento, lutando contra o impulso de sair porta afora e abandonar tudo. Em seguida desceu o corredor e foi até a porta da sra. Cooper, nos fundos.

A sra. Cooper atendeu à sua batida, Therese disse as palavras que preparara, sobre partir naquela noite. Olhou para o rosto da sra. Cooper, que não a escutava, apenas reagia à imagem do rosto de Therese, e a sra. Cooper pareceu de repente seu próprio reflexo, do qual ela não podia fugir.

– Sim, sinto muito, srta. Belivet. Sinto muito que seus planos não tenham dado certo – disse ela, enquanto seu rosto nada mais registrava do que espanto e curiosidade.

Então Therese voltou para o quarto e começou a arrumar suas coisas, botando nos fundos da valise a maquete de papelão que ela achatara completamente e depois seus livros. Após um instante, ouviu a sra. Cooper se aproximando lentamente da porta, como se estivesse carregando algo, e Therese pensou, se ela estiver me trazendo outra bandeja, eu grito. A sra. Cooper bateu.

– Para onde devo mandar sua correspondência, querida, no caso de haver mais cartas? – perguntou a sra. Cooper.

– Ainda não sei. Vou ter de escrever e lhe informar – Therese sentiu náuseas e a cabeça vazia, quando se levantou.

– Você não vai voltar para Nova York assim tarde da noite, vai? – a sra. Cooper chamava tudo que vinha depois da seis horas de "noite".

– Não – disse Therese. – Eu só vou viajar um pouco – ela estava impaciente para ficar sozinha. Olhou para a mão da sra. Cooper a provocar uma saliência sob a cintura do avental xadrez cinzento, para os chinelos rachados e macios, gastos até ficarem da espessura de uma folha de papel, naqueles pisos em que eles haviam pisado anos antes dela ir para lá, e em que haveriam de repetir os mesmos passos anos depois de ela partir.

– Olha, não deixe de me dar notícias de como está se saindo – disse a sra. Cooper.

– Sim.

Ela foi de carro até um hotel, um hotel diferente daquele que ela sempre fora com Carol. Em seguida saiu para uma caminhada, inquieta, evitando todas as ruas em que estivera com Carol. Devia ter ido para outra cidade, pensou, parando, meio decidida a voltar para o carro. Então continuou a andar, sem se importar, na verdade, com onde estava. Caminhou até sentir frio, e a biblioteca era o lugar mais próximo onde podia se aquecer. Passou pela lanchonete e deu uma olhada lá dentro. Dutch viu-a, e com o movimento habitual de sua cabeça, como se ele tivesse de olhar por baixo de algo para vê-la pela janela, sorriu e fez um aceno. A mão dela respondeu automaticamente, dando adeus, e de repente ela pensou no seu quarto em Nova York, com o vestido ainda no sofá-cama, e o canto do tapete virado.

Se ela apenas pudesse esticar a mão agora e endireitá-lo, pensou. Ficou ali fitando a avenida de aspecto sólido, meio estreita, com seus lampiões de rua arredondados. Uma figura solitária caminhava na calçada em sua direção. Therese subiu os degraus da biblioteca.

A sra. Graham, a bibliotecária, saudou-a como sempre, mas Therese não entrou na sala de leitura principal. Havia duas outras pessoas ali esta noite – o homem calvo de óculos com armação preta que se sentava frequentemente na mesa do meio –, e quantas vezes não se sentara ela naquela sala com uma carta de Carol no bolso? Com Carol a seu lado. Subiu a escada, passou a sala de história e de arte no segundo andar, subindo até o terceiro, onde nunca estivera antes. Havia uma única sala de aspecto empoeirado com as paredes todas forradas de estantes fechadas por vidraças, umas poucas pinturas a óleo, e bustos de mármore sobre pedestais.

Therese se sentou em uma das mesas, seu corpo se distendeu, dolorido. Descansou a cabeça sobre os braços em cima da mesa, de repente bamba e sonolenta, mas no instante seguinte empurrou a cadeira para trás e se levantou. Sentiu arrepios de terror nas raízes dos cabelos. Ela estivera, de certo modo, fingindo até agora que Carol não se fora, que quando voltasse para Nova York veria Carol e tudo seria, e teria de ser, como antes. Olhou, nervosa, em volta da sala, como se buscasse alguma contestação, alguma retificação. Por um instante sentiu que seu corpo podia se estilhaçar, ou se atirar pela vidraça da janela-porta do outro lado da sala. Fixou o olhar em um busto descorado de Homero, cujas sobrancelhas erguidas interrogativamente estavam ligeiramente delineadas pela poeira. Virou-se para a porta e notou pela primeira vez o retrato por cima da verga.

Era apenas parecido, pensou, não exatamente igual, mas o reconhecimento a abalara até a alma, crescia à medida que ela olhava, e percebeu que era exatamente o mesmo, só que muito maior, e que o vira muitas vezes no vestíbulo que dava para a sala de música antes de o tirarem dali quando era ainda pequena – a mulher sorridente no vestido cheio de adornos de uma corte qualquer, com a mão pousada logo abaixo da garganta, cabeça arrogante meio virada, como se o pintor a houvesse de certo modo flagrado em movimento, de modo que até as pérolas que pendiam de cada orelha pareciam se mexer. Ela conhecia as maçãs do rosto curtas, bem modeladas, a fronte não muito alta que até no quadro parecia se projetar um pouco sobre os olhos vivos, que sabiam tudo de antemão, e simpatizavam e riam ao mesmo tempo. Era Carol. Então, no longo momento em que ela não conseguiu desviar seus olhos dela, a boca sorriu e os olhos a fitaram com nada menos que zombaria, e, caído o último véu, somente se via escárnio e chacota, o esplêndido regozijo da traição consumada.

Com um suspiro trêmulo, Therese correu escada abaixo. No vestíbulo do térreo, a srta. Graham lhe disse qualquer coisa, Therese ouviu sua resposta soar como o balbucio de um idiota, porque ela ainda arfava, lutando para respirar, quando passou pela srta. Graham e saiu correndo do prédio.

Capítulo vinte e dois

No meio do quarteirão, abriu a porta do café, mas tocavam uma das canções que ouvira com Carol em tudo que era lugar, e ela deixou que a porta se fechasse e continuou a andar. A música estava viva, porém o mundo estava morto. E a canção morreria um dia, pensou, mas como haveria de renascer o mundo? Como haveria de voltar a ter sal?

Ela andou até o hotel. No seu quarto, molhou uma toalha com água fria e colocou-a sobre os olhos. O quarto estava frio, então ela despiu seu vestido, tirou os sapatos e se enfiou na cama.

Lá fora, uma voz esganiçada, abafada no espaço vazio, gritava:

– Olha o *Chicago Sun Times*!

Em seguida, o silêncio, e ela tentava dormir, mas já o cansaço lhe provocava uma tontura desagradável, como uma embriaguez. Agora havia vozes no corredor, falando sobre uma mala perdida, e foi esmagada por uma sensação de inutilidade, enquanto jazia ali deitada com a toalha de rosto molhada, cheirando a remédio, sobre os olhos inchados. As vozes discutiam, ela sentiu sua coragem se esvair, e em seguida sua vontade, e, em pânico, tentou pensar no mundo lá fora, em Dannie e na sra. Robichek, em Frances Cotter na Pelikan Press, na sra. Osborne e no seu próprio apartamento lá em Nova York, mas sua mente se recusava a analisar ou a renunciar, e sua mente agora era igual a seu coração e se recusava a abrir mão de Carol. Os rostos sobrenadavam juntos, como as vozes lá fora. Havia também os rostos da Irmã Alícia e de sua mãe. Havia o último quarto em que ela dormira no colégio. Havia a manhã em que fugira do dormitório cedinho e atravessara o gramado correndo como um jovem animal enlouquecido pela primavera e avistara a própria Irmã Alícia correndo enlouquecida por um campo, seus sapatos brancos reverberando como patos no capim alto, e levara minutos para perceber que a Irmã Alícia perseguia uma galinha fujona. Houve o momento na casa de uma amiga qualquer de sua mãe, quando fora pegar um pedaço de bolo e derrubara o prato no chão, e sua mãe lhe dera um tapa na cara. Viu o retrato no saguão do colégio, se mexendo e respirando agora, como Carol, zombeteiro e cruel, acabando com ela, como se algum plano maligno e há muito engendrado houvesse se consumado. O corpo de Therese se contraiu de terror, enquanto a conversa continuava no corredor, indiferentemente, chegando a seus ouvidos como o ruído nítido e assustador de gelo a rachar em algum açude lá fora.

– O que você quer dizer que fez?
– Não...
– Se tivesse feito a mala estaria lá embaixo na sala de registro...
– Ah, eu lhe disse...
– Mas você quer que eu perca uma mala para você não perder o seu emprego!

Sua mente atribuía um sentido individual a cada frase, como um tradutor lento qualquer que se atrasasse e finalmente perdesse o fio.

Sentou-se na cama, com um final de pesadelo na cabeça. O quarto estava quase escuro, com sombras sólidas e profundas nos cantos. Ela buscou o interruptor com o braço e semicerrou os olhos contra a luz. Deixou cair 25 centavos no rádio na parede e aumentou o volume no primeiro som que captou. Era a voz de um homem e em seguida a música começou a tocar, uma peça alegre, oriental, que constava da seleção na aula de apreciação musical do colégio. "Em um Mercado Persa", lembrou-se automaticamente, e agora seu ritmo ondulante, que sempre lhe lembrara o andar de um camelo, levou-a de volta à sala meio pequena do internato, com ilustrações das óperas de Verdi nas paredes em volta, acima dos altos lambris. Ouvira a peça algumas vezes em Nova York, mas nunca a ouvira com Carol, ouvira-a ou pensara nela desde que conhecera Carol, e agora a música era como uma ponte a sobrevoar o tempo sem tocar em nada. Pegou o abridor de cartas de Carol na mesinha de cabeceira, a faca de madeira que de algum modo acabara na sua valise quando arrumaram suas coisas, apertou o cabo e correu o polegar contra seu fio, porém sua realidade parecia negar Carol, ao invés de afirmá-la, não a evocava tanto quanto a música que elas nunca ouviram juntas. Pensou em Carol com um toque de ressentimento, em Carol como um ponto distante de silêncio e imobilidade.

Therese foi até a pia para lavar o rosto com água fria. Devia arranjar um emprego, amanhã se possível. Fora esta sua ideia ao parar ali, trabalhar durante uma semana ou duas e não ficar chorando em quartos de hotel. Ela devia mandar o nome do hotel como endereço para a sra. Cooper, simplesmente por cortesia. Era outra coisa que precisava fazer, embora não quisesse. E valeria a pena escrever de novo para Harkevy, ponderou ela, depois de seu bilhete polido porém vago em Sioux Falls. "... Terei muito prazer em revê-la quando voltar para Nova York, mas não me é possível prometer nada nesta primavera. Seria uma boa ideia ver o sr. Ned Bernstein, o coprodutor, quando você voltar. Ele poderá lhe informar mais sobre o que anda acontecendo nos ateliês cenográficos do que eu..." Não, ela não tornaria a escrever sobre isso.

Lá embaixo, comprou um cartão-postal do Lago Michigan e escreveu propositadamente uma mensagem alegre para a sra. Robichek. Parecia falsa, enquanto a escrevia, mas ao se afastar da caixa de correio onde a enfiara, tomou consciência de repente da energia em seu corpo, da elasticidade nos dedos de seus pés, da juventude em seu sangue que lhe aquecia as faces à medida que apressava o passo, e sabia que era livre e abençoada comparada à sra. Robichek, o que escrevera não era falso, porque ela podia tão bem arcar com aquilo. Não era encolhida, nem meio cega, nem sentia dor. Ela se colocou diante da vitrine de uma loja e botou rápido mais batom. Uma rajada de vento a fez vacilar até recuperar o equilíbrio. Mas podia perceber na frieza do vento um âmago primaveril, como um coração caloroso e jovem dentro dele. Amanhã de manhã ela ia começar a procurar emprego. Podia viver do dinheiro que restava e poupar o que ganhasse para voltar para Nova York. Podia telegrafar para seu banco pedindo o resto de seu dinheiro, é claro, mas não era isso que queria. Queria duas semanas de trabalho entre pessoas que não conhecia, fazendo o tipo de trabalho que milhões faziam. Queria entrar no papel de outra pessoa.

Respondeu a um anúncio de recepcionista-arquivista, que dizia ser preciso pouca datilografia e para se apresentar pessoalmente. Eles pareceram achar que ela servia, e passou a manhã inteira aprendendo sobre os arquivos. Um dos patrões chegou depois do almoço e disse que queria uma garota que soubesse um pouco de estenografia. Therese não sabia. No colégio aprendera datilografia, mas não estenografia, por isso estava fora.

Ela procurou de novo nas colunas dos empregos nos classificados, naquela tarde. Então lembrou-se da placa na cerca do depósito de madeira, que não era longe do hotel. "Precisa-se de moça para trabalho de secretária em geral e controle de estoque. $40 por semana." Se eles não exigissem estenografia, ela podia se enquadrar. Era por volta de três horas quando ela entrou na rua ventosa onde ficava o depósito de madeira. Ergueu a cabeça e deixou o vento afastar seu cabelo da cara. E lembrou Carol a dizer, gosto de ver você andar. Quando te vejo à distância, tenho a sensação de que você está andando na palma de minha mão e tem dez centímetros de altura. Ela podia ouvir a voz suave de Carol sob a algazarra do vento, e ficou tensa, de amargura e de medo. Andou mais depressa, correu alguns passos, como se pudesse fugir correndo do pântano de amor, ódio e ressentimento no qual sua mente de repente chafurdava.

O escritório consistia em uma cabana de madeira, ao lado do depósito. Ela entrou e falou com um certo sr. Zambrowski, um sujeito careca de movimentos lentos, com uma corrente de relógio dourada que mal se estendia sobre sua barriga. Antes de Therese perguntar sobre estenografia, ele disse espontaneamente que não precisava. Disse que a experimentaria durante o resto da tarde e amanhã. Duas outras garotas vieram atrás do emprego na manhã seguinte e o sr. Zambrowski anotou seus nomes, mas antes do meio-dia ele disse que o emprego era dela.

– Se não houver problema em você chegar aqui às oito horas da manhã – disse o sr. Zambrowski.

– Não há – ela viera às nove da manhã naquele dia, mas teria chegado às quatro da madrugada se ele lhe tivesse pedido.

Seu horário era das oito às quatro e meia, e sua responsabilidade consistia em checar as remessas da serraria para o depósito, de acordo com os pedidos recebidos, e em escrever cartas de confirmação. Ela não via muita madeira da sua mesa no escritório, mas o cheiro dela pairava no ar, fresco como se as serras tivessem acabado de expor a superfície das tábuas brancas de pinho, e ela podia ouvi-las quicar e estalar quando os caminhões paravam no centro do depósito. Gostava do trabalho, gostava do sr. Zambrowski e gostava dos madeireiros e motoristas de caminhão que vinham ao escritório esquentar as mãos na lareira. Um dos madeireiros, chamado Steven, rapaz atraente com uma barbinha curta dourada, convidou-a algumas vezes para almoçar com ele na lanchonete na rua. Convidou-a para sair na sábado à noite, mas Therese não queria passar uma noite inteira com ele, nem com qualquer outra pessoa, ainda.

Uma noite Abby ligou para ela.

– Você sabe que tive de ligar duas vezes para Dakota do Sul para te achar? – disse Abby, irritada. – O que você está fazendo por aí? Quando vai voltar?

A voz de Abby aproximou-a de Carol como se fosse Carol falando. Provocou de novo o aperto oco na sua garganta e por um instante ela não conseguiu responder nada.

– Therese?

– Carol está aí com você?

– Ela está em Vermont. Esteve doente – disse a voz rouca de Abby, e não havia nenhum humor nela agora. – Está descansando.

– Está doente demais para ligar para mim? Por que não me diz, Abby? Ela está melhor ou pior?

– Melhor. Por que você não tentou telefonar para saber?

Therese apertou o fone. Sim, por que não fizera isso? Porque andara pensando em um quadro em vez de em Carol.

– Qual o problema que ela tem? Está...
– Essa é uma ótima pergunta. Carol te escreveu contando o que aconteceu, não foi?
– Sim.
– Ora, você espera que ela quique como uma bola de borracha? Ou saia te procurando pela América inteira? O que você acha que isso é, um jogo de esconde-esconde?

Toda a conversa daquele almoço com Abby desabou em cima de Therese. Segundo a visão de Abby, tudo era culpa dela. A carta que Florence achou foi o equívoco final.

– Quando é que você volta? – perguntou Abby.
– Dentro de mais ou menos dez dias. A não ser que Carol queira o carro antes.
– Não quer. Não voltará antes de dez dias.

Therese obrigou-se a dizer:
– E a respeito daquela carta, aquela que eu escrevi, você sabe se a acharam antes ou depois?
– Antes ou depois de quê?
– Depois dos detetives começarem a nos seguir.
– Acharam depois – disse Abby, suspirando.

Therese apertou os dentes. Mas não importava o que Abby achava dela, somente o que Carol achava.
– Onde está ela em Vermont?
– Não ligaria para lá, se eu fosse você.
– Mas você não é, e eu quero ligar.
– Não faça isso. É um conselho que te dou. Posso transmitir qualquer recado a ela. Isso é importante – e fez-se um silêncio frio. – Carol quer saber se você precisa de dinheiro e sobre o carro.
– Não preciso de nenhum dinheiro. O carro está bem – ela precisava fazer mais uma pergunta. – E Rindy, o que sabe sobre isso tudo?
– Ela conhece o significado da palavra divórcio. E ela queria ficar com Carol. O que não torna as coisas mais fáceis para Carol.

Muito bem, muito bem, queria dizer Therese. Ela não incomodaria Carol telefonando, escrevendo, mandando recados, a não ser que fosse um recado sobre o carro. Tremia quando largou o telefone. E pegou imediatamente de novo:

– Aqui é do quarto 611 – disse ela. – Não quero receber mais nenhum interurbano, nenhum mesmo.

Olhou para o abridor de cartas de Carol na mesinha de cabeceira, agora ele significava Carol, a pessoa em carne e osso, a Carol sardenta com um canto de dente quebrado. Será que devia alguma coisa a Carol, a Carol em pessoa? Não estaria Carol brincando com ela, como dissera Richard? Ela lembrava as palavras de Carol, "Quando você tem marido e filha é um pouco diferente". Franziu a testa para o abridor de carta, sem compreender por que ele se tornara apenas um abridor de carta, de repente, por que era-lhe indiferente guardá-lo ou jogá-lo fora.

Dois dias depois, chegou uma carta de Abby com um cheque de 150 dólares, que Abby lhe disse "para esquecer". Abby disse que falara com Carol, que ela gostaria de ter notícias suas, e deu-lhe o endereço de Carol. Era uma carta meio fria, porém o gesto do cheque não fora frio. Não fora inspirado por Carol, sabia Therese.

– Obrigada pelo cheque – respondeu Therese. – É muita gentileza sua, mas não o usarei nem preciso dele. Você me pede para escrever para Carol. Não acho que sou capaz, nem devo.

Dannie estava sentado no vestíbulo do hotel em uma tarde quando ela voltou para casa depois do trabalho. Não conseguia acreditar inteiramente que fosse ele, aquele rapaz de olhos escuros que se levantou da cadeira sorrindo e veio lentamente em sua direção. Então a imagem de seus cabelos pretos soltos, postos mais em desalinho pela gola virada do casaco, o sorriso generoso e simétrico se tornaram tão familiares como se ela o tivesse visto no dia anterior.

– Oi, Therese – disse ele. – Surpresa?

– Sim, tremenda! Eu tinha desistido de você. Nenhuma palavra sua em duas semanas – ela se lembrou que o dia 28, quando ele disse que partiria de Nova York, fora o dia em que viera para Chicago.

– Eu praticamente desisti de você – disse Dannie rindo. – Tive de me demorar em Nova York. E foi uma sorte, porque tentei te telefonar e sua senhoria me deu seu endereço – os dedos de Dannie se mantinham firmemente agarrados ao cotovelo dela. Andavam lentamente em direção aos elevadores. – Você está maravilhosa, Therese.

– Estou? É um tremendo prazer te ver – havia um elevador aberto diante deles. – Quer subir?

– Vamos comer alguma coisa. Ou é cedo demais? Eu não almocei nada hoje.

– Então certamente não é cedo demais.

Foram a um lugar que Therese conhecia, especializado em bifes. Dannie chegou a pedir coquetéis, apesar de normalmente nunca beber.

– Você está aqui sozinha? – disse ele. – Sua senhoria em Sioux Falls me disse que você partiu sozinha.

– Carol não pôde voltar, afinal.

– Ah. E você resolveu ficar mais tempo?

– Sim.

– Até quando?

– Até mais ou menos agora. Vou voltar na semana que vem.

Dannie escutava com seu olhar negro e caloroso fixo no rosto dela, sem nenhum espanto.

– Por que você não vai para o Oeste em vez de para o Leste e passa um tempinho na Califórnia? Tenho um trabalho em Oakland. Preciso estar lá depois de amanhã.

– Que tipo de trabalho?

– Pesquisa. Exatamente o que eu pedi. Me dei melhor do que eu pensava nos meus exames.

– Foi o primeiro da turma?

– Eu não sei. Duvido. Os créditos não eram desse tipo. Você não respondia a nenhuma pergunta.

– Eu quero voltar para Nova York, Dannie.

– Ah – ele sorriu, olhando para seu cabelo, seus lábios, e lhe ocorreu que jamais a vira com tanta maquiagem assim. – Você parece tão adulta de repente – disse ele. – Mudou seu cabelo, não foi?

– Um pouquinho.

– Não parece mais amedrontada. Ou mesmo séria.

– Isso me agrada – ela se sentia tímida com ele e, no entanto, de certo modo, próxima, uma proximidade carregada de algo que ela nunca sentira com Richard. Algo em suspenso, que lhe agradava. Um pouco de sal, pensou ela. Olhou para a mão de Dannie na mesa, para o músculo forte que se avolumava abaixo do polegar. Lembrava de suas mãos nos seus ombros, naquele dia no quarto. Era uma memória agradável.

– Você sentiu um pouquinho de falta de mim, não sentiu, Terry?

– Claro.

– Você nunca pensou que podia gostar um pouquinho de mim? Tanto quanto de Richard, por exemplo? – perguntou ele, com um traço de surpresa na própria voz, como se fosse uma pergunta fantástica.

– Eu não sei – respondeu ela depressa.

– Mas você não está pensando mais em Richard, está?

– Você deve saber que não.

– Em quem então? Carol?

Ela se sentiu subitamente nua, sentada ali diante dele.

– Sim. Estava.

– Mas não agora?

Therese ficou espantada com a capacidade dele de dizer essas palavras sem nenhum espanto, sem nenhuma atitude.

– Não. É que não consigo falar com ninguém sobre isso, Dannie – terminou ela, e sua voz soava profunda e tranquila aos seus ouvidos, como a voz de outra pessoa.

– Não deseja esquecer, já que é passado?

– Não sei. Não sei exatamente o que você quer dizer com isso.

– Quero dizer, você se arrepende?

– Não. Será que eu faria a mesma coisa de novo? Sim.

– Você quer dizer com outra pessoa, ou com ela?

– Com ela – disse Therese. O canto de sua boca se ergueu em um sorriso.

– Mas o final foi um fiasco.
– Sim. Quero dizer que eu também passaria pelo final.
– E ainda está passando.
Therese não disse nada.
– Vai vê-la de novo? Você se importa de eu lhe fazer todas essas perguntas?
– Não me importo – respondeu ela. – Não, não vou vê-la de novo. Não quero.
– Mas outra pessoa?
– Outra mulher? – Therese sacudiu a cabeça: – Não.
Dannie olhou para ela e sorriu, lentamente:
– É isso que importa. Ou melhor, é isso que faz com que não seja importante.
– O que você quer dizer?
– Quero dizer que você é tão jovem, Therese. Vai mudar. Vai esquecer.
Ela não se sentia jovem.
– Richard falou com você? – perguntou ela.
– Não. Acho que ele quis uma noite, mas eu cortei antes de ele começar.
Ela percebeu o sorriso amargo na própria boca, deu uma última tragada no seu cigarro e apagou-o.
– Espero que ele ache alguém que o escute. Ele precisa de uma plateia.
– Ele se sente rejeitado. Seu ego sofre. Jamais pense que sou igual a Richard. Acho que a vida das pessoas pertence a elas.
Algo que Carol dissera uma vez lhe veio à mente: todo adulto possui segredos. Isso foi dito da maneira casual, como tudo que Carol dizia, mas ficou indelevelmente impresso no seu cérebro, como o endereço que ela escrevera no canhoto da nota da Frankenberg's. Teve um ímpeto de contar a Dannie o resto, sobre o quadro na biblioteca, o quadro no colégio. E sobre a Carol que não era um quadro, mas uma mulher com uma filha e um marido, com sardas nas mãos e um hábito de praguejar, de ficar melancólica em momentos inesperados, com o mau hábito de sempre

ceder ao próprio desejo. Uma mulher que suportara muito mais em Nova York do que ela em Dakota do Sul. Ela olhou para os olhos de Dannie, para seu queixo com a ligeira covinha. Sabia que até agora estivera sob um encantamento que a impedia de ver qualquer pessoa no mundo, a não ser Carol.

– Em que está pensando agora? – perguntou ele.

– Sobre o que você disse uma vez em Nova York, sobre usar as coisas e jogá-las fora.

– Ela fez isso com você?

Therese sorriu:

– Eu é que farei.

– Então encontre alguém que você jamais vai querer jogar fora.

– Que não se esgote – disse Therese.

– Vai escrever para mim?

– Claro.

– Me escreva dentro de três meses.

– Três meses? – mas de repente ela percebeu o que ele quis dizer. – E não antes?

– Não – ele olhava fixamente para ela. – Isso é tempo bastante, não é?

– Está bem. É uma promessa.

– Prometa-me outra coisa: tire o dia de amanhã de folga para poder sair comigo. Eu tenho até as nove da noite de amanhã.

– Não posso, Dannie. Preciso trabalhar. Terei de dizer-lhes, aliás, que vou embora dentro de uma semana – esses não eram exatamente os motivos, ela sabia. E talvez Dannie soubesse, ao olhar para ela. Ela não queria passar o dia com ele; seria por demais intenso, ele a faria se lembrar demasiadamente dela mesma, e ela ainda não estava pronta.

Dannie deu uma chegada ao depósito de madeira no dia seguinte ao meio-dia. – Pretendiam almoçar juntos, mas caminharam e conversaram durante uma hora inteira em Lake Shore Drive. Naquela noite, às nove, Dannie pegou um avião rumo ao Oeste.

Oito dias depois, ela partiu para Nova York. Queria se mudar do apartamento da sra. Osborne assim que possível. Queria procurar algumas das pessoas de quem fugira no outono passado. E haveria outras pessoas, pessoas novas. Cursaria uma escola noturna nesta primavera. E queria renovar totalmente seu guarda-roupa. Tudo que tinha no momento, as roupas das quais se lembrava no seu armário em Nova York, pareciam juvenis, como se houvessem pertencido a ela anos atrás. Em Chicago, andara olhando as novidades nas lojas e ansiava por roupas que ainda não podia comprar. Tudo que podia se oferecer agora era um novo corte de cabelo.

Capítulo vinte e três

Therese entrou no seu quarto de sempre, e a primeira coisa que notou foi o canto do tapete esticado. E que aspecto pequeno e trágico tinha o quarto. E no entanto era seu, o pequeno rádio na estante e as almofadas no sofá-cama eram tão pessoais quanto uma assinatura que ela grafara há muito tempo e ficara esquecida. Como as duas ou três maquetes de cenários penduradas nas paredes que ela de propósito evitava olhar.

Foi ao banco e tirou cem dos seus duzentos dólares restantes e comprou um vestido preto e um par de sapatos.

Amanhã, pensou, ligaria para Abby e combinaria alguma coisa em relação ao carro de Carol, mas hoje não.

Naquela mesma tarde, marcou um encontro com Ned Bernstein, o coprodutor do espetáculo inglês cujos cenários Harkevy faria. Levou três das maquetes que fizera no Oeste e também as fotos de *Small Rain* para mostrar-lhe. Um trabalho de aprendiz com Harkevy, se ela o conseguisse, não daria para ela viver, mas havia outros recursos além de lojas de departamento, por exemplo.

O sr. Bernstein olhou para o trabalho dela com indiferença. Therese disse que ainda não falara com o sr. Harkevy e perguntou ao sr. Bernstein se ele sabia alguma coisa sobre a contratação de auxiliares pelo primeiro. O sr. Bernstein disse que isso dependia apenas de Harkevy, mas, até onde ele sabia, não eram necessários mais auxiliares. Nem o sr. Bernstein sabia de qualquer ateliê de cenografia que precisasse de alguém no momento. E Therese pensou no vestido de sessenta dólares. E nos cem que restavam no banco. E dissera à sra. Osborne que ela podia mostrar o apartamento a qualquer momento que ela quisesse, porque ela ia se mudar. Therese ainda não fazia ideia para onde. Levantou-se para sair e agradeceu ao sr. Bernstein por ter visto o seu trabalho. Fez isso com um sorriso.

– E a televisão? – perguntou o sr. Bernstein. – Já experimentou começar por aí? É mais fácil de entrar.

– Vou ver alguém na Dumont esta tarde – o sr. Donohue lhe dera alguns nomes em janeiro passado. O sr. Bernstein lhe deu outros.

Em seguida ela telefonou para o estúdio de Harkevy. Harkevy disse que estava de saída, mas que ela podia deixar suas maquetes no seu estúdio, ele as veria na manhã seguinte.

– Por falar nisso, vai ter um coquetel no St. Regis para Genevieve Cranell amanhã lá pelas cinco horas. Se você quiser, apareça – disse Harkevy, com seu sotaque em *stacatto*, que tornava sua voz suave precisa como uma equação matemática. – Pelo menos teremos certeza de que nos veremos amanhã. Você pode ir?

– Sim, eu adoraria. Onde no St. Regis?

Ele leu no convite. Suíte D. Das cinco às sete horas.

– Eu estarei lá às seis.

Ela deixou a cabine telefônica se sentindo tão feliz como se Harkevy a tivesse convidado para ser sua sócia. Andou os doze quarteirões até o ateliê dele e deixou as maquetes lá com um rapaz, um rapaz diferente do que ela havia visto em janeiro. Harkevy mudava com frequência de auxiliares. Ela olhou em volta de seu ateliê respeitosamente antes de fechar a porta. Talvez ele a admitisse em breve. Talvez amanhã ela soubesse.

Ela foi a uma drogaria na Broadway e ligou para Abby em New Jersey. A voz de Abby estava totalmente diferente de como soara em Chicago. Carol devia ter melhorado muito, pensou Therese. Mas não perguntou sobre Carol. Ela estava ligando para combinar sobre o carro.

– Posso ir pegá-lo, se você quiser – disse Abby. – Mas por que você não fala com Carol a esse respeito? Eu sei que ela gostaria de ter notícias suas – Abby estava na verdade fazendo todo o possível.

– Bem... – Therese não queria ligar para ela. Mas de que tinha ela medo? Da voz de Carol? Da própria Carol? – Está bem. Levarei o carro para ela, a não ser que ela não queira. Neste caso, volto a te ligar.

– Quando? Esta tarde?

– Sim. Dentro de poucos minutos.

Therese foi até a porta da loja e ali ficou alguns instantes, olhando para o anúncio de Camel com a cara enorme soprando anéis de fumaça parecidos com gigantescas roscas, para os táxis de suspensão baixa, sombrios, manobrando como tubarões no *rush* pós-matinê, para a familiar barafunda de placas de bares e restaurantes, toldos, escadas e vitrines, aquela confusão marrom-avermelhada da rua secundária, igual a centenas de outras em Nova York. Ela lembrava de uma vez andar em determinada rua das West Eighties, das fachadas de pedra marrom, recobertas de humanidade, de vidas humanas, algumas tendo início, outras terminando ali, e recordava a opressão que aquilo lhe fazia sentir, como passara correndo por ela para chegar à avenida. Havia apenas dois ou três meses. Agora o mesmo tipo de rua enchia-a de uma animação tensa, fazia com que tivesse vontade de mergulhar de cabeça nela, de descer a calçada com todos os letreiros e marquises de teatro, e gente empurrando, apressada. Ela se virou e caminhou de volta até as cabines telefônicas.

Um momento depois, ouviu a voz de Carol.

– Quando é que você chegou, Therese?

Houve um breve e palpitante abalo ao primeiro som de sua voz e então nada.

– Ontem.

– Como você está? Ainda parece a mesma? – Carol estava contida, como se talvez houvesse outra pessoa com ela, mas Therese tinha certeza de que não havia.

– Não exatamente. E você?

Carol fez uma pausa.

– Você parece diferente.
– Estou.
– Será que vou te ver? Ou você não quer? Uma vez – era a voz de Carol, mas as palavras não eram suas. As palavras eram cautelosas, inseguras. – Que tal esta tarde? Você está com o carro?
– Tenho que ver umas pessoas esta tarde. Não terei tempo – quando é que ela jamais se furtara a Carol, quando Carol a queria ver? – Você gostaria que eu levasse o carro até aí amanhã?
– Não. Eu posso ir buscar. Não estou inválida. O carro se comportou bem?
– Está em boa forma – disse Therese. – Não tem nenhum arranhão.
– E você? – perguntou Carol, mas Therese não respondeu.
– Posso te ver amanhã? Você tem tempo de tarde?
Combinaram de se encontrar no bar da Ritz Tower, na 57th Street, às quatro e meia, e em seguida desligaram.

Carol chegou quinze minutos atrasada. Therese estava sentada em uma mesa esperando por ela, de onde podia ver as portas de vidro que davam para o bar. Finalmente viu Carol empurrar uma das portas, e a tensão atingiu-a com uma dorzinha surda. Carol estava com o mesmo casaco de pele, os mesmos sapatos de camurça preta que ela usara no primeiro dia que Therese a vira, porém agora um cachecol vermelho destacava a cabeça loura erguida. Ela viu o rosto de Carol, mais magro agora, se alterar de espanto, com um pequeno sorriso, ao avistá-la.
– Olá – disse Therese.
– Eu nem te reconheci – e Carol ficou ao lado da mesa por um instante, olhando para ela, antes de sentar. – Foi simpático de sua parte querer me ver.
– Não diga isso.
Chegou o garçom e Carol pediu chá. E Therese também, mecanicamente.
– Você me odeia, Therese? – perguntou Carol.
– Não – Therese podia sentir ligeiramente o perfume de Carol, aquela doçura familiar agora estranhamente pouco familiar

por não evocar mais o que evocava. Ela largou a caixa de fósforos que estivera esmagando na mão. – Como posso te odiar, Carol?

– Acho que poderia. Odiou por algum tempo, não foi? – disse Carol, como se afirmasse um fato.

– Te odiar? Não – não exatamente, poderia ela ter dito. Mas ela sabia que o olhar de Carol já decifrava isto em seu rosto.

– E agora... você está toda adulta... com cabelo adulto e roupas de adulto.

Therese olhou dentro de seus olhos cinzentos que agora estavam mais sérios, de certo modo também saudosos, a despeito da segurança de sua cabeça arrogante, e ela baixou de novo os olhos, incapaz de penetrá-los. Ainda era bonita, pensou Therese com uma súbita dor da perda.

– Aprendi algumas coisas – disse Therese.

– O quê?

– Que eu... – Therese parou, com os pensamentos obstruídos de repente pela recordação do retrato em Sioux Falls.

– Sabe, você está ótima – disse Carol. – Desabrochou de repente. Será que é fruto de se livrar de mim?

– Não – disse rapidamente Therese. E franziu a testa para o chá que não queria. A expressão "desabrochou" que Carol usara a fez pensar em nascer e a fez se sentir envergonhada. Sim, ela nascera desde que deixara Carol. Ela nascera no instante em que vira o retrato na biblioteca, e seu grito abafado então foi como o primeiro berro de uma criança ao ser arrastada contra a vontade para o mundo. Ela olhou para Carol.

– Havia um retrato na biblioteca em Sioux Falls – disse ela. Em seguida contou a Carol sobre aquilo, de maneira simples, sem emoção, como um caso que acontecera a outra pessoa.

E Carol ouviu, sem jamais tirar os olhos dela. Carol a observava como se estivesse observando à distância alguém a quem não pudesse socorrer.

– Estranho – disse Carol baixinho. – E horripilante.

– Foi – Therese sabia que Carol compreendia. Percebeu a simpatia no olhar de Carol e sorriu, mas Carol não devolveu o sorriso. Ainda a fitava. – Em que está pensando? – perguntou Therese.

Carol pegou um cigarro.

– O que você acha? Naquele dia na loja.

Therese sorriu de novo.

– Foi tão maravilhoso quando você veio na minha direção. Por que veio?

Carol esperou.

– Por um motivo muito idiota. Porque você era a única garota que não estava ocupada. Você também não usava uniforme, eu me lembro.

Therese explodiu em uma gargalhada. Carol apenas sorriu, mas de repente voltou a ficar parecida com ela mesma, como era em Colorado Springs, antes de alguma coisa acontecer. De repente, Therese se lembrou do castiçal na sua bolsa.

– Eu comprei isto aqui para você – disse ela, entregando-o. – Encontrei em Sioux Falls.

Therese apenas o embrulhara com uns lenços de papel branco. Carol abriu-o na mesa.

– Acho um charme – disse Carol. – Igual a você.

– Obrigada. Eu achei igual a você – Therese olhou para a mão de Carol, com o polegar e a ponta do dedo médio a descansar na borda fina do castiçal, tal como vira os dedos de Carol nos pires das xícaras de café no Colorado, em Chicago, e em lugares esquecidos. Therese fechou os olhos.

– Eu te amo – disse Carol.

Therese abriu os olhos, mas não os levantou.

– Sei que você não sente a mesma coisa por mim. Sente?

Therese teve um ímpeto de negar, mas como? Ela não se sentia a mesma.

– Não sei, Carol.

– Dá no mesmo – a voz de Carol era suave, esperava uma confirmação ou negativa.

Therese fitou os triângulos de torrada no prato entre elas. Pensou em Rindy. Adiara a pergunta sobre ela.

– Você viu Rindy?

Carol deu um suspiro. Therese viu sua mão largar o castiçal.

– Sim, no último domingo, durante mais ou menos uma hora. Acho que ela pode vir me visitar algumas tardes por ano. Uma vez na vida. Perdi completamente.

– Achei que você tivesse dito algumas semanas por ano.

– Sim, aconteceram mais umas coisinhas, em particular, entre Harge e eu. Eu me recusei a fazer uma porção de promessas que ele queria que eu fizesse. E a família se meteu também. Eu me recusei a viver segundo uma lista de promessas que eles arrolaram como uma lista de delitos. Mesmo se significasse que eles iriam trancafiar Rindy e afastá-la de mim como se eu fosse um monstro. Harge contou tudo aos advogados, seja o que for que eles ainda não soubessem.

– Deus do céu – sussurrou Therese. Ela era capaz de imaginar o que significava aquilo, Rindy de visita em uma tarde, acompanhada por uma governanta vigilante, precavida contra Carol, com ordens de não perder de vista a criança, provavelmente, e Rindy que dentro em breve seria capaz de compreender tudo isso. Qual seria o prazer de uma visita assim? Harge – Therese não queria pronunciar seu nome.

– Até o tribunal foi mais bondoso – disse ela.

– Aliás, eu não prometi muita coisa no tribunal, também me recusei a fazê-lo ali.

Therese sorriu um pouco, a despeito de si mesma, porque ficara satisfeita pela recusa de Carol, pelo fato de Carol ter mantido, apesar de tudo, seu orgulho.

– Mas não foi um tribunal, sabe, apenas uma discussão em volta de uma mesa redonda. Sabe como fizeram aquela gravação em Waterloo? Cravaram um estilete na parede, provavelmente logo que chegamos lá.

– Um *estilete*?

– Eu lembro de ter ouvido alguém martelando alguma coisa. Acho que foi logo depois de a gente ter acabado no chuveiro. Lembra?

– Não.

Carol sorriu:
— Um estilete que capta o som como um gravador. Ele estava no quarto ao lado do nosso.

Therese não lembrava o martelar, mas a violência daquilo tudo voltou, destruidora, estilhaçante.

— Tudo já passou — disse Carol. — Sabe, eu quase prefiro não ver mais Rindy. Jamais vou pedir para vê-la, se ela não quiser mais me ver. Vou deixar isso a cargo dela.

— Não consigo imaginar que ela não queira te ver.

As sobrancelhas de Carol se ergueram.

— Existe alguma maneira de prever o que Harge pode fazer com ela?

Therese fez silêncio. Desviou o olhar de Carol e viu um relógio. Eram cinco e meia. Ela devia estar no coquetel antes das seis, pensou, se chegasse mesmo a ir. Vestira-se para isso, no vestido novo com uma echarpe branca, com os sapatos novos e luvas pretas novas. E como as roupas pareciam não ter importância agora. Pensou de repente nas luvas verdes de lã que a Irmã Alícia lhe dera. Será que ainda estariam embrulhadas no papel velho nos fundos de sua mala? Queria jogá-las fora.

— A gente supera as coisas — disse Carol.

— É.

— Harge e eu estamos vendendo a casa, arranjei um apartamento lá para cima na Madison Avenue. E um trabalho, acredite se quiser. Vou trabalhar numa loja de móveis na Fourth Avenue, como compradora. Alguns antepassados meus devem ter sido marceneiros — ela olhou para Therese. — De qualquer maneira, dá para viver, e eu vou gostar. O apartamento é bonito e grande, dá para duas pessoas. Eu esperava que você quisesse vir morar comigo, mas estou vendo que não.

O coração de Therese deu um pulo, exatamente como fizera quando Carol lhe telefonara naquele dia na loja. Algo nela reagiu contra sua vontade, tornando-a feliz e orgulhosa ao mesmo tempo. Sentiu-se orgulhosa de Carol ter coragem de fazer essas coisas, de dizer essas coisas, de que Carol haveria sempre de ter coragem. Ela se lembrou da coragem de Carol, enfrentando o detetive na estrada rural. Therese engoliu, tentando engolir os batimentos de seu coração. Carol nem sequer olhara para ela. Carol esfregava a ponta de seu cigarro para lá e para cá no cinzeiro. Morar com Carol? Isso já fora impossível, e fora o que ela mais queria no mundo. Morar com ela e dividir tudo com ela, verão e inverno, caminhar e ler juntas, viajar juntas. E se lembrou dos dias em que estivera magoada com Carol, quando imaginara Carol a lhe perguntar isso, e ela respondendo não.

– Você quer? – Carol olhou para ela.

Therese se sentiu equilibrada no fio de uma navalha. A mágoa já se fora. Nada mais senão a decisão restava agora, uma linha fina suspensa no ar, com nada do lado para empurrá-la ou puxá-la. Mas de um lado, Carol, e do outro, um ponto de interrogação. De um lado, Carol, e seria diferente agora, porque eram ambas diferentes. Seria um mundo tão desconhecido quanto o mundo que acabara de passar assim que ela penetrara nele. Só que agora não havia obstáculos. Therese pensou no perfume de Carol que hoje não significava nada. Um vazio a ser preenchido, diria Carol.

– Sim? – disse Carol, sorrindo com impaciência.

– Não – respondeu Therese. – Acho que não. Porque você haveria de me trair de novo. – Era isso que pensara em Sioux Falls, aquilo que ela tivera a intenção de escrever ou dizer. Mas Carol não a traíra. Carol a amava mais do que à sua filha. Este fora parte do motivo porque ela não prometera. Ela então estava se arriscando como se arriscara para obter tudo do detetive, naquele dia na estrada, quando então perdera. E agora ela viu o rosto de Carol mudando, viu os pequenos sinais de espanto e de susto tão sutis que talvez só ela poderia tê-los notado no mundo inteiro, e se viu incapaz de pensar por um instante.

– É essa a sua decisão – disse Carol.

– É.

Carol fitou seu isqueiro na mesa.

– Então é isso.

Therese olhou para ela, querendo ainda estender as mãos, tocar o cabelo de Carol e segurá-lo firme com todos seus dedos. Será que Carol não escutara a indecisão na sua voz? Therese quis fugir de repente, passar correndo pela porta e descer a calçada. Eram quinze para as seis.

— Tenho de ir a um coquetel esta tarde. É importante por causa de um possível emprego. Harkevy vai estar presente – Harkevy lhe arranjaria algum tipo de trabalho, ela tinha certeza. Ela lhe ligara ao meio-dia sobre as maquetes que deixara no seu estúdio. Harkevy gostara de todas. – Recebi também uma encomenda da televisão, ontem.

Carol ergueu a cabeça, sorrindo:

— Minha pequena importante. Agora você dá a impressão que fará algo bom. Sabe, até sua voz está diferente!

— Está? – Therese hesitou, achando cada vez mais difícil ficar sentada ali. – Carol, você pode vir ao coquetel, se quiser. É uma grande reunião em dois quartos do hotel de boas-vindas para a mulher que fará o papel principal na peça de Harkevy. Sei que não se importariam se eu levasse alguém – e ela não sabia direito por que a convidava, por que haveria Carol de querer ir a um coquetel agora, já que ela mesma não queria tanto.

Carol sacudiu a cabeça:

— Não, obrigada, querida. É melhor você ir sozinha. Eu tenho um compromisso no Elysée dentro de um minuto, por falar nisso.

Therese pegou as luvas e a bolsa do colo. Olhou para as mãos de Carol, as sardas pálidas espalhadas pelas suas costas, a aliança sumira agora, e para os olhos de Carol. Sentiu que nunca mais veria Carol. Dentro de dois minutos, ou menos, elas se separariam na calçada.

— O carro está lá fora. Na frente, meio à esquerda. E aqui estão as chaves.

— Eu sei, já o vi.

— Você vai ficar? – perguntou Therese. – Eu me encarrego da conta.

— Eu me encarrego da conta – disse Carol. – Vá, se tiver de ir.

Therese se levantou. Ela não podia deixar Carol ali sentada na mesa com as duas xícaras de chá, as cinzas de seus cigarros diante dela.

– Não fique. Saia comigo.

Carol olhou para cima, com uma espécie de espanto interrogativo no rosto.

– Está bem – disse ela. – Há umas coisas suas lá em casa. Devo...

– Não importa – interrompeu-a Therese.

– E suas flores. Suas plantas – Carol pagava a conta que o garçom trouxera. – O que aconteceu com as flores que eu te dei?

– As flores que você me deu... morreram.

Os olhos de Carol encontraram os seus por um instante, e Therese desviou o olhar.

Elas se separaram na calçada, na esquina de Park Avenue e 57th Street. Therese atravessou correndo a avenida, mal conseguindo chegar antes do sinal abrir e libertar um monte de carros atrás dela, que atrapalharam a visão que tinha de Carol, quando ela se virou na outra calçada. Carol se afastava caminhando lentamente, passando pela porta da Ritz Tower e seguindo adiante. E era assim que devia ser, pensou Therese, sem aperto de mão demorado, nem olhares para trás. Então, quando viu Carol tocar a maçaneta da porta do carro, lembrou-se da lata de cerveja ainda sob o banco dianteiro, lembrou do som quando subira a rampa do Lincoln Tunnel, entrando em Nova York. Pensara então que precisava tirá-la dali antes de devolver o carro a Carol, mas esquecera. Therese seguiu correndo para o hotel.

As pessoas já estavam transbordando pelas portas para o corredor, e um garçom enfrentava dificuldades em empurrar o carrinho de rodas cheio de baldes de gelo para dentro do quarto. Os quartos estavam barulhentos, e Therese não avistou Harkevy ou Bernstein em canto algum. Ela não conhecia ninguém, nenhuma alma penada. Exceto um rosto, um sujeito com quem ela falara, meses atrás, sobre um emprego que não se concretizara. Therese se virou. Um homem enfiou um copo alto na sua mão.

– Mademoiselle – disse ele com um floreio –, está procurando isto aqui?

– Obrigada – ela não aceitou. Achou ter visto o sr. Bernstein em um canto. Havia várias mulheres com chapéus grandes no caminho.

– Você é atriz? – perguntou-lhe o mesmo sujeito, varando a multidão com ela.

– Não. Cenógrafa.

Era o sr. Bernstein, Therese contornou alguns grupos e alcançou-o. O sr. Bernstein estendeu-lhe uma mão gorda, cordial, e levantou-se do seu assento no aquecedor.

– Senhorita Belivet! – gritou ele. – Senhora Crawford, a consultora de maquiagem...

– Não vamos falar de trabalho! – gritou a sra. Crawford.

– O sr. Stevens, sr. Fenelon – continuou o sr. Bernstein, e continuou, continuou, até que ela estava balançando a cabeça para uma dúzia de pessoas, dizendo: "Como vai?" para cerca de metade delas. – Ivor – Ivor! – gritou o sr. Bernstein.

Lá estava Harkevy, figura esguia com um rosto magro e um pequeno bigode, sorrindo para ela, estendendo a mão para que ela a apertasse.

– Alô – disse ele. – É bom te ver de novo. Sim, gostei de seu trabalho. Percebi sua ansiedade – ele riu um pouco.

– O bastante para que eu entre de fininho? – perguntou ela.

– Quer saber? – disse ele sorrindo. – Sim, você pode entrar de fininho. Venha a meu ateliê amanhã lá pelas onze. Você pode?

– Sim.

– Junte-se a mim mais tarde. Preciso me despedir de um pessoal que vai embora – e ele se afastou.

Therese descansou seu drinque na ponta de uma mesa e pegou um cigarro na bolsa. Estava feito. Olhou para a porta. Uma mulher de cabelos louros despenteados, com olhos azuis intensos e vivos acabara de entrar no quarto, causando um pequeno furor em volta dela. Ela fazia movimentos rápidos, decididos, ao se virar para falar com as pessoas, apertar as mãos, e de repente Therese se deu conta de que era Genevieve Cranell, a atriz inglesa que ia desempenhar o papel principal. Parecia diferente das poucas fotos que Therese vira dela. Tinha o tipo de rosto que precisava ser visto em movimento para ser atraente.

– Alô, alô! – gritou ela para todo mundo, finalmente, enquanto olhava ao redor do quarto, e Therese viu seu olhar se deter sobre ela por um instante, enquanto Therese experimentou um abalo um pouco parecido com aquele da primeira vez que vira Carol, e havia o mesmo brilho interessado nos olhos azuis da mulher, que estava presente nos seus, ela sabia, quando viu Carol. E agora era Therese que continuava a olhar, e a outra mulher desviou o olhar, e se virou.

Therese olhou para o copo na sua mão, sentindo um súbito calor na face e nas pontas dos dedos, um afluxo dentro dela que não era apenas seu sangue nem seu pensamento. Percebeu antes de ser apresentada que essa mulher era como Carol. E era bela. E não se parecia com o retrato na biblioteca. Therese sorriu ao sorver o drinque. Deu um bom gole nele para se equilibrar.

– Flor, madame? – um garçom estendia uma bandeja cheia de orquídeas brancas.

– Muito obrigada – Therese pegou uma. Teve problemas com o alfinete, e alguém, o sr. Fenelon ou o sr. Stevens, chegou e ajudou-a. – Obrigada – disse ela.

– Já foi apresentada à srta. Cranell? – perguntou o sr. Bernstein a Therese.

Therese olhou para a mulher.

– Meu nome é Therese Belivet – ela pegou na mão que a mulher estendeu.

– Como vai? Então você é o departamento de cenários?

– Não. Só parte dele – ela ainda sentia o aperto quando a mulher largou a sua mão. Sentiu-se excitada, exagerada e idiotamente excitada.

– Será que ninguém vai me trazer um drinque? – perguntou a srta. Cranell para todos em geral.

O sr. Bernstein fez o obséquio. E o sr. Bernstein acabou de apresentar a srta. Cranell às pessoas a seu redor que ainda não a conheciam. Therese ouviu-a dizer a alguém que acabara de desembarcar do avião e que sua bagagem estava empilhada no vestíbulo; enquanto ela falava, Therese viu que ela olhou para ela algumas vezes por cima dos ombros dos homens. Therese sentiu uma atração emocionante pela parte de trás bem cuidada da cabeça dela, pelo arrebitamento displicente e engraçado da ponta de seu nariz, o único detalhe destoante de sua face clássica, estreita. Seus lábios eram um tanto finos. Ela parecia extremamente alerta, de uma presença imperturbável. E no entanto Therese intuiu que Genevieve Cranell talvez não falasse mais com ela de novo na reunião, pelo simples motivo de que provavelmente era o que queria.

Therese abriu caminho até um espelho de parede e deu uma olhada para ver se seu cabelo e batom estavam bem.

– Therese – disse uma voz perto dela. – Gosta de champanhe?

Therese se virou e viu Genevieve Cranell:

– Claro.

– Claro. Venha, dê um pulinho no seiscentos e dezenove daqui a uns minutos. É minha suíte. Vamos ter uma festinha íntima mais tarde.

– Eu me sinto muito honrada – disse Therese.

– Então não desperdice sua sede em *highballs*. Onde você comprou esse lindo vestido?

– Na Bonwit's... Foi uma terrível extravagância.

Genevieve Cranell riu. Ela estava vestida com um conjunto azul de lã que parecia, de fato, uma terrível extravagância.

– Você parece tão jovem, acho que não vai se importar se eu perguntar a sua idade.

– Tenho 21 anos.

Ela revolveu os olhos:

– Incrível. Será que existe alguém que ainda tem 21 anos?

As pessoas observavam a atriz. Therese ficou lisonjeada, tremendamente lisonjeada, e a lisonja se interpôs entre o que ela sentia, ou talvez sentisse, por Genevieve Cranell.

A srta. Cranell ofereceu-lhe a cigarreira.

– Por um momento, pensei que você fosse menor.

– Será um crime?

A atriz apenas olhou para ela, com os olhos azuis a sorrir, por sobre a chama do isqueiro. Então, quando a mulher virou a cara para acender seu próprio cigarro, Therese se deu conta de que Genevieve Cranell jamais representaria nada para ela, nada salvo essa meia hora durante o coquetel, e que a excitação que sentia agora não continuaria e jamais seria evocada em outra hora ou outro lugar. O que foi que lhe disse isso? Therese fitou a linha tensa da sobrancelha loura dela, enquanto o primeiro fio de fumaça subia do cigarro, mas a resposta não estava ali. E de repente uma sensação de tragédia, quase de arrependimento tomou conta de Therese.

– Você é de Nova York? – perguntou-lhe a srta. Cranell.
– *Vivy!*

As pessoas que haviam acabado de entrar pela porta cercaram Genevieve Cranell e a levaram embora. Therese sorriu de novo e acabou seu drinque, sentiu o primeiro calor suave do uísque se espalhando pelo corpo. Falou com um sujeito que conhecera brevemente no escritório do sr. Bernstein no dia anterior e com outro homem que ela desconhecia totalmente, olhou para o vão da porta do outro lado do quarto, o vão da porta que era um retângulo vazio naquele momento, e pensou em Carol. Seria bem típico de Carol vir, no frigir dos ovos, lhe fazer o pedido de novo. Ou melhor, como a velha Carol, mas não como a atual. Carol estaria agora honrando seu encontro no bar do Elysée. Com Abby? Com Stanley McVeigh? Therese desviou os olhos da porta, como se tivesse medo que Carol aparecesse e ela fosse obrigada novamente a dizer "não". Therese aceitou outro *highball*, e sentiu o vazio dentro dela se encher lentamente com a percepção de que poderia ver Genevieve Cranell com bastante frequência, se quisesse, embora jamais viesse a ficar enamorada, talvez fosse amada.

Um dos sujeitos a seu lado perguntou:
– Quem fez os cenários para *The Lost Messiah,* Therese? Você se lembra?

– Blanchard? – respondeu ela do nada, porque ainda estava pensando em Genevieve Cranell, com um sentimento de repulsa, de vergonha pelo que acabara de ocorrer com ela e que ela sabia que jamais aconteceria. Ficou ouvindo a conversa sobre Blanchard e mais alguém até participou, porém sua consciência se prendera em um emaranhado em que uma dezena de fios se entrecruzavam e formavam nós. Um era Dannie. Outro era Carol. Outro, Genevieve Cranell. Outro seguia sem parar até sair, porém sua mente estava presa na intersecção. Ela se inclinou para aceitar fogo para seu cigarro, sentiu-se mergulhada mais fundo na rede e se agarrou a Dannie. Porém o fio preto e forte não levava a lugar nenhum. Ela sabia, como se alguma voz alvissareira falasse agora, que não avançaria mais com Dannie. E a solidão varreu-a de novo como um vento impetuoso, misterioso como as lágrimas ralas que lhe cobriram os olhos de repente, ralas demais para serem notadas, ela sabia, enquanto erguia a cabeça e olhava de novo para o vão da porta.

– Não se esqueça – Genevieve Cranell estava a seu lado, dando uma batidinha no seu braço, dizendo rápido: – 619. Nós estamos nos retirando – ela começou a se afastar e voltou. – Você vai subir? Harkevy também vem.

Therese sacudiu a cabeça:

– Obrigada, eu... pensei que pudesse, mas me lembrei que tenho de estar em outro lugar.

A mulher olhou para ela, curiosa:

– Qual o problema, Therese? Fiz alguma coisa errada?

– Não – ela sorriu, se movendo em direção à porta. – Obrigada por ter me convidado. Sem dúvida, a verei de novo.

– Sem dúvida – disse a atriz.

Therese entrou no quarto ao lado do maior e pegou seu casaco de uma pilha na cama. Desceu correndo o corredor em direção à escada, passando pelo pessoal que esperava o elevador, entre eles Genevieve Cranell, e Therese pouco ligou se ela a viu ou não enquanto mergulhava pela escada larga abaixo, como se estivesse fugindo de alguma coisa. Therese sorriu consigo mesma. O ar era frio e doce na sua testa, fazia um som de penas ao passar por suas orelhas, e ela se sentiu voando pelas ruas e sobre os meio-fios. Em direção a Carol. E talvez Carol percebesse naquele momento, porque Carol já percebera coisas assim antes. Ela atravessou outra rua e lá estava o toldo do Elysée.

O maître lhe disse alguma coisa no vestíbulo, e ela respondeu:

– Estou procurando alguém – e continuou a avançar para a porta.

Ela se deixou ficar no vão da porta, examinando as pessoas nas mesas da sala onde um piano tocava. As luzes não eram fortes, e ela não a viu logo, meio escondida na sombra, encostada na parede oposta, de frente para ela. Nem Carol a viu. Um sujeito estava sentado diante dela, Therese não sabia quem. Carol ergueu a mão lentamente e afastou seu cabelo para trás, dos dois lados, e Therese sorriu porque esse gesto era Carol, e era Carol que ela amava e sempre amaria. Ah, de um modo diferente agora, porque ela era uma pessoa diferente, e era como conhecer Carol de novo, do início, mas mesmo assim era Carol e ninguém mais. Seria Carol, em mil cidades, mil casas, em terras estrangeiras onde poderiam ir juntas, no céu e no inferno. Therese esperou. Então, quando estava prestes a ir até ela, Carol viu-a, pareceu fitá-la incredulamente por um instante, enquanto Therese via o sorriso lento a se espalhar em seu rosto, antes de seu braço se erguer de repente, de sua mão fazer um aceno rápido e entusiasmado, como Therese nunca vira antes. Therese foi em sua direção.

Pós-escrito

Minha inspiração para este livro veio no final de 1948, quando morava em Nova York. Eu acabara de terminar *Strangers on a Train,* que só foi publicado em 1949. O Natal estava chegando, eu estava meio deprimida e também ruim de dinheiro, e assim, para ganhar algum, peguei um trabalho de vendedora em uma grande loja de departamentos em Manhattan, durante o período conhecido como o *rush* de Natal, que dura mais ou menos um mês. Acho que fiquei por duas semanas e meia.

A loja me mandou para a seção de brinquedos, no meu caso, para o balcão de bonecas. Havia muitos tipos de boneca, caras e não tão caras, de cabelo verdadeiro ou artificial, e o tamanho e a vestimenta eram de suprema importância. As crianças, algumas cujos narizes mal alcançavam a tampa de vidro do balcão de amostra, se comprimiam junto com o pai ou a mãe, ou ambos, estonteadas com as bonecas novinhas que choravam, abriam e fechavam os olhos, ficavam às vezes eretas sobre os dois pés e, é claro, adoravam trocar de roupa. Era uma verdadeira azáfama, e eu e as quatro ou cinco moças com quem eu trabalhava atrás do longo balcão não conseguíamos nos sentar desde a manhã até o intervalo do almoço. E às vezes nem mesmo na hora do almoço. À tarde era a mesma coisa.

Certa manhã, nessa confusão de comércio e barulho, eis que entra uma mulher meio loura em um casaco de pele. Meio à deriva, ela se aproximou do balcão das bonecas com um aspecto inseguro – deveria ela comprar uma boneca ou outra coisa? – e acho que ela batia distraidamente um par de luvas em uma das mãos. Talvez eu a tenha notado porque ela estava sozinha, ou porque um casaco de *mink* era uma coisa rara e porque ela era meio loura e parecia emanar luz. Com o mesmo ar pensativo, ela comprou uma boneca, uma das duas ou três que eu lhe mostrara, e escrevi seu nome e endereço no recibo, porque a boneca era para ser entregue em um estado vizinho. Era uma transação de rotina, a mulher pagou e foi embora. Mas eu me senti estranha, com a cabeça esvoaçante, perto de desmaiar, ao mesmo tempo enlevada, como se tivesse tido uma visão.

Como sempre, depois do trabalho fui para casa, para o apartamento onde morava sozinha. Naquele noite escrevi uma ideia, um roteiro, uma história sobre a mulher meio loura no casaco de pele. Escrevi cerca de oito páginas à mão no meu livro de anotações ou *cahier* de então. E a história de *The Price of Salt* [O preço do sal], como originalmente se chamava *Carol*, fluiu de minha caneta como se saída do nada – começo, meio e fim. Levou-me duas horas, talvez menos.

Na manhã seguinte, senti-me ainda mais esquisita e me dei conta de que estava com febre. Deve ter sido em um domingo, porque eu me lembro de pegar o metrô de manhã, e naquela época as pessoas tinham que trabalhar sábado de manhã, e todo o sábado, durante o movimento de Natal. Eu me lembro de quase ter desmaiado agarrada a uma correia no trem. O amigo com quem eu tinha um encontro marcado possuía algum conhecimento médico, e eu disse que me sentia adoentada e que notara uma pequena pústula na pele de meu abdômen, ao tomar banho de manhã. Meu amigo deu uma olhada na pústula e disse, "catapora". Infelizmente eu nunca tivera essa doença na infância, apesar de ter tido praticamente tudo. A doença não é agradável para adultos, já que a febre vai a 40° durante alguns dias e, pior, o rosto, o peito, partes superiores dos braços, até mesmo as orelhas e as narinas ficam cobertas ou pintadas de pústulas que coçam e arrebentam. Não se deve coçá-las, senão ficam cicatrizes e buracos. Durante um mês a gente anda por aí com pipocas a sangrar, visíveis aos outros, no rosto, como se tivéssemos sido atingidos por uma saraivada de tiros de chumbinhos de ar comprimido.

Eu precisei notificar a loja de departamentos na segunda que eu não podia voltar ao trabalho. Lá, uma das crianças pequenas, de nariz escorrendo, deve ter me passado o vírus, e de certo modo também o vírus de um livro: a febre é um estimulante para a imaginação.

Não comecei a escrever o livro imediatamente. Prefiro deixar que as ideias assentem durante semanas. E também, quando *Strangers on a Train* foi publicado e logo depois vendido para Alfred Hitchcock, que queria fazer um filme dele, meus editores e também meu agente diziam "Escreve um outro livro do mesmo tipo, para realçar sua reputação como..." Como quê? *Strangers on a Train* fora publicada como "Um romance de suspense da Harper" pela Harper & Bros, como se chamava então a casa, de modo que da noite para o dia eu me tornei uma escritora de "suspense", embora na minha cabeça *Strangers* não fosse rotulado, sendo simplesmente um romance com uma história interessante. Se eu fosse escrever um romance sobre um relacionamento lésbico, seria então rotulada como escritora de livros de lesbianismo? Era uma possibilidade, mesmo se eu jamais me inspirasse a escrever outro romance parecido na minha vida. Em 1951, eu o escrevera. Não podia escondê-lo no fundo da gaveta por dez meses simplesmente porque seria mais ajuizado, por motivos comerciais, escrever outro livro de "suspense".

Harpers & Bros rejeitou *The Price of Salt,* de modo que fui obrigada a encontrar outra editora americana – para meu desgosto, já que detesto mudar de editora. *The Price of Salt* mereceu algumas resenhas sérias e respeitosas quando surgiu em edição encadernada em 1952. Porém o verdadeiro sucesso veio mais tarde com a edição de bolso, que vendeu quase um milhão de exemplares e foi certamente lida por mais gente. As cartas dos fãs chegavam endereçadas a Claire Morgan, aos cuidados da editora do livro de bolso. Eu me lembro de receber envelopes com dez a quinze cartas algumas vezes por semana, durante meses e meses. Respondi uma porção delas, mas não conseguia responder a todas sem uma carta padrão, que eu nunca fiz.

Minha jovem protagonista, Therese, pode parecer uma violeta retraída no meu livro, mas aquela era a época em que os bares gays eram uma porta escura em algum lugar de Manhattan, e as pessoas que os frequentavam saltavam do metrô uma estação antes, ou uma depois, da estação certa, com medo de desconfiarem que eram homossexuais. O atrativo de *The Price of Salt* era o seu final feliz para as duas personagens principais, ou pelo menos haveria uma tentativa das duas compartilharem um futuro juntas. Antes deste livro, os homossexuais, masculinos e femininos, nos romances americanos, eram obrigados a pagar pelo seu desvio cortando os pulsos, se afogando em piscinas, ou mudando para a heterossexualidade (assim se afirmava) ou mergulhando – sozinhos, sofrendo, rejeitados – em uma depressão dos infernos. Muitas cartas que me chegavam traziam mensagens do tipo, "O seu é o primeiro livro assim com um final feliz! Nós todos não nos suicidamos e muitos estão passando muito bem". Outras diziam, "Obrigada por você ter escrito uma história assim. É um pouco como a minha propria história..." E, "tenho dezoito anos e moro numa cidade pequena. Me sinto solitária porque não posso falar com ninguém...". Às vezes eu escrevia uma carta sugerindo que o missivista se mudasse para uma cidade maior onde teria a oportunidade de conhecer mais pessoas. Conforme me lembro, havia cartas tanto de homens como de mulheres, o que eu achava um bom auspício para meu livro. Isso acabou sendo verdade. As cartas pingaram durante anos, e mesmo agora chega uma carta, uma ou duas vezes por ano, de algum leitor. Nunca escrevi outro livro como este. Meu livro seguinte foi *The Blunderer*. Gosto de evitar rótulos. São as editoras americanas que gostam deles.

24 de maio de 1989

PATRICIA HIGHSMITH
(1921-1995)

PATRICIA HIGHSMITH nasceu em Forth Worth, no estado americano do Texas, em 1921. Teve uma infância triste: seus pais separaram-se dias antes do seu nascimento, e Patricia teve relacionamentos complicados com a mãe e o padrasto. Desde pequena cultivou o hábito de escrever diários, nos quais fantasiava sobre pessoas (como seus vizinhos) que teriam problemas psicológicos e instintos homicidas por trás de uma aparência de normalidade – tema que seria amplamente explorado em sua obra. Recebeu uma educação refinada, tendo estudado latim, grego e francês, e passou grande parte da vida adulta na Suíça e na França. Seu primeiro romance, *Strangers on a Train*, publicado originalmente em 1950, tornou-se um êxito comercial e foi adaptado ao cinema por Alfred Hitchcock no ano seguinte (o filme foi lançado no Brasil como *Pacto sinistro*). A autora foi desde cedo aclamada pelo público europeu, mas o sucesso em sua terra natal tardaria a chegar.

Seu próximo trabalho, o romance *The Price of Salt*, foi recusado pelo editor norte-americano por colocar em cena o relacionamento homossexual entre duas mulheres. O livro foi publicado em 1952, sob o pseudônimo de Claire Morgan, e obteve enorme sucesso. A mais célebre criação ficcional de Patricia Highsmith, Tom Ripley – o ambíguo sociopata –, debutou em 1955, em *The Talented Mr. Ripley*, e protagonizaria outros quatro romances. A adaptação cinematográfica feita postumamente, em 1999, sob o título de *O talentoso Ripley*, colaborou para que a autora fosse redescoberta nos Estados Unidos.

Os livros de Highsmith fogem a classificações e a esquemas tradicionais do romance policial clássico: o que acaba por fascinar seus leitores é menos o mistério a ser resolvido do que a profundidade (e perturbação) psicológica com a qual a escritora dota seus personagens. Diferentemente do romance policial clássico, a noção de justiça praticamente inexiste em sua obra.

Autora de mais de vinte livros, Highsmith recebeu várias distinções, entre elas o prêmio O. Henry Memorial, o Edgar Allan Poe, Le Grand Prix de Littérature Policière e o prêmio da Crime Writer's Association da Grã-Bretanha. Ela morreu na Suíça, em 4 de fevereiro de 1995.

Ficha técnica do filme Carol

A Film 4 apresenta, em associação com Studiocanal, Hanway, Goldcrest, Dirty Films e Infilm Productions, uma produção de Elizabeth Karlsen, Stephen Woolley, Number 9 Films, Killer Films em colaboração com Larkhark Films Limited,

"CAROL"

Baseado no romance "THE PRICE OF SALT", DE PATRICIA HIGHSMITH

Dirigido por TODD HAYNES

Roteiro PHYLLIS NAGY

Com CATE BLANCHETT, ROONEY MARA, JAKE LACY, SARAH PAULSON & KYLE CHANDLER

Elenco LAURA ROSENTHAL

Figurino SANDY POWELL

Supervisão musical RANDALL POSTER

Música CARTER BURWELL

Montagem AFFONSO GONÇALVES

Direção de arte JUDY BECKER

Direção de fotografia ED LACHMAN

Coprodução GWEN BIALIC

Produção executiva TESSA ROSS, DOROTHY BERWIN, THORSTEN SCHUMACHER, BOB WEINSTEIN, HARVEY WEINSTEIN, DANNY PERKINS, CATE BLANCHETT, ANDREW UPTON & ROBERT JOLLIFFE

Produzido por ELIZABETH KARLSEN, STEPHEN WOOLLEY, CHRISTINE VACHON

Um filme de TODD HAYNES

lepmeditores
www.lpm.com.br
o site que conta tudo

IMPRESSÃO:

PALLOTTI
GRÁFICA

Santa Maria - RS | Fone: (55) 3220.4500
www.graficapallotti.com.br